요동치는
가족

가족법의 탄생과
한국 근대문학의 상상력

요동치는
가족

이행미 지음

파이돈

일러두기

이 책에서 인용하고 있는 텍스트는 의미를 해치지 않는 선에서 현대어 표기로 바꾸었다. 원본의 한자는 가급적 한글로 바꾸었으며, 내용 이해에 도움이 될 만한 한자는 병기했다.

한국 근대문학과 가족법을 나란히 놓고 살펴보겠다는 연구를 시작했을 때 부딪히게 된 저항들이 떠오른다. 제목을 정할 때도 문학이 법보다 먼저 있어야 한다는, 가벼운 농담처럼 들리지만 실은 그렇지 않은 제언도 생각난다. 이 연구의 시작은 소설의 시공간을 이해하기 위한 부수적 접근을 넘어서 법을 문학 연구에 끌어오는 것이 적절한가, 라는 물음에 대한 응답이었다. 가족이데올로기 혹은 가족담론이 아닌 가족법을 통해 문학에 나타난 가족을 분석하는 연구가 기존 연구와 다른 새로운 의미를 낳을 수 있느냐는 의문에 답하면서 연구를 진행해 나갔다.

이 책의 출발은 2017년 여름에 나온 박사학위논문 「한국 근대문학과 '가족법'적 현실 연구 – 1910~1940년대 전반기 문학을 중심으로」에서 시작된다. 나의 관심은 조선총독부의 정책으로 제정된 가족법 자체보다는 가족을 규율하는 온갖 법이 당대 현실에서 어떻게 수용되었는지, 사람들의 욕망과 감정에 얼마만큼 침투하고 있는지를 살펴보는 데 있었다. 명문화된 법 조항뿐 아니라 그에 앞서 받아들여진 법을 둘러싼 사람들의 의식과 감정이 내게는 더욱더 의미 있게 다가왔다.

논문 제목에 포함된 다소 어색한 표현인 '가족법적 현실'이란 용어는 부족하게나마 이러한 관점을 드러내기 위해 고안된 조어다. 이 용어는 조선총독부가 반포한 조선민사령과 조선호적령 같은 근대적 법규뿐 아니라 그 이전부터 일상에서 통용되었던 관습법, 교회법과 같이 개인에게 규범으로 작용하는 법칙들, 잡지와 신문 등의 매체를 통해 근대적 성격을 띤 것으로 소개된 외국 법제의 영향 등을 포괄한다. 당대 가족을 뒤흔든 다층적 차원의 법들이 사람들의 일상과 내면에서 복합적으로 영향을 미치는 현장을 들여다보고 싶었다. 당대 가족 현실에 영향을 미친 법을 단수가 아닌 복수의 형태로 살펴보고 싶었다. 전통과 근대 가족, 가족과 개인이라는 관념의 잣대로 판단할 수 없는, 실제 가족에 나타나는 복잡다단한 현상들, 일상이라는 미시적 차원에서 나타나는 문제들을 조명하고자 했다.

우리는 일상을 살아가면서 일일이 법조항을 들춰보진 않지만, 자기도 모르게 그 법에 내포된 이념에 영향을 받으면서 살아간다. 그러다가 어떤 문제가 발생했을 때, 현실에 저항하고 투쟁할 때 사회적 통념의 바탕이 된 법이 나에게 얼마나 무력감을 주는지 느끼게 된다. 식민지시기의 일상도 그와 다르지 않으며, 문학은 그와 같은 현실을 재현하고 창조한다. 이 책에서 나는 문학 텍스트를 대상으로 내면화된 법률의 흔적과 거기에서 벗어나기 위한 싸움, 기존의 법에서 벗어난 새로운 삶의 상상을 읽어내고자 했다.

가족법은 가족을 이야기하지만, 사실상 개인의 삶을 이야기한다. 가족이라는 이름으로 개인의 역할, 의무와 권리를 규정하는 제도이다. 따라서 가족법을 논의의 중심에 둔다는 것은 가족이 개인이 자유롭고 행복할 수 있는 선택지가 될 수 있는지에 대한 질문에 가깝다. 이는 오늘날 가족 관념에 대한 여러 쟁점의 전제이기도 하다. 식민지 시기 문학을 가족법을 중심으로 읽는다는 것은, 개인의 자유와 행복이 가족을 통해 가능한가라는 질문을 다각도로 살펴보는 일이다.

최근 우리 사회의 소수자 인권에 대한 관심은 그 이전과 비교가 안 될 만큼 주요한 논점과 새로운 시각으로 표출되고 있다. 그와 같은 연구와 사회적 담론에 더하여, 독자들이 이 책을 읽으면서 과거와 현재의 가족에 내포된 여러 쟁점을 이해하고, 오늘날의 현실을 다시 한 번 돌아보게 된다면 더할 나위 없이 기쁠 듯하다. 이 책을 준비하는 동안, 사회적으로는 코로나19로 인한 팬데믹이 있었고, 개인적으로는 출산과 육아라는 현실적 문제를 겪었다. 이 두 사건은 나에게 가족과 여성의 삶에 대해 더욱 많은 생각을 갖게 했다. 책을 집필해 나가면서 만나게 된 여성인물들과 작가들의 고민은 나의 고민이었고, 그들이 느낀 분노와 슬픔도 내가 느끼는 감정과 크게 다르지 않았다. 그 고민의 흔적을 책에 담아내고자 했으나 여전히 미흡하다는 생각이 든다. 이 책이 독자들에게 우리 사회의 가족에 대한 생각을 한 번 더 성숙시킬 수 있는 작은 도움이 되었으면 하는 바람이다.

이 책이 나오기까지 도움을 주신 분들이 떠오른다. 근대 초기의 자료를 읽으면서 생겨난 여러 관심거리를 이야기할 때마다 경청과 조언을 아끼지 않으신 지도교수 방민호 선생님이 계셨기에 이 연구를 시작할 수 있었다. 선생님의 가르침을 통해 좋은 연구를 하자는 다짐을 매일 새로 쓰게 된다. 미흡한 글을 읽고 애정 어린 비판과 격려를 아끼지 않고 해주신 권성우, 김경수, 김종욱, 손유경 선생님께도 깊이 감사드린다. 심사위원 선생님들의 조언이 없었더라면 이 연구는 세상에 나올 수 없었을지도 모른다. 지면의 한계로 도움을 주신 많은 이들을 거명할 수 없지만, 한국문학 연구자로서 함께 공부하고 있는 여러 선생님과 동학들에게도 고마움을 전하고 싶다. 잘 보이지 않는 과거의 자료를 함께 읽어나갔던 시간은 연구자로서의 지금의 나를 있게 했다. 모든 공부 자리에서 만났던 모든 동학이 이 연구의 은인이다. 연구를 진행하는 동안 만나게 된 여러 선생님의 논의는 이 책의 등불이 되어주었다. 여성문학 및 가족법과 관련된 인접 학문의 훌륭한 연구를 읽어나가면서 논의의 무게를 더해갔다. 특히, 가족법의 젠더적 속성을 살펴보는 연구는 법학을 전공하지 않은 필자가 길을 잃지 않도록 해주었다. 이 자리를 빌려 존경과 감사의 뜻을 표하고 싶다.

박사 논문 제출 이후 이 책이 나오기까지의 과정은 순조롭지 않았다. 특히 학술장을 넘어 더 많은 독자들과 만나고 싶은 마음에, 좀 더 쉽게 전달할 수 있는 글이 되도록 여러 차례 내용과 구성을 수정했다. 이 과정에서 논문에서 다루었던 모든 텍스트를 다시 읽고 새로 해석하는 과정이 이루어졌다. 분석 대상이 확장되고, 추가적인 해석 내용도 더해졌다. 박사논문의 문제의식이 기저에 깔려 있지만 새로운 책이라고 할 수 있을 듯하다. 나의 의지가 충분히 반영되지 못하여 미흡한 부분이 있을지도 모른다. 책을 펴내면서 아쉬움과 두려움이 앞서지만 독자들과 이 책을 매개로 대화할 수 있기를 바란다. 이 책을 읽어주시는 모든 분들께 미리 감사의 말씀을 드린다.

출판이라는 현실의 문지방을 넘을 수 있게 해준 분들께도 감사함을 전하고 싶다. 논문 쓰기에 익숙한 필자가 인문교양서 저술에 도전하게 된 것은 한국연구재단의 지원 덕분이다. 첫 단행본 집필이라는 과제를 수행하는 필자의 어려움을 이해해주시면서, 원고를 책으로 만들어주신 출판사 대표님께 감사드린다.

마지막으로 나의 가족들에게 진심으로 고마운 마음을 전하고 싶다. 누구보다 사랑하지만, 가족에 모든 것을 내던지는 삶은 나와 내 가족이 행복해질 수 있는 길이 아니라는 것을 안다. 이 책을 집필하면서 만나게 된 수많은 인물은 이러한 생각을 더욱 굳건하게 해주었다. 연구자로서 나의 삶을 지지해 주며 격려뿐 아니라 실질적인 도움을 주고 있는 나의 가족에게 사랑과 감사를 전한다. 앞으로도 더 나은 세상을 위한 연구를 통해 이들의 마음에 보답하고 싶다.

2023년 봄
이행미

차례

최근 우리는 다양한 관계성으로 구성된 여러 가족을 인정해야 한다는 생각이 낯설지 않은 사회를 살아가고 있다. 2021년 여성가족부가 시행한 〈가족 다양성 국민 여론조사〉에 따르면, '가족'으로 인식하는 데 있어 '법적인 혼인, 혈연으로 이어진 가족'이라는 의견은 64%, '생계와 주거 공유 관계의 개념'은 68.5%가 동의했다. 제도적으로 가족 범위를 사실혼과 비혼 동거까지 확장하는 것에 대해서도 삼 년 연속 찬성 비중이 증가하여 62.4%의 동의를 얻었다. 제도적 차원에서 가족의 외연과 내포를 정하는 일은 자유와 평등, 개인의 법적 권리, 사회적 복지 수혜 등과 결부되는 중요한 문제이다. 누군가는 내가 선택한 가족이 사회적으로 인정받지 않은 현실에 분노하면서 현행법의 개정을 요구한다. 또 다른 누군가는 사회적 보호 시스템이 법적 가족을 단위로 작동하는 현실의 불합리함을 토로한다.

이렇듯 법을 매개로 우리는 가족과 관련된 자신의 권리를 주장한다. 달리 말하면, 가족은 법적 권리 획득의 문제와 만나 투쟁의 장소가 된다.

그런데 가족을 둘러싼 무수한 질문과 논쟁은 백 년도 더 전, 근대 초기 한국 사회를 떠들썩하게 만들었던 이슈였다. 근대적인 가족 관념이 유입되어 전통적인 가족 관념과 충돌하면서 지각변동이 일어나던 시기, 가족은 국가의 법체계 내에서 하나의 제도로 만들어졌다. 가족은 흔히 굳이 정의하지 않아도 되는 친밀성의 영역, 혈연이라는 거부할 수 없는 계기로 묶인 자연스러운 집단으로 인식되곤 한다. 하지만 우리가 생각하는 가족의 모습은 근대 초기 정상가족 관념이 사회적으로 정착해 가는 과정과 맞물려 탄생했다. 이 책은 근대법의 도입으로 가족이 변화하는 양상을 한국 근대문학을 통해 비판적으로 성찰하고, 문학적 형상화를 통해 법질서 안과 밖에서 더 나은 삶의 가능성을 모색해나갔던 흔적들을 깊이 들여다보고자 한다.

근대 초기 가족이 재편되는 현상을 '문학'을 중심으로 살펴보겠다는 것은 변화된 현실에 대한 비판적인 시각과 감수성에 주목하겠다는 뜻이다. 문학은 현실세계를 충실히 반영할 수도 있지만, 특정한 의도 아래 상상된 재현의 산물이기도 하다. 문학은 당대 제도적 현실과 일상의 사건을 폭넓게 참고하여, 현실의 이면을 날카롭게 통찰하거나 도래하지 않은 미래를 그려낸다. 식민지시기 가족법의 전모를 파악하기 위해서는 조선총독부의 가족정책과 구체적인 법안 제정 과정, 법 조항의 내용을 파악하는 일이 중요하다. 문학은 이러한 내용을 확인하기에는 충분하지도 않고, 적절한 자료가 아닐 수도 있다. 그러나 법을 비롯한 제도상의 변화가 일상적인 가족 관계의 변화를 가져온 지점들, 가족법의 공포로부터 새롭게 부상한 욕망들 혹은 소외된 목소리들을 문학 속에서 찾아낼 수는 있다. 가족법의 문제를 직접적으로 언급하는 텍스트뿐 아니라 그로부터 발생하는 갈등과 충돌을 비중 있게 서사화한 텍스트를 함께 다루는 이유도 바로 그 때문이다. 문학은 현실의 복잡한 측면과 그 너머를 바라보는 열망과 이상을 살펴볼 때 매우 유용한 장르에 해당한다.

염상섭의 『광분』이라는 소설을 예로 들어보자. 계모 김숙정과 전처소생 딸 민경옥은 재산 분배와 애욕 문제로 사사건건 부딪친다. 서사의 끝부분에서 경옥은 숙정과 불륜 관계에 있던 원량에게 살해당하는데, 숙정은 그 계획을 알고도 범행을 방조한다. 숙정이 경옥을 미워하는 감정이 극대화되는 원인은 계모라는 위치에서 비롯된다. 그는 남편의 사랑을 믿지 못하고 언제 어떻게 빈털터리로 집에서 쫓겨날지 모른다는 불안에 시달린다. 숙정의 불안은 기혼여성의 법적 권리가 부재한 현실과 계모에 대한 통념이 결합한 데서 비롯된다. 만약 숙정이 아내와 어머니로서 인정받고서 가족이라는 테두리 안에 안정감을 느꼈다면 다른 선택을 하지는 않았을까. 이러한 무의미한 가정은 당대 담론에 나타난 계모 표상과 대비를 이루면서 의미를 얻게 된다. 1920년대 중후반 『동아일보』에 실린 기사에서, 계모와 전처소생 사이의 빚어지는 문제는 대개 계모의 천성이나 태도에서 그 원인을 찾았다. 이를 기준으로 하면, 숙정은 계모라면 마땅히 지켜야 할 마음가짐을 저버린, 사회적 통념을 위반한 불온한 존재다. 『광분』은 숙정의 처지와 내면의 동요를 서술하면서, 계모를 괴물 또는 비정상적 존재로 바라보는 견고한 관념에 '작은 틈'을 만들어 낸다.

근대 초기 식민지 조선에 행해졌던 가족법은 당대 가족의 테두리를 틀 짓고, 구성원의 법적 권리를 규정한다. 법의 권위와 효력은 성문화된 명령과 금지가 사람들의 행위를 통해 반복되고 내면화되는 정도에 따라 획득된다.[1] 사람들은 법에 복종하면서 규범이 힘을 지닐 수 있도록 재생산하고, 주체는 그렇게 법 울타리 내에서 생산된다. 하지만 주체는 법률을 따르면서도, 그 내부에 있는 요소들에 의문을 갖거나 이를 재배치하고 재분배함으로써 균열을 일으킬 수 있는 존재이다. 법률로 대변되는 규율권력에 의해 규정되면서도 이를 전복할 가능성을 내포한다.[2]

숙정과 같은 소설 속 인물의 욕망과 행동은 신체적 생명을 유지하고 있지만 사회적으로, 법적으로 온당한 권리를 누리기 어려운 처지에 놓였다는 사실을 통해 설득력을 얻는다. 이들은 당대 가족제도, 그리고 그 배후에 존재하는 가족법의 억압적이고 비합리적인 성격을 나타내는 존재이다. 데리다는 '실정법으로서의 법들/법률(laws)'을 초월한 '정의로서의 법(Law)'은 타자와의 만남으로부터 사유할 수 있다고 말했다.[3] 가족법에 따라 배제된 타자들은 당대 문학

⁝

1 자크 데리다, 진태원 역, 『법의 힘』, 문학과지성사, 2004, 28-33면.
2 주디스 버틀러, 조현준 역, 『젠더트러블』, 문학동네, 2008 참고.
3 자크 데리다, 앞의 책, 33-62면; 최진석, 「데리다와 (불)가능한 정치의 시간」, 『문화과학』 75, 문화과학사, 2013.

속에서 살아 있는 존재로 그려진다. 이 시기 작가들은 이들의 삶을 핍진하게 그려 현실에 문제를 제기하거나, 비판적 사유를 밀어붙여 새로운 삶의 가능성 혹은 다른 형태로 재배치된 가족의 상을 그린 다. 이처럼 문학은 현행 법률을 상회하는 권리를 얻기 위한 투쟁이 필요하다는 생각을 드러내는 매개가 된다. 법적으로 보호받지 못한 이들의 권리에 대한 인식과 고투의 서사 속에 현행법과 국가권력에 대한 비판을 담아낸다.

이러한 문제의식에서 이 책은 1910~1940년대 전반기 한국 근대 문학을 통해 가족법의 등장과 함께 제도적으로 정착되어 갔던 '정 상가족'과 거기에서 이탈해 나가는 여러 시도를 들여다보고, 가족과 국가 사이에서 개인의 삶과 권리문제를 법감정의 차원에서 폭넓게 형상화하고 있는 문학 텍스트의 의미를 규명한다. 문학적 글쓰기라 는 문화적 차원에서 상징규범을 만들어내는 행위를 통해 아직 법적 으로 제도화되지 않은 권리와 국가가 법을 통해 규정한 '정상가족' 과 변별되는 새로운 가족'들'을 상상해나갔던 장면을 섬세하게 살 펴볼 것이다. 이를 통해 식민지시기 가족법에 대한 문학적 응전의 의미를 규명하는 것이 이 책의 궁극적인 목적이다.

근대가족 정착과 관련된 법적 변화가 문학 속으로 들어오는 현상 은 근대문학에서부터 두드러지기 시작했다. 그 이전 장르인 신소설 에는 근대적 법률이 비중 있게 그려지긴 하나, 대체로 사회 질서를 바로잡는 긍정적인 수단으로 나타난다. 그러나 1910년대 가족법의 도입과 함께 소설 속에서 가족이 재현되는 양상은 좀 더 다채로워진다. 고소설에서부터 신소설로 이어져 온 가족의 해체와 재결합의 서사는 근대소설에 이르러 다른 모습을 띠게 된다. 가족의 해체 또는 파국으로 마무리되는 경우가 많아지는데, 이는 가족법의 도입으로 가족의 의미가 변화된 현실과 무관하지 않다. 물론 여기에는 근대 사상에 눈을 뜬 지식인들이 유교적 가족 질서를 비판하며 개진했던 가족 담론의 영향도 간과할 수 없다. 당대 정부에 의해 공포되고 장려된 가족법은 특히 여성의 인권과 피식민지인의 동화와 차별과 같은 문제와 관련된 서사적 재현과 긴밀한 관련이 있다. 이 책은 당대 발표된 가족을 제재로 한 여러 문학 텍스트 중에서도 가족법의 문제와 그로 인해 생겨난 새로운 현실을 비중 있게 담아내고 있는 텍스트의 의미를 들여다보려는 노력의 소산이다. 식민지시기 발표된 작가 20명이 쓴 50편가량의 문학 텍스트를 중심으로 분석하고, 신문과 잡지에 실린 논설이나 기사 등 당대 담론을 알 수 있는 자료들을 폭넓게 다루고자 했다.

가족법 제정 이후 변화해 가는 현실에서, 여성은 권리 신장과 체계화된 불평등이라는 일견 양립하기 어려운 서로 다른 국면의 한 가운데 있게 되었다. 당대 가족법의 전개 양상을 살펴보면, 일제말기라는 특수한 상황에서의 개정을 제외하고는 부부 관계를 재정립하는 방향에서의 법적 정비가 중심이 되었다. 총독부는 법 개정을 통해 자유와 평등이 실현되리라고 선전했는데, 그중에서도 여성의 권리 신장과 관련된 변화가 가장 강조되었다. 조선의 가족제도 속에서 존중받지 못했던 여성 인권이 회복되리라는 기대는 식민 체제에 대한 긍정으로 이어지게 하는 교각이 될 수 있기 때문이다. 실제로 여성은 이혼의 권리를 행사하게 되는 등 전근대적 가족에서 해방될 수 있는 법적 기반을 얻었다. 그러나 호주를 중심으로 구성된 일본 가족제도의 가부장적 성격은 표면화되지 않았다. 따라서 당대 가족 내에서 여성의 인권 의식을 둘러싼 갈등과 긴장은 식민지시기 가족법에 내포된 근대성의 실체를 고찰하게 하는 척도가 된다. 이를 살펴보기 위해 이 책은 법률혼에 따라 일부일처제가 정착되는 과정에서 나타난 가족 내 여성 인권 문제를 형상화한 소설에 주목한다. 문학 텍스트에 표현된 법적으로 소외된 여성들의 목소리의 흔적을 따라가며 가족법에 내포된 젠더불평등에 대한 비판적 대응의 장면을 바라보고자 한다.

조선총독부에 의해 시행된 가족법은 일상생활에 틈입하여 전근대적 가족 질서로부터의 이탈을 촉진했다. 그러나 이 법제의 목적은 궁극적으로 근대적 가족 질서를 확립하여 식민 통치를 원활히 하는 것이었다. 가족법은 정상가족의 범주를 정하고서, 개인을 그 집합에 속하게 하고 그에 적절한 성향을 갖추게끔 유도한다. 이와 같은 이데올로기의 호명을 통해 국가권력에 자발적으로 복종하는 국민을 만들고자 한다.[4] 가족은 일상에서 개인의 (무)의식을 형성하는 기초 집단이므로, 일본식 가족 관습의 이식은 피식민지인을 일본 국민으로 동화시키는 최적의 방법으로 여겨졌다.

식민지 조선의 가족에서 호주와 구성원은 법적 권리 차원에서 전

4 루이 알튀세르, 이진수 역, 「이데올로기와 이데올로기적 국가기구」, 『레닌과 철학』, 백의, 1991 참조.

면적인 예속 관계를 형성한다. 사실상 법인격이 부여된 존재는 호주밖에 없으며, 구성원의 권리는 호주의 동의에 따라 부분적으로만 인정되었다.[5] 그런데 호주에게 막강한 권한을 부여하게 됨에 따라 조선의 근대가족은 봉건적인 가족과 비등할 정도의 가부장적 성격을 띠게 된다. 가족 질서의 유지는 각 구성원의 내부 위계를 수긍하고 거기에 자신을 내맡길 때 견고해지는데, 이때 가족법은 호주 외 구성원들의 의지를 자발적으로 축소하거나 배제하도록 유도한다. 이 메커니즘의 원활한 작동을 위해서 각 구성원들은 일종의 '품행'[6]을 갖추도록 유도되며, 이는 부모, 남편, 아내, 자식 등의 역할 속에서 '미덕'으로 각인된다. 가족법의 규범은 개인의 품행 안에 새겨진다는 점에서, 거기서 이탈하는 행위를 할 때 스스로 '정상'에서 벗어난 것으로 이해하게끔 한다. 가족법에 따라 그 권리를 박탈당한 이들을 범죄자는 아니지만, 사회의 질서를 허물어트리는 '위험한 존재' 또는 '부정한 존재'로 간주하는 것은 이러한 메커니즘에 기인한다. 호적에 등재되지 않은 첩, 아버지의 인지(認知)를 통해서만 자신의 존재를 증명할 수 있는 사생아 등은 가족법의 틀 내에서 '비정상'적인 존재가 될 수밖에 없다. 일제말기에 이르러 가족국가 차원에서 피식민지인의 동화와 배제의 논리가 동시에 작동하는 과정에서도 정상/비정상의 논리가 동일하게 적용된다.

∙∙

5   전경옥 외,『한국여성정치사회사』1, 숙명여자대학교출판부, 2004, 64면.
6   미셸 푸코, 오트르망(심세광 · 전혜리 · 조성은) 역,『안전, 영토, 인구』, 난장, 2012 참고.

이처럼 식민지시기 가족법은 근대와 전통의 길항, 젠더불평등, 통치를 위한 규율권력의 성격을 복합적으로 가지고 있는 제도이다. 가족법이 시행되고 현실에서 적용되는 일상생활은, 관습법과 근대법이 경합하면서 역동적인 장면을 연출하는 장이었다. 문학 속 가족의 문제는 두 법의 긴장 관계를 통해 사유되기도 하고, 또는 두 법의 테두리 내에서 각각 생산하고자 했던 '정상가족' 모두를 비판하는 방식으로 나타나기도 했다.

법학 분야에서 '가족법'은 단일한 법률을 일컫는 것이 아니라, 민법 제4편(친족편)과 제5편(상속편)을 통상적으로 부르는 표현이다.[7] 식민지 조선에서 친족상속법에 해당하는 법률은 조선민사령 제11조로, 해당 조항의 개정 과정은 당대 가족 관념과 형태를 이해하는 데 큰 영향을 미쳤다. 가족법은 실정적인 규범체계만이 아니며 행위규범으로서 사회적 효과를 미치는 '상징체계'이기 때문이다.[8] 가족법에 의해 명시된 조항들은 사회적으로 '정상 가족의 범주와 경계'를 획정하는 데에 강한 영향력을 발휘한다. 개인은 자신도 모르게 이를 내면화하여 자신의 위치와 소속감을 확인하거나 권리를 보장받기 위해 노력하게 된다. 한편, 문학은 '지금-여기'의 현실보다 나은 세계를 향한 갈망이 상상력을 통해 구현되어 공동체에 더 나은 전망을

:.

7   강기원, 「가족법의 변화와 발전을 통하여 본 한국 가족의 변화」, 하용출 편, 『한국 가족상의 변화』, 서울대학교출판부, 2001, 223-224면.
8   양현아, 『한국 가족법 읽기』, 창비, 2011, 95면; 이화숙, 「한국가족의 변화와 가족법」, 박병호 외, 『가족법학총론』, 박영사, 1991, 10면.

보여주는 양식이다.[9] 그렇다면 문학은 법에 의해 구축된 상징으로서의 가족을 전복하는 또 다른 상징체계가 될 수 있지 않을까. 문학은 이성적인 법의 언어로는 담을 수 없는 감정을 다룸으로써 새로운 법의 제도화를 촉진하고, 전형적이고 규격화될 수 없는 정의를 성찰하게 한다는 점에서 법과 정치로는 포착할 수 없는 은밀한 억압을 문제화한다.[10] 예링(Rudolf von Jhering)에 따르면, '법감정'은 일상생활에서 인간의 존엄과 가치가 침해될 때 느끼는 고통과 같은 경험적 감정으로, 자신의 권리에 대한 자각과 문제의식을 깨닫게 한다.[11] 문학은 권리 투쟁을 이끄는 법감정을 촉발하여 더 많은 인권을 가시화하고 생성하는 매개체이다. 또한, 문학적 상상력은 법적 정의를 보완하는 공감의 힘을 보여준다.[12]

이 책은 다음과 같은 내용으로 구성되었다. 1장은 근대 민법의 도입으로 인해 조선시대와 변별되는 속성을 지니게 된 가족의 의미와

••

9 제롬 부르너, 강현석·김경수 역, 『이야기 만들기』, 교육과학사, 2010.

10 이상돈, 「법문학이란 무엇인가– 법문학을 통한 법적 정의의 실현가능성에 대한 시론」, 『고려법학』 48, 고려대학교 법학연구원, 2007, 71-74면; 이상돈·이소영, 「법문학비평의 개념, 방법, 이론, 실천」, 『안암 법학』 25, 안암법학회, 2007, 410-479면; 이소영, 「법문학비평과 소수자의 내러티브-박민규, 윤성희, 김애란의 단편소설에 대한법문학비평-」, 『법철학연구』 14, 한국법철학회, 2010, 213-215면. 법학 분야에서 '법문학'에 대한 개념 규정이 시도되기도 했다. 이 책은 '문학'을 중심으로 법과의 관계를 살펴본다는 점에서 차별점이 있다.

11 루돌프 폰 예링, 심재우·윤재왕 역, 『권리를 위한 투쟁; 법감정의 형성에 관하여』, 새물결, 2016, 74-76면.

12 마사 너스바움, 박용준 역, 『시적 정의』, 궁리, 2013.

변화된 위상을 다룬다. 식민지시기 가족의 변화를 유도했던 호적제도와 친족상속법의 전개 과정을 통시적으로 추적하고, 그와 함께 등장한 새로운 사건이 신문 매체를 통해 재현된 방식을 주로 검토했다. 조선총독부는 가족법에 내포된 통치 전략과 전근대적 요인을 은폐한 채, 조선 가족의 문명화를 일관되게 법 개정의 목적으로 천명했다. 특히, 봉건적 질서 하에 억압받던 여성의 권리 신장을 강조했다는 점에 주목하여, 당대 가족 내 여성 인권을 둘러싼 갈등과 긴장을 중점적으로 살펴보았다. 한국 근대문학은 이와 같은 변화를 소설 속에 풍부하게 재현하고 있다.

1장이 식민지 가족법 전반의 특성을 살펴보는 배경적 고찰로서 역할을 한다면, 2~5장에서는 당대 발표된 소설을 중심으로 본격적인 분석을 시도한다.[13] 당대 작가들은 가족법의 변화에 따라 일상에서 유동하는 가족 개념과 그로부터 생겨나는 사건을 비판적으로 성찰하고, 문학적 형상화를 통해 법질서 안과 밖에서 아직 제도화되지 않은 권리와 새로운 가족상을 모색해 나갔다.

2장에서는 근대적 부부에 대한 관념과 관련되어 파생되는 문제들을 형상화하고 있는 문학 텍스트를 살펴본다. 특히, 1910년대는 법적 이혼 관념이 등장했지만 명문화된 법적 절차는 아직 마련되지 않았던 때이다. 이 시기 지식인들은 근대적 결혼 관념의 속성 중에서도 합리적 계약 정신과 문명한 법의 정신이라는 요소에 큰 관심을

⋮

13 주로 소설을 논의 대상으로 삼지만, 희곡 두 편과 잡지에 연재된 작가들의 산문도 분석 대상에 포함한다.

보였다. 이와 같은 변화 속에서 문학은 근대적 결혼과 여성인권 문제가 충돌하는 장면을 형상화했다. 이러한 텍스트의 의미를 조명하는 동시에 1920년대 이후의 변화된 양상도 함께 살펴보았다. 법률혼에 바탕을 둔 근대적 부부라는 이상이 당대 사회에서 현실화될 수 있는지를 질문한 문학 텍스트를 살펴보았다.

1910년대는 추상적 개인으로서 여성 인권에 대한 관심이 나타났다면, 일부일처제의 법제화 이후 1920~30년대는 이혼, 첩과 제2부인 문제 등과 같이 법의 그물망 속에서 갈등을 겪는 이들의 삶과 관련된 구체적인 문제들이 중요하게 등장했다. 이에 착안하여 3장과 4장에서는 1920~30년대 발표된 문학 텍스트에 나타난 정상가족 안팎으로 소외된 위치에 있는 여성의 목소리에 주목했다. 근대와 전근대를 통틀어 가족의 젠더불평등을 낳은 가족법을 비판하는 텍스트를 조명한다.

3장에서는 주로 1930년대 발표된 문학 텍스트를 주된 분석 대상으로 다룬다. 1930년대는 신가정 담론이 확산된 상황과 맞물려 아내의 시점에서 가족 내부의 문제를 들여다보는 텍스트가 여럿 창작되었다. 가족 내 젠더규범을 고정해 나갔던 주류 담론에서 벗어나 결혼 계약과 가족 내 여성의 역할에 대해 발본적인 질문을 던지는 장면을 살펴본다.

4장에서는 1920~30년대 발표된 소설에서 첩의 위치에 있는 여성의 처지와 내면을 들여다본다. 공인된 가족만을 정상가족으로 간주함에 따라, 법의 테두리에서 벗어난 배제된 존재들이 출현했다. 첩과 제2부인, 사생아 등의 존재는 당대 지식인과 작가들에게 활발한 논의를 불러일으켰다. 1920년대 이르러 일부일처제가 법제화됨으로써 축첩은 법적으로 인정되지 않았다. 그러나 사회적으로는 용인됐던 모순적 조항으로 인해 당대 첩이 된 여성은 상당했다. 신여성이 첩이 되는 현상이 많아짐에 따라 제2부인이라는 조어가 출현하기도 했다. 문학 텍스트는 첩에 대한 낙인과 혐오로 요약되는 당대 담론의 지배적 경향과는 달리, 법적 가족의 구성원이 될 수 없는 고립된 인물의 시선과 내면을 재현하며, 구조적 문제를 통찰하게 하는 의미를 전달한다.

5장에서는 가족 질서 및 가족 관계 형성에 국가법의 개입이 광범위해지는 데 대한 비판적 인식을 보이는 동시에 새로운 가족을 상상하게 하는 텍스트를 중심으로 살펴본다. 근대법과 관습이 착종된 가족 현실을 비판적으로 바라보면서 법률로 설명되지 않은 가족을 구상하는 텍스트, 식민지시기 가족법이 지닌 자유와 평등의 한계를 표면화하는 민족 간 결합의 문제를 다루는 텍스트를 중심으로 분석한다. 이를 통해 가족 형성의 조건이 되는 민족과 국가라는 경계에 대한 비판과 이를 월경하는 도약의 의미를 밝히고 정상가족 담론으로 환원되지 않는 가족을 형상화하는 양상을 들여다본다.

한국 근대문학에 재현된 근대가족의 형성 문제는 협력과 저항, 전근대와 근대, 개인과 가족, 젠더불평등의 어느 한 틀만으로 살펴볼 수 없다. 이 모든 문제가 복잡하게 얽히고설킨 양상을 들여다볼 때 그 의미를 온전히 해명할 수 있다. 식민지 가족법은 해방 이후에도 큰 변화 없이 수용되었다. 이후 개정이 이루어졌지만, 그 속에 남겨진 흔적들은 여전히 한국사회의 가족을 설명하는 주요한 기제로 활용된다. 그렇기에 식민지시기 작가들이 가족을 중심으로 보여준 더 나은 삶을 향한 풍부한 가능성의 지표들은 문학사적 의미를 지니는 동시에 사회적 의미 또한 지닌다. 이들이 문학을 통해 펼쳐놓은 고민과 탐색은 오늘날 우리 사회의 가족을 이해하거나, 혹은 이해할 수 없어 비판적으로 들여다보려고 할 때 참고가 되리라 생각한다. 나아가 새로운 가족을 상상하려고 할 때도 도움이 되길 바란다.

1장

가족법의 등장과
근대가족의 탄생

1
식민권력에 포획된 근대가족

식민지라는 특수한 상황에서 실시된 새로운 가족제도의 도입과 그 기반이 되는 법률은 근대적 변화인 동시에 식민지를 효율적으로 지배하기 위한 수단이었다. 그리고 가족법의 궁극적인 목표는 일본의 근대가족인 이에(家)제도의 이식이었다.

국적은 일본인, 본적은 조선인

가족의 역사적 변천은 시대 구분과 조응하며 이루어져 온 것으로 이해된다. 일반적으로 근대가족은 가부장적 확대가족에서 부부 중심 핵가족으로 변화하고, 근대소설은 이러한 시대적 변화를 포착하고 서사적으로 구현했다고 여겨진다.[1] 하지만 사회적 실체로서 가족은 항상 시대의 지배적 이념과 상응하는 방식으로 구성되지는 않는다. 전통과 근대, 가족과 개인이라는 이항대립 구도로 수렴되지 않은 다양하면서도 복합적인 가족'들'이 존재했을 것이다. 가족의 변화를 견인해 나갔던 주류 담론의 흐름에 합류하지 않은 다양한 모습으로

∴

1 이언 와트, 강유나·고경하 역, 『소설의 발생』, 강, 2009, 5장 참조.

말이다.

식민지시기 문학에서 전통적 가족제도를 개인의 자유와 평등을 가로막는 폐습이라 비판하는 인물은 어렵지 않게 찾아볼 수 있다. 그러나 과거의 부정이 곧 근대적 가족제도를 긍정하는 결과로 이어지지는 않는다. 염상섭은 1920년대 초 자아의 완성과 실현을 지상선(地上善)으로 여겼다.[2] 비슷한 시기 창작된 「만세전」의 주인공 이인화는 작가의 말을 대변하듯 '개성'과 '진정한 생활'의 회복을 위해 가족의 굴레에서 벗어나고자 한다. 과연 그는 가족이라는 세계 바깥으로 완전히 빠져나갈 수 있을까.

하관에 도착하면 그 머릿살 아픈 으레 하는 승강이를 받기가 싫기에, 배로 바로 들어갈까 했으나, 배에는 아직 들이지 않는 모양. 나는 하는 수 없이 대합실로 들어갔다. 벤또나 살까 하고 매점 앞에 가서 서 있으려니까, 어느 틈에 벌써 눈치를 챘던지, 인버네스를 입은 낯선 친구가 와서, 모자를 벗으며, 국적이 어디냐고 묻는다. 나는 암말 안하고 한참 쳐다보다가, 명함을 꺼내서 내밀고, 훌쩍 가게로 돌아서버렸다.

"본적은?"

내 명함을 받아들고, 내가 흥정을 다 하기까지, 기다리고 있던 인버네스는 또 괴롭게 군다. 나는 그래도 역시 잠자코, 그 명함을 도로 빼앗아서 주소를 기입해서 주고 나서, 사놓았던 물건을 들고 짐 놓은 자

⁝

2 염상섭, 「지상선을 위하여」, 『신생활』, 1922.7.

리로 와서 앉았다. 궐자는 또 쫓아와서,

"연세는? 학교는? 무슨 일로? 어디까지……"

하며, 짓궂게 승강이를 부린다.[3]

위의 구절은 이인화가 당대 가족제도를 바탕으로 '조선적'을 지닌 국민으로 호명되는 모습을 보여준다. 동경 유학생 이인화는 삼일 운동이 일어나기 몇 개월 전 아내가 위독하다며 귀국을 바란다는 전보를 받고 집으로 돌아온다. 일본에서 이인화의 내면이 자유, 자기 해방 등의 가치와 맞닿은 인간 존재의 근원적 문제로 채워진다면, 조선으로 향하면서는 식민지 조선의 어두운 현실과 핍박받는 조선인의 삶에 대한 생각으로 대체된다.

이러한 변화는 시모노세키(下關)에 내린 이후부터 '조선인'이라는 이유로 그를 심문하는 형사들의 태도로부터 촉발된다. 검열을 의식하여 "인버네스를 입은 낯선 친구"로 표현된 형사는 이인화에게 다가와 국적을 묻는다. 명함을 내밀자, 그것으로는 충분하지 않은지 본적(本籍)을 묻는다. 이때 본적은 실거주지가 아닌 호적 작성 당시의 소재지를 가리킨다는 점에서 '일본 국적을 지닌 조선인'을 확인하는 근거이다. 본적을 밝힌 후부터 이인화를 향한 감시의 시선과 수색의 손길은 더욱 노골적으로 나타난다. 피식민지인은 국적과 본적으로 이중으로 등록된 식민 국가의 통치 체계에 의해 포착된다.

••

3 염상섭, 「만세전」, 『만세전』, 문학과지성사, 2005, 45면. 1924년 고려공사에서 출간된 『만세전』 원문과의 대조를 통해 쉼표를 추가했다.

아무리 개인의 자유와 해방을 부르짖더라도 식민지의 촘촘한 감시 체계는 이인화를 조선인으로 호명한다. 때문에 이인화는 자신이 속한 식민지 현실을 외면할 수 없다.

외형만으로는 확실하게 구분하기 어려운 조선인과 비조선인을 나누는 '본적'이라는 표지는 식민 당국이 주도한 가족제도의 도입 과정에서 만들어진 개념이다. 공식적으로는 1909년 민적법 시행으로 정착되었다. 민적법은 가족 관계의 변화를 민적에 기재하는 일종의 신분등록제도이다. 출생부터 사망에 이르기까지, 혼인, 이혼, 호주 변경 등에 따라 신분 변동이 이루어질 때는 일일이 관청에 신고해야 했다.[4] 조선시대에는 족보를 통해 가족 구성원을 자체적으로 확인했다면, 호적 도입은 가족을 매개로 국가가 국민을 용이하게 파악할 수 있게끔 했다. 이러한 제도적 정비로부터 가족은 공식적으로 국가의 하부조직이 되었다.[5] 물론 호적제도의 도입은 문벌을 타파하고 가족 집단을 균등화한다는 점에서 신분제 해체와 평등 실현이라는 근대적 의미를 지닌다. 그러나 여기에는 사회적으로 강한 영향력을 지닌 종족집단의 뿌리 깊은 유대감을 해체하려는 의도가 내포되어 있다.

이처럼 한국 근대가족은 식민 통치와 함께 출발했다. 식민지라는 특수한 상황에서 실시된 새로운 가족제도의 도입과 그 기반이 되는

••

4 홍양희, 「조선총독부의 가족정책 연구: '가(家)'제도와 가정 이데올로기를 중심으로」, 한양대학교 박사논문, 2005, 23면.
5 위의 글, 34-36면.

법률은 근대적 변화인 동시에 식민지를 효율적으로 지배하기 위한 수단이었다. 그리고 가족법의 궁극적인 목표는 일본의 근대가족인 이에(家)제도의 이식이었다.

식민권력과 가족의 세속화

이에(家)는 메이지 민법에 따라 등록된 형식적이고 이념적인 형태의 집합체이다. 함께 살지도, 더 이상 교류하지 않더라도, 법률상 가족이라는 사실만 확인하면 가족임이 증명된다. 국가의 보호와 관리 대상인 국민의 자격도 가족을 매개로 획득된다.[6] 이에(家)는 국가주의와 가족주의가 결합된 형태의 가족제도였다.[7] 호주제도는 이러한 가족국가의 특성이 유지될 수 있는 역할을 수행했다. 법적으로 절대적 권한을 부여받은 호주는 천황과 백성 사이를 연결하는 역할을 수행함으로써 개별 가족을 국가의 부분집합으로 만들었다.[8] 사실상 법인격이 부여된 존재는 '호주'밖에 없으며, 구성원의 권리는 호주의 동의에 따라 부분적으로만 인정되었다.[9] 합법적으로 막강한 권한을 부

••

6　谷口知平, 『民法要設』(全), 有斐閣, 1951, 123-124면.
7　우에노 치즈코, 이미지문화연구소 역, 『근대가족의 성립과 종언』, 당대, 2009, 94-95면.
8　김영선, 「결혼·가족담론을 통해 본 한국 식민지근대성의 구성 요소와 특징」, 『여성과 역사』 13, 한국여성사학회, 2010, 145면.
9　전경옥 외, 『한국여성정치사회사』 1, 숙명여자대학교출판부, 2004. 64면.

여받은 호주는 전제가로 비판받았던 전시대의 가장에 비할 나위 없는 강한 영향력을 가족구성원들에게 행사했다.[10]

한국의 전통가족은 조선시대 성리학을 국교로 삼아 유교적 가족관을 수용하면서 확립되어진 형태로 이해된다. 유교 사회에서 예(禮)는 국가법의 원천이자 토대인 가장 상위에 놓인 행위규범이고,[11] 가족은 유교 원리를 구현하는 모형이었다.[12] 이와 같은 사회는 법에 따른 공식적 제재보다 도덕관념의 내면화를 통한 비공식적 통제에 더욱 주력한다. 때문에 조선시대 가족은 사회 질서와 통합을 유지하는 수단으로 적극적으로 활용되었다. 그만큼 가족 질서는 엄격히 지켜져야 했고, 이를 위반했을 때는 법적 제재가 가해졌다. 하지만 동시에 가족은 국법의 제재가 침입하지 않고 자체적으로 질서를 유지하는 재량권이 허용된 공간이기도 했다.[13] 조선시대 가족은 공적 영역과 불가분한 관계를 맺고 있지만, 자족적인 질서가 인정되는 공간으로 가족의 특수성이 제거된 채 국가와 일체를 이루는 이른바 가족국가와는 다른 성격을 띤다.

부계혈통 중심의 한국가족은 조선시대 종법제도가 수용되면서 변화된 가족 형태다.[14] 부계혈통으로 이어지는 가문의 유지가 강조

..

10 홍양희, 앞의 글, 38-39면.
11 최홍기, 『한국 가족 및 친족제도의 이해』, 서울대학교출판부, 2006, 34-39면.
12 이숙인, 「유학의 가족사상」, 한국고전여성문학회 편, 『한국 고전문학 속의 가족과 여성』, 월인, 2007, 32-35면; 이태훈, 「유교적 가족관과 시민적 가족관」, 『사회사상과 문화』 2, 동양사회사상학회, 1999, 185-186면.
13 최홍기, 앞의 책, 43-50면.
14 이순구, 「조선시대 가족제도의 변화와 여성」, 한국고전여성문학회 편, 『한국 고전

되면서, 가족구성원의 정체성은 가문의 명예와 영속을 통해서 확보될 수 있었다. 가문은 구성원의 결합이나 해소에도 바뀌지 않는 독자적 조직으로 개인에 앞서 존재했다.[15] 그렇기에 조선의 가족에서 가부장의 권위는 그 무엇보다도 제사의 주재자라는 지위로 뒷받침되었고, 주로 장자를 통해 계승되었다.[16] 하지만 일본의 근대가족은 호적상의 가(家)를 계승한다. 한국가족에서 성(姓)이 영구히 변하지 않는 부계혈통의 표식으로 이해되어 왔다면, 일본의 씨(氏)는 한집안의 호적(家籍)의 변화에 따라 달라진다. 가족구성원이 되는 조건으로 혈연은 절대적이지 않다.

다시 「만세전」의 이야기로 돌아가 보자. 이인화의 시선에 포착된 한국의 전통 가족제도는 조혼, 장례문화, 부계혈통의 강조 등 허위로 가득 차 있다. 하지만 소설이 재현하는 가족은 전통가족의 모습으로 완전히 수렴되지 않는다.

소설의 핵심 사건인 아내의 매장 문제를 살펴보자. 이인화는 가족이 죽으면 대대로 내려오는 선영에 묻어야 한다는 관습에 맞서 아내를 공동묘지에 묻는다. 봉건적 관습과 전통적 가족제도에 대한 인물의 비판적 태도가 드러나는 대목이다. 그런데 이 문제는 전통과 근대의 대립만으로 그려지지 않는다. 전통가족을 유지해주는 경제적 자산으로서의 선산의 의미를 상기하는 양상으로 나타난다. 선산

• •

문학 속의 가족과 여성』, 앞의 책, 9-24면.
15 최봉영, 『조선시대 유교문화』, 사계절, 1997, 163-166면.
16 최재석, 『한국의 가족과 사회』, 경인문화사, 2009, 83, 145-148면.

에 가족묘를 만드는 행위는 효와 조상봉사라는 예(禮)의 핵심 가치를 지키는 것이고, 묘지를 만들 수 있는 토지는 문중을 유지하게 해주는 물질적 토대이다.[17] 하지만 1912년 토지조사령, 1918년 임야조사령 시행 이후 모든 토지와 임야는 신고를 통해서만 소유권을 인정받을 수 있게 되었다. 문중의 재산도 개인 명의로 전환하여 소유되어야 했다. 「만세전」에 등장하는 문중 소유의 선산을 셋째 집 종형이 문서를 위조해서 팔아버렸다는 사건은 이러한 변화 속에서 생겨난 것이다.

총독부의 묘지 정책은 근대적 소유권으로의 전환인 동시에 전통가족의 기반이자 상징적 의미를 띠는 공간을 없애버림으로써 가족에 부착되어 있는 신성성을 뺏는 작업이었다.[18] 김천 형님은 공동묘지 매장에 반대하는 등 표면적으로는 전통가족의 정신을 고수하는 듯하다. 하지만 그가 관심을 두는 것은 이인화와 마찬가지로 토지가 지닌 자본으로서의 가치다. 이들에게는 묘지의 사유화가 문제가 아니라, 사유화된 그 땅을 위조해서 팔아넘긴 친척이 문제이다. 다시 말해, 문중의 재산이 해체되거나 말거나, 그 해체된 재산을 누가 소유하는지가 중요하다.

이처럼 「만세전」은 1918년의 서울에 살고 있는, 식민지 정책에 따라 탈바꿈되고 세속화되고 있는 이인화의 집안의 풍경을 상세히 들

∵

17 김상훈, 「제사용 재산의 승계에 관한 연구」, 고려대학교 박사논문, 2009.
18 한만수, 「「만세전」과 공동묘지령, 선산과 북망산 – 염상섭의 「만세전」에 대한 신역사주의적 해석」, 『한국문학연구』 39, 한국문학연구소, 2010. 123면.

여다본다. 전근대와 근대가족을 둘러싼 여러 이해들이 부딪치고 있는 장면들은 식민지시기 가족이 담론과 제도를 통해 수용된 이념들로 설명될 수 없는 요동치고 있는 현장을 보여준다.

2
조선가족의 개혁과 문명화 과제

근대법은 가족 문제를 온전히 해결할 수 있는 구원자 역할을 했을까. 조선가족의 문명화라는 명분 아래, 당국이 선전한 가족법과 가족정책의 식민성과 봉건성은 가려진 채 '근대성'만이 강조되었던 것은 아닐까.

근대 민법 제정에 대한 기대

「만세전」의 결말에서 이인화는 아내의 장례를 마치고 동경으로 떠난다. 내년에는 성례를 해야 하지 않겠냐는 큰집 형님의 말에, 그는 "겨우 무덤 속에서 빠져나가는데요?"라고 말한다.[19] '성례'라는 말과 연결할 때 '무덤'은 '가족'이라는 의미로 해석된다. 이인화에게 가족은 근대와 전근대를 막론하고 자유로운 개인을 구속하는 족쇄이다. 가족과 개인의 관계에 대한 이러한 문제의식은 근대 초기 지식인들에게서도 발견된다. 차이가 있다면 이인화가 자아라는 내적 차원에서 자유를 희구하는 것과 달리, 이들은 국가와 법률에 대한

••

19 염상섭,「만세전」, 앞의 책, 168면.

신뢰를 보인다.

대한제국 말기 잡지에는 조선시대에 없었던 민법의 근대적 특질을 설명하는 내용의 글이 여러 차례 게재된다.[20] 근대 초기 민법 제정의 필요성은 공동체의 기본 단위를 가족이 아닌 개인으로 옮기고자 하는 열망과 함께 공론화되었다. 법률은 개인을 '계약주체'로 존재할 수 있게 하는 제도적 기반이 된다. 서구 근대 계약론의 출현과 함께 개인은 가족의 이름을 거치지 않고, 타인과의 관계를 자율적으로 맺고 끊을 수 있는 독립된 개체로 인정받기 시작했다.[21] 한국사회에서도 법률은 개인을 계약주체로 존재할 수 있게 하는 제도로 기대되었던 것이다. 성문화된 민법전 편찬은 제도적 차원에서 개인이 출현할 수 있는 조건이자 문명의 소산으로 이해되었다.

예를 들어, 두천생(荳泉生)은 「법률발생의 원인」에서 관습과 법률, 사회와 국가를 대척 관계로 설정하고서, 자유로운 상태를 지향하는 개인들이 공존하는 사회가 무질서 상태로 빠지지 않기 위해서는 국가에 의한 성문화된 법률이 필요하다고 역설한다. 근대 실정법은 공동체의 규율인 관습이 진실성과 도덕성의 문제가 제기되어 의혹에 휩싸이면서 그 효력을 잃게 될 때 제정된다.[22] 이 글에서 국가는 가

··

20 두천생, 「법률발생의 원인」, 『대동학회월보』, 1908.2; 운정 윤효정, 「형법과 민법의 구별」, 『대한자강회월보』, 1907.5; 이종린, 「민법총론 (2호 속)」, 『대한협회회보』, 1908.12; 조완구, 「민법총론」, 『대한협회회보』, 1908.4;안국선, 「민법과 상법」, 『대한협회회보』, 1908.7; 변덕연, 「법률이 사세에 시행되는 이유」, 『대한협회회보』, 1908.8; 박성흠, 「민법강의의 개요」, 『서우』, 1907.6.

21 권용혁, 『한국 가족, 철학으로 바라보다』, 이학사, 2012, 153-154면.

22 로베르토 웅거, 김정오 역, 『근대사회에서의 법: 사회이론의 비판을 위하여』, 삼

족과는 달리 개인의 권리를 억압하지 않고 보호해 줄 집단으로 긍정된다. 이러한 전제는 다른 글에서도 공유된다. 근대 초기 담론에서 국가가 또 다른 억압의 주체가 될지 모른다는 생각을 찾아보기는 쉽지 않다.

조선시대 가족은 공적 영역과 불가분한 관계를 맺고 있지만, 자족적인 질서가 인정되는 공간이었다. 그러나 문제가 있더라도 가부장을 중심으로 한 가족 내 자체적 해결을 우선시한다는 것은 불합리한 질서가 횡행했을 때 개인의 목소리가 밖으로 삐져나오기 어렵다는 뜻이기도 하다. 근대에 이르러 지식인들이 봉건 가족의 전제성을 소리 높여 비판한 가장 큰 이유가 여기에 있다. 가족에 근간을 둔 도덕법칙이 사회 윤리로 확장된 세계에서 개인의 자유와 평등은 중요한 가치로 추구되기 어렵다. 당시 논설에 나타난 민법 도입을 향한 기대가 가부장 중심의 가족 질서 비판과 함께 나타났던 것은 이러한 맥락과 무관하지 않다.

1910년대 일본 유학생들에게도 그 문제의식은 이어졌다. 이들은 가부장의 전제적 권위가 인정되는 조선의 가족을 개혁하여 각 구성원의 인격과 개성을 존중할 수 있는 이른바 '공화적인' 가정으로의 전환을 주장했다.[23] 개인주의에 입각해 구사상을 개혁하려는 이들에게 계약을 비롯한 근대법의 원리와 실제는 가정 개혁의 실마리를 제

∴

영사, 1994, 77-78면.

23 박승철, 「우리의 가정에 재(在)한 신구사상의 충돌」, 『학지광』, 1917.5; 송진우, 「사상개혁론」, 『학지광』, 1915.5; 춘원생, 「조선 가정의 개혁」, 『매일신보』, 1916.12.14; 전영택, 「구습의 파괴와 신도덕의 건설」, 『학지광』, 1917.5.

공해 주었다.

재일유학생들이 모여 발간한 『학지광』은 조선의 문명화를 위한 지식인 청년들의 뜨거운 열망으로 가득 찬 1910년대 대표적인 잡지이다. 1915년 5월에 실린 송진우의 「사상개혁론」은 조선의 국가 이념인 유교사상을 깨부수어야 한다는 주장이 강하게 나타나는 글이다. 그의 눈에 포착된 유교적 가치를 구현하는 대표적인 대상은 가족이었다. 그는 경찰과 법률을 통해 통치 시스템이 군건하게 자리잡은 근대 사회에서는 가족 중심의 법이 개입해서는 안 된다고 단호히 말한다. 국가가 체계적인 법 시스템을 통해 위력을 행사할 때, 전제가로 군림하는 가부장은 힘을 잃게 되리라고 진단한다. 독재자의 자의적인 지배가 이루어지는 '법에 의한 지배'와는 변별되는 법에 의해 합리적 통치가 가능한 '법의 지배'로 이루어지는 사회를 꿈꿨다.[24]

이러한 염원은 국가법을 정돈해나가는 과정과 상응했다. 1894년 갑오개혁으로 신분과 가족에 대한 법령이 공포된 후, 1905년 대한제국은 민사규정의 내용이 부분적으로 포함된 『형법대전』을 제정하고서 바로 민법전 작업에 착수했다. 그러나 이 법전은 편찬에는 이르지 못했다. 근대 민법 제정은 통감부를 중심으로 이루어지다가 병합 이후에는 조선총독부가 이를 계승하게 된다.[25]

••

24 박성우, 「윤리와 정치의 통합으로서의 법의 지배」, 『21세기 정치학회보』 19, 21세기정치학회, 2009, 25-26면.
25 정긍식 편역, 『(국역)관습조사보고서』, 한국법제연구원, 1992, 7-8면.

조선의 전통가족, 야만과 범죄의 온상

일본유학생 중에서도 이광수는 그 누구보다도 조선 가족의 전근대성을 강도 높게 비판했다. 이는 조선의 문명화라는 과제에 대한 관심이지만, 동시에 그의 개인적 체험에서 비롯된 내적 갈등이 투사된 것이기도 하다. 이광수는 1910년 백혜순과 혼인했으나 1918년 협의이혼에 이른다.[26] 자전적 소설인 『그의 자서전』을 보면, 감정적 교류 없이 이루어진 혼인을 "일생에 큰 파란의 원인"[27]이라고 말하면서 경솔하게 결혼을 결정했다고 말하는 대목이 등장한다. 사랑하지 않은 아내와의 관계, 허영숙과의 연애는 1910년대 중후반 이광수의 내면 풍경이 혼인과 가족제도의 문제를 천착하는 데로 이끌었던 동력이었을 터이다.

1910년대 중후반 발표된 그의 논설은 민족의 성쇠와 조선의 문명화를 위해 가족 개혁의 필요성을 제기한다는 점에서 다른 계몽지식인들의 주장과 동일선상에 놓여 있다. 그러나 이광수의 글은 구체적인 실정법에 대한 이해 속에서 근대적 인권과 법에 대한 인식이 나타나고 있어 다른 논자들보다 눈에 띈다.

「조선가정의 개혁」을 보자.[28] 이광수는 조선 가정의 죄악은 구성원들의 인격을 무시하고 인권을 침해하는 것이고, 그 원인은 가장

••

26 김윤식, 『이광수와 그의 시대』 2, 솔, 1999, 554-560면.
27 이광수, 「그의 자서전」, 『이광수 전집』 6, 삼중당, 1971, 338면.
28 춘원생, 「조선 가정의 개혁」, 『매일신보』, 1916.12.14-1916.12.22.

이광수와 그의 가족(허영숙, 장남 이봉근)과 미국인 선교사(1929년)

의 전횡에 있다고 신랄하게 비판한다. 가장이 무능력하거나 타락할 때, 후견인, 금치산, 준금치산과 같은 현대 법률적 제도를 통해 구제 받을 수 있다고도 말한다. 그런데 이 글은 1916년에 쓰인 것으로, 개인의 능력에 따른 법률적 제재는 조선에서 시행되지 않았다. 조선민사령이 처음 제정되었을 때 능력 관련 규정은 관습에 따른다고 명시되었고, 1921년 개정이 이루어짐에 따라 '친권·후견·보좌인 및 무능력자를 위하여 설립하는 친족회에 관한 규정'은 관습을 따르지 않게 되었다. 이광수는 당시 식민지 조선에 통용되지 않았던 일본 민법을 염두에 두고서 논의를 전개해 나간 것으로 보인다. 법률에 대한 그의 관심과 기대를 보여주는 대목이다. 다른 글에서도 이광수는 가족 개혁을 주장하며 전례의 혼인 관습을 비판하면서 국가법이

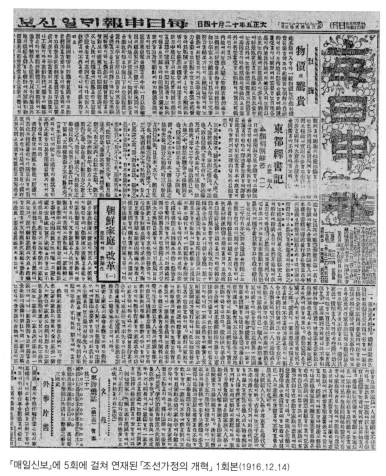

『매일신보』에 5회에 걸쳐 연재된 「조선가정의 개혁」 1회본(1916.12.14)

사회적 약속인 관습보다 우선시되어야 한다는 입장을 피력했다. 사
회의 풍속과 도덕을 정체시키는 원인인 유교적 가치가 지닌 보편성
과 영구성을 깨부수는 수단으로서, 필요에 따라 입법과 개정이 가능

하며 제재의 강제성이 있는 법을 긍정했다.

지식인들의 논설에서 가부장의 전제적 성격이 비판의 초점이 되었다면, 신문에 실린 당대 가족을 둘러싼 여러 사건들은 더욱 역동적인 모습으로 나타났다. 1910년대 『매일신보』에서 가족 문제는 주로 소송과 재판, 추문, 범죄와 같은 내용과 결합하여 다뤄졌다. 기사 속 가족은 국가권력의 실행기관인 사법기관과 경찰, 행정기관에 의해 교정되거나 징치되어야 할, 무질서한 조선 사회를 대변하는 집단으로 표상되었다. 풍속개량을 통해 계도해야 할 미개하고 야만적인 집단으로 나타났다.

대표적인 것이 거의 매일 등장하다시피 했던 가족 내 폭력과 살해 사건과 같은 범죄 기사이다. 자극적인 내용에 가벼운 논조가 더해져 일종의 사회적 유행처럼 다루어졌다. 독약으로 아내를 살해했다는 기사, 아내의 어머니를 살해했다는 기사, 아내가 간통한 남자의 아버지를 살해했다는 기사, 오십이 된 여성이 젊은 정부(情夫)와 공모하여 남편을 살해했다는 기사 등이 즐비하게 신문지면을 장식했다.[29] 이러한 사건들은 마치 드라마를 시청하듯 가볍고 자극적인 어조로 기사화되었다.

한편, 가족이 법을 매개로 국가의 인적 관리 체계에 포획되던 현실은, 일제강점기 부(府)의 행정사무를 처리하던 부청(府廳) 민적계

••

29 「독약으로 본부(本夫) 살해」, 『매일신보』, 1914.8.1; 「처의 시모를 참살(慘殺)」, 『매일신보』, 1914.11.29.; 「간부(姦夫)의 부(父)를 살해」, 『매일신보』, 1914.12.3.; 「해심(駭心)할 강상(綱常)의 대변(大變)」, 『매일신보』, 1915.10.27; 「오십 노파 본부(本夫)를 살해」, 『매일신보』, 1917.1.12.

에서 호적상의 변화 내역을 알리는 보도를 통해서도 알 수 있다. 예를 들어 1916년 7월 26일 『매일신보』에 실린 「혼인과 이혼 수: 경성부 민적계의 성적」은 전달인 6월간 취합된 사건과 관련된 통계를 고지한다. 이주, 출생과 사망, 혼인과 이혼, 개명 신청, 호주 변경, 분가 신고, 일가 창립, 폐가와 입가 등에 해당하는 신고서가 부청에 접수된 수를 제시한다. 이러한 보고 형식의 글이 지면에 반복적으로 실림으로써 신고 절차에 익숙하지 않은 조선인들을 계도하는 역할을 했을 것으로 보인다.

대부분의 기사는 경성지방법원, 부산지방법원과 같이 사건을 주관하는 법원의 존재와 피고와 원고의 성명 및 주소지 등의 신원 정보를 구체적으로 제시한다. 이러한 정보의 나열은 법적 집행 절차가 합리적이고 객관적이라는 인상을 주어 법원이 가족 문제를 정당하게 해결해 주리라는 기대와 신뢰감을 갖게 한다. 경찰서에 찾아가 이혼시켜 달라고 하소연하는 사람들은 공공기관에 대한 의존도가 높아졌던 당대 현실을 잘 보여준다.[30] 물론 이는 식민지 조선 사회만의 특수성이 아니라 근대법의 특징이기도 하다. 어떤 특정한 신념으로 분석되거나 좌우되지 않는다는 근대법의 자율성은 사법적 판단과 법원이라는 전문화된 기관, 변호사라는 전문가 집단에 의해서 보장된다.[31] 당대 지식인들의 논설에서도 발견되는 법의 역할이 긍정

●●

30 「명원탕부(鳴寃蕩夫): 이혼을 시켜주던지 징계를 하여주던지」, 『매일신보』, 1914.7.24.
31 로베르토 웅거, 앞의 책, 67면.

적으로 나타니고 있는 현장이기도 하다.

하지만 당대 실시된 근대법은 가족 문제를 온전히 해결할 수 있는 구원자 역할을 했을까. 조선가족의 문명화라는 명분 아래, 당국이 선전한 가족법과 가족정책의 식민성과 봉건성은 가려진 채 '근대성'만이 강조되었던 것은 아닐까.

3
조선총독부의 가족정책과 식민지 가족법

조선총독부는 가족의 문명화를 제시하면서 일관되게 여성의 인권 확대를 피력한다. … 그렇다면 당대 가족법은 효과적인 식민지 지배를 위한 정책이긴 하나 여성에게만은 자유와 해방을 가져다주었다고 평가할 수 있을까.

관습, 만들어진 전통

「만세전」에서 이인화가 비판적으로 바라본 대상은 전통가족의 성격을 온전히 갖추고 있는 모습이 아니라 근대에 접어들어 변화하고 있는 가족으로 나타난다. 이렇듯 이인화가 비판적으로 바라본 가족이 온전히 전통적인 모습으로 환원되지 않듯, 식민지시기 가족을 봉건적 전통에서 근대적인 변화로 이행했다고 보는 것은 단순한 접근이자 현실과 일치하지 않은 관념적 사유의 결과이다. 게다가 오늘날 유교적 전통의 잔재라 일컬어지는 가족주의에는 일부분 식민지시기 가족법의 영향이 틈입되어 있다. 대표적인 예로, 지금은 폐지된 호주제도는 해방 이후 국가 설립 이후부터 오랫동안 민족문화라는 이름으로 존치되었지만, 식민지 가족법의 틀 속에서 만들어진 전통

이다.[32]

식민지시기 가족법은 그 자체로 복합적 성격을 띤다. 조선총독부가 실시한 가족정책의 법적 기반은 호주 중심 가족의 성립을 위한 호적제도였다. 가족 구성원의 권리와 의무가 명시된 친족상속법에 해당하는 조선민사령 제11조는 그에 상응하는 내용으로 구성되었다. 호적제도가 가족 간의 경계를 설정한다면, 친족상속법은 가족 내부의 경계를 정한다. 가족 구성원 자격의 획득과 상실의 경로를 제시하고, 재산에 대한 권리와 의무 등이 발생하는 경우를 명시한다.[33] 민법에 포함되진 않지만 가족 관계 재편에 영향을 미치며 이혼 문제와 긴밀한 관계를 보이는 간통죄와 같은 형법 조항도 이때 만들어졌다.

식민지시기 호적법과 친족상속법은 크게 세 차례 개정되었다. 식민지시기 전반에 걸쳐 일본 민법의 차용 범위를 점차 확대해 나갔으나, 일제말기 전까지는 조선인의 반감을 고려해 관습을 최대한 채택하겠다는 뜻을 유지했다. 일본 민법으로 대변되는 근대법과 관습법(공인된 관습)이 착종된 형태로 현실에 작용하고 있었다.

1912년 3월 조선총독부는 조선민사령을 공포했다. 일본 민법을 적용하는 것을 기본 방침으로 삼되, 친족 및 상속에 관한 법령인 제11조 규정은 예외적으로 조선 관습을 법원(法源)으로 삼는다는 특징을 지닌다. 그런데 조선의 가족을 존중한다는 명목 아래 유지하겠다고 선포한 '관습'은 고유한 전통도 아니고, 동시대 현실에서 사용하

••

32 양현아, 앞의 책, 제3부 참조.
33 홍양희, 앞의 글, 54면.

던 실질적 관습을 충실히 반영한 것도 아니었다.

일제는 1908년 5월부터 1910년 9월까지 한국의 민사, 상사(商事) 관습을 조사하여 1910년, 1912년, 1913년에『관습조사보고서』를 간행한다. 조선총독부가 민법전 편찬을 위해 파악한 내용으로, 일본의 민법 체제와 개념을 기준으로 삼고서『경국대전』을 비롯한 법전을 중심으로 조사한 결과이다. 유교적 질서를 고수했던 양반 중심 문화가 조선 전체의 관습으로 간주되었고, 당시 변화된 시대에 발맞추어 생활세계에서 싹트던 새로운 관습은 대체로 포함되지 않았다.[34] 지역이나 계층 차이에 따라 형성된 상이한 관습도 폭넓게 반영되지 않았다. 이를테면, 아내를 내쫓을 수 있는 일곱 가지 죄악과 세 가지 예외를 뜻하는 '칠거지악 삼불출(七去之惡 三不出)'이 이혼과 관련된 관습법의 내용으로 확정되었다.[35] 하지만 조선시대에도 이에 근거하여 아내를 쫓아낸 경우는 드물었다. 조선의 사회 운영의 핵심은 가족 집단에 있었기에 부부의 우호적 관계는 국가의 적극적인 노력을 통해 유지되어야 했다.[36]

이처럼 근대 민법 체계 아래 처음 등장한 친족상속법에 명시된 관습은 조선총독부에 의해 '만들어진 전통'이었다. 하지만 흥미롭게도 근대적 인권에 대한 감수성 확장은 관습을 중심으로 이루어진

••

34 민사령 도입 이후 식민지 조선에 생겨난 새로운 가족관행에 대한 판례나 조례 등을 관계 당국이 승인할 경우, 이후 사례에서 그것이 관습의 내용으로 자리 잡기도 했다. 양현아, 앞의 책, 122-124면.
35 홍양희, 앞의 글, 65-68면.
36 이순구,『조선의 가족, 천 개의 표정』, 너머북스, 2011, 42-46면.

법체제를 넘어선 '개인의 권리'를 주장하는 현상을 야기했다. 당대 일본인을 중심으로 구성된 사법 기관에서는 이미 개인의 권리가 주요한 기준으로 나타났고, 실제 판결에서도 일본 민법이 광범위하게 적용되었다.[37]

식민지 가족법의 전개

조선의 관습 아래 섞여 있던 일본 민법의 흔적이 구체적인 조문으로 합법의 영역에 자리 잡은 것은 1920년대에 이르러서이다. 1920년대 초 조선민사령 제11조는 두 차례 개정이 이루어졌다. 그 결과 관습에 따른다는 조항 일부가 일본 민법의 적용을 인정하는 방향으로 바뀌었다. 이때부터 일본 민법은 필요한 부분만, 상황에 따라 편의적으로 해석되어 이용되었다. 내용적으로는 결혼과 이혼과 관련된 부분이 주로 개정되었다.[38]

∙∙

37 소현숙, 「식민지시기 근대적 이혼제도와 여성의 대응」, 한양대학교 박사논문, 2013.
38 2차 개정 당시 제11조의 내용은 다음과 같다.
　① 조선인의 친족 및 상속에 관하여는 별도의 규정이 있는 것을 제외하고, 제1조의 법률에 의하지 아니하고 관습에 의한다. 다만, 혼인연령·재판상의 이혼·인지·친권·후견·보좌인·친족회·상속의 승인 및 재산의 분리에 관한 규정은 그러하지 아니하다.
　② 분가·절가재흥(絶家再興)·혼인·협의이혼·결연 및 협의이연은 부윤 또는 면장에게 신고함으로써 그 효력을 발생한다. 다만, 유언에 의한 결연신고는 양부모가 사망한 때부터 효력을 발생한다.

이로써 사실혼의 관행을 부정하고, 신고를 통해 공인된 법률혼 부부만을 인정하기 시작했다. 더불어 일본 민법에 명시된 이혼 가능 사유가 적용되었다. 호적과 관련된 사항도 제11조의 2~9항에 신설되었고, 그밖에 추가적으로 필요한 사항은 조선 총독이 정하는 것으로 명시했다.[39] 신분의 변동과 관련된 내용이 일본 민법을 따르는 방향으로 바뀌자, 곧이어 그 신분을 공증하는 호적법의 개정이 이루어졌다. 1922년 12월 조선호적령이 공포되었고, 1923년 7월부터 일본과 동일한 호적법이 적용되기 시작했다.

법 개정과 관련된 기사들은 대체로 조선의 가족제도가 좀 더 문명한 상태에 도달하게 되었다는 내용이었다.[40] 총독부 법무국 민사과장 미야모토(宮本)는 당시에 정착된 호적법이 일본 민법에 기초하되 조선 관습을 무시하지 않은 최선의 개정안이라고 자평하면서, 연신 구제도보다 진보했다고 강조했다.[41] 또한, 사실혼에서 법률혼으로의 이행과 일본의 이혼법 적용을 근대적인 변화로 소개했다. 사실혼의 관행으로 많은 여성이 결혼 사기를 당했던 그간의 문제가 해결되리라는 진단이 제출되었다.[42] 조선시대 부부는 인륜의 근본이라는

••

39 이정선, 「일제의 내선결혼 정책」, 서울대학교 박사논문, 2015, 318-319면.

40 「민사령 중 개정」, 『동아일보』, 1921.11.14; 「민사령 개정에 대하야」 (1)-(3), 『동아일보』, 1921.11.15-18; 「민사령 개정 전문」, 『동아일보』, 1922.12.7; 「개정된 민사령과 호적령의 요지」 (1)-(14), 『동아일보』, 1922.12.17-31.

41 「개정된 호적제도 요점에 취하야」, 『동아일보』, 1923.6.29-7.3; 「개정 호적법의 특색」, 『매일신보』, 1923.6.30; 「민사령 개정의 효과」, 『동아일보』, 1921.11.17.

42 「혼인과 변성(變姓)은 허설(虛說)」, 『동아일보』, 1922.11.8; 「조선민사령 개정과 혼인예약을 논함」 (1)-(19), 『동아일보』, 1923.7.3-21.

허울 뒤에서 혈통의 계승과 정치 · 경제적 이익을 위한 친족 집단의 거래로 맺어진 관계로 보는 논의가 있다.[43] 이러한 관점을 참고한다면, 식민지 가족법은 당사자의 의사와 감정을 존중하는 결혼과 이혼 행위를 인정한다는 점에서 조선의 전근대적 관습 질서로부터의 해방을 가져오는 매개가 되었다. 하지만 이러한 사실을 긍정하더라도, 문명을 내세우는 정책에 숨겨진 식민지 사회의 재편이라는 일제의 목적을 잊어서는 안 될 것이다.

한편 개정 전부터 조선 관습에 어긋나는 변경은 결단코 없으리라고 역설하는 글이 실리기도 했다. 결혼 후 성(姓)이 바뀌거나 데릴사위가 그 집의 성을 따르는 것은 허무맹랑한 이야기라고 단정하는 내용의 글이 대표적이다.[44] 부계 중심의 혈통을 중시하는 조선의 전통 가족제도에서 성을 바꾼다는 관념은 용납되기 어려웠다. 1920년대 초, 사람들은 문명의 보편적 진보에 걸맞은 개정으로 여겨지는 부분에는 열렬한 지지를 보이면서도, 전통적인 조선 가족제도를 근본적으로 뒤흔드는 법의 시행에는 경계심을 강하게 드러냈다.

일제말기에 이르러 가족법은 일본 가족제도 이식을 위한 예비적 작업으로서의 목표를 뚜렷하게 표출했다. 1939년 조선민사령과 조선호적령이 개정되었고, 이때부터 조선총독부는 성(姓)과 씨(氏)를 엄격히 구분했다.[45] 『매일신보』는 성과 다른 씨의 의미, 씨 설정 방

----

43 이이효재, 『조선조 사회와 가족』, 한울아카데미, 2003, 46면; 마르티나 도이힐러, 이훈상 역, 『한국의 유교화 과정』, 너머북스, 2013, 324면.
44 「혼인과 변성(變姓)은 허설(虛說)」, 『동아일보』, 1922.11.8.
45 이승일, 『조선총독부 법제 정책: 일제의 식민통치와 조선민사령』, 역사비평사,

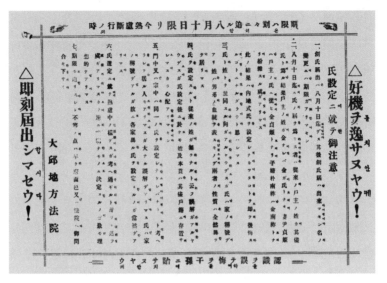

대구지방 법원의 창씨개명 공고문

법, 씨의 설정 제한, 개명 조건, 서양자(사위를 삼을 목적으로 입양시키는 양자)제도의 의미 등을 자세히 설명했다.[46] 법령 반포 이후 실제 시행에 앞서 재래의 관습과 구분되는 법을 대중에게 이해시키기 위해서였을까. 이와 유사한 정보를 담은 글이 여러 차례 게재되었다.[47]

1940년 실시된 창씨개명은 호주로부터 신고를 받는다고 했지만, 신고를 하지 않은 경우에도 별도의 동의 없이 본래 성을 씨로 전환

∵

2008, 286-287면.

46 「서양자제도 실시와 출가하면 시가(媤家) 성」, 『매일신보』, 1939.11.10.

47 「서양자, 이성양자: 씨 제도 등 제정에 대하여」, 『매일신보』, 1939.11.10; 「호성(屢姓)"을 "김씨"로 안되고 "박이(朴李)"가 씨, "순애"가 명(名)」, 『매일신보』, 1939.11.11; 「"씨"란 무엇요?」, 『매일신보』, 1939.12.2.

하는 강제적인 정책이었다. 당시 호적에 등재된 사람이라면 모두 예외 불문하고 창씨(創氏)를 하게 된 셈이었다.[48] 씨 제도의 이식이 본격화됨에 따라 조선의 가족제도에는 이질적인 두 제도, 이성양자(異姓養子)와 서양자(婿養子)가 가능한 법적 토대가 마련되었다. 조선총독부는 씨 제도가 조선인과 일본인의 가족 관계 형성을 용이하게 해 민족 간의 차별이 무화되며, 상속권을 인정하는 부분에서는 성이 같다는 이유로 타인에 가까운 이를 양자를 들이는 것보다 사위를 양자로 삼아 딸의 상속권을 인정하는 것이 평등한 방식이라고 설명했다. 상속의 동등권의 강조는 여성을 권리를 가진 보편적 '사람'으로 호명하는 것이기도 했다.[49] 이러한 제도의 시행은 사회적으로 큰 저항에 부딪혔다. 부계 혈통을 중시하는 조선 전통 가족에서 성(姓)이 다른 이를 양자로 삼거나 사위로 삼으면서 양자로 입양한다는 것은 납득할 수 없는 일이었다.

식민지시기 가족법의 변화 과정은 총독부의 식민 통치 방침과도 관련이 있다. 병합 직후에는 식민 통치를 향한 거센 반감을 막기 위해 관습을 존중하는 태도를 취했다. 1920년대 초에 이루어진 법 개정은 문화 통치라는 흐름에 발맞춰 혼인과 이혼에 개인의 자유를 부여한다고 선전하면서 법의 근대적 성격을 강조했다. 일제말기에는 전시체제에 맞춰 조선인의 황민화와 인적 자원의 원활한 관리를 위

••

48 미즈노 나오키, 정선태 역, 『창씨개명』, 2008, 68-74면.
49 전은경, 「'창씨개명'과 『총동원』의 모성담론의 전략」, 『한국현대문학연구』 26, 한국현대문학회, 2008, 366-373면.

해 일본의 가족제도를 본격적으로 이식하고자 했다.

그런데 조선총독부는 가족의 문명화를 제시하면서 일관되게 여성의 인권 확대를 피력한다. 근대 사회로의 진입은 여성의 권리에 대한 인식 변화와 맞물려 전개되었다는 사실을 고려할 때, 이는 자연스러운 일이지만 동시에 다분히 전략적인 행위이다. 그렇다면 당대 가족법은 효과적인 식민지 지배를 위한 정책이긴 하나, 여성에게만은 자유와 해방을 가져다주었다고 평가할 수 있을까.

4

가족 밖으로 나온 여성,
법을 통해 권리를 주장하다

가족의 형성과 해체가 민법의 적용 속에서 이루어지던 현실 속에서, 각 구성원
들은 법에 의거하여 그동안 침묵을 요구받았던 자신의 권리를 되찾고자 했다.
그중 법의 변화로 삶의 풍경이 급격하게 달라졌던 이는 단연 여성이었다.

이혼을 요구하는 여성들

「만세전」에서 이인화의 진정한 생활은 가족 밖에서 가능한 것으
로 나타난다. 하지만 아이러니하게도 가족은 이인화가 누릴 수 있는
자유의 토대이기도 하다. 그는 가족의 경제적 지원으로 유학생활을
하고, 아들을 형의 양자로 입적시켜 부모의 책임에서 벗어날 수 있
다. 사실상 이인화는 가부장적 가족제도의 수혜자이기에 개인으로
서 자유를 누릴 수 있다. 이와 달리, 여성인물들은 가족 내부에서는
권리를 행사할 수 없고, 가족 바깥의 삶은 상상하지 못하는 모습으
로 그려진다. 조혼하여 남편 없는 집에서 십 년 남짓 시집살이를 한
이인화의 아내는 죽기 직전까지 자식 걱정뿐이다. 김천 형님의 둘째
부인이 된 최참봉의 딸 금순은 가세가 기운 집안의 밑천을 마련해주

는 조건으로 팔려왔다. 이들은 전통가족 내 젠더규범을 내면화하여 자기의 목소리를 가지지 못한 존재로 그려진다. 이인화와 다르게 이들은 자유를 갈망한다는 생각 자체를 가질 수 없는 가족 내부에 붙박인 존재이다. 근대적 법률은 이 같은 여성들에게 가족 안과 밖에서 목소리를 낼 수 있도록 해 주었다.

1910년대 『매일신보』에 실린 가족 관련 범죄사건 기사를 살펴보면, 이혼 청구 또는 이혼 소송 과정에서 빚어지는 일들이 그 원인인 경우가 많다. 그리고 이혼 청구와 소송의 주체는 상당수가 여성이었다. 이혼 청구와 소송이 활발해진 현상은 조선시대와 달리 개인의 의지에 따라 법적 이혼이 가능하다는 인식이 확산되었기 때문이었다. 1909년 민적법 실시로 이혼은 신고와 같은 행정 절차로 가능하게 되었다. 이혼과 관련된 세부적 절차는 마련되지 않았지만 이혼에 대한 관념적 장벽은 상당히 완화되었고, 그러한 분위기 속에서 생겨난 변화는 실로 대단했다. 이른바 관습법시대라 불리는 이때, 일부 이혼재판 소송에서는 거기에 준하지 않은 판결이 내려지기도 했다.[50]

『고등법원판결록』에 남아 있는 판례 하나를 살펴보자. 1915년 4월 경성복심법원에서는 친정 모친에 대한 남편의 모욕을 이유로 청구된 이혼을 '정당한 권리'로 인정하여 승인했다.[51] 아내가 제기한 이혼 소송 사유는 인권존중 차원에서 근대법 정신에 부합한다. 또한, 당대 일본 민법에 제시된 재판상 이혼이 가능한 열 가지 조건 중 하

..

50 홍양희, 앞의 글, 82-85면.

나인 "배우자가 자기의 직계존속에 대하여 학대를 하거나 혹은 그에게 중대한 모욕을 가했을 때"에 해당한다. 물론 고등법원 판결에서 일본 민법을 준거로 삼아 이혼 청구 원인의 정당성을 직접적으로 밝히지는 않았다. 한편, 남편은 이 판결에 불복하여 조선 관습상 아내는 이혼을 청구할 수 없다면서 상고한다. 인습적 사고의 일환인 동시에 관습에 따른다는 조선민사령에 적시된 내용에 따른 이의제기였다. 따라서 법정의 판결이 아내의 손을 든 것은 식민지라는 현실에서도 근대법의 정신이 살아있고, 여기에 호응하는 사람들이 많아지고 있다는 사실을 방증한다.[51]

또 다른 판례를 살펴보자. 이것도 남편이 장모를 폭행해 아내가 이혼을 청구한 사례인데, 앞의 사례와는 다른 근거가 제시되고 있다. 재판부는 조선의 관습은 효(孝)를 중시하기 때문에 이혼 청구가 정당하다고 판결한다. 남편은 조선 관습에 대한 오해에서 비롯된 판결이라면서 이의를 제기했다. 조선 관습에는 여성의 삼종지도(三從之道)가 그 무엇보다 중요한 덕목이라고 주장하면서 고등법원에 상소했다. 그러나 고등법원은 남편이 제기한 상고를 기각했다. 소현숙은 당시 아내들의 이혼 청구 원인의 상당수가 남편의 학대 모욕으로

••

51 해당 사례는 『고등법원판결록』 제3권의 216면에 있는 내용이다. 재판상 이혼 사례를 여럿 소개하고 있는데, 그중 기각된 사례로는 '악의의 유기를 이유로 부(夫)가 처(妻)를 상대로 이혼 청구'(1917.6.19), '(夫)의 인장을 남용하여 문서를 위조한 처에 대한 청구'(1920.9.9), '처가 부의 거세를 이유로 이혼 청구'(1921.2.9) 등이 있었다. 『고등법원판결록』의 내용은, 정광현, 『한국 가족법 연구』, 서울대학교 출판부, 1967, 100-102면.

나타났는데, 이에 대한 판결이 관습의 이름을 빌려 판결되고 있었으나 실제로는 일본 민법을 참고하였다고 분석한다. 여성들의 이혼 청구가 빗발치는 상황에서, 그들의 욕망을 억누르기만 한다면 자살이나 살상과 같은 참혹한 사건이 발생할 우려가 있기 때문이다.[52] 그렇다면 판결을 내리기 위해 활용된 근거는 관습 또는 일본 민법이라고 할 수 있지만, 판결의 방향을 움직이는 주요한 축은 여성의 욕망이 아니었을까. 어떤 배우자와 살아갈 것인가, 어떠한 가족을 구성할 것인가에 대한 여성들의 욕망이 들끓기 시작했던 것이다.

여성의 권리 추구를 바라보는 시각은 그리 따뜻하지 않았다. 『매일신보』에 게재된 이혼 관련 기사는, 이러한 여성들의 변화를 바라보는 시각이 비난에 가깝다는 것을 보여준다. 기사들은 대체로 그 책임을 여성 개인의 품행 문제로 돌리면서, 여성들의 무자각한 행동을 합리적으로 판단해야 하는 사법기관의 역할을 강조했다.[53] 1912년 7월 12일에는 무분별하게 이혼을 청구하는 여성의 행위를 법관이 잘 분별할 필요성이 있다는 당부와 함께, 이혼 법률이 부부유별(夫婦有別)에 따른 예절을 사상시키는 풍조를 조장한다고 비판하는 내용의 기사가 실렸다.[54] 이혼 청구와 소송, 이를 둘러싼 범죄를 다룬 기사가 적지 않게 실렸지만, 기사의 논조는 대부분 여성의 패륜적 행위에 대한 강도 높은 질타였다. 가족 개량을 주장하는 활발한

∷

52 소현숙, 앞의 글, 119-121면.
53 「부정이혼의 폐해, 부당한 이혼의 폐단」, 『매일신보』, 1912.7.12; 「이혼소송의 추세: 과도이혼, 개도이혼, 근래에는 점점 감소」, 『매일신보』, 1914.11.12.
54 「부정이혼의 폐해, 부당한 이혼의 폐단」, 『매일신보』, 1912.7.12.

논의가 전개되고 제도적 변화가 나타나고 있음에도, 유교적 도덕에 기반을 둔 사고방식이 여전히 사회적으로 우위를 점하고 있었다. 인륜이 무너져 내려가는 시대임에도, 여성은 여전히 인륜이라는 덕목의 실행자로 호명되었다.[55] 하지만 여성들에 대한 사회적 비난 속에서도 여성들의 이혼 청구의 욕망은 사그라들지 않은 듯하다. 이 시기 이혼을 청구한 원고의 90% 이상이 여성이라는 사실은 이를 단적으로 보여준다.[56] 전근대적 관습에서 벗어나고자 했던 여성들의 열망은 법을 매개 삼아 분출되었다.

1917년 11월 『청춘』에 발표된 김명순의 등단작 「의심의 소녀」에는 이러한 시대적 분위기를 보여주는 인물이 등장한다. 주인공 가희(범네)의 어머니는 남편의 작첩(첩을 얻음)과 문란한 생활, 전처의 딸의 모함을 견디기 힘들어 괴로워한다. 마침내 사랑과 자유 가운데 그 무엇도 얻지 못하자 이혼을 바라고, 그마저도 받아들여지지 않아 비관한 나머지 자살을 결행한다. 가희의 어머니는 남성의 방탕이 허용되는 가족제도 아래 불행을 인내하며 살아가야 하는 여성의 삶의 질곡을 보여주는 인물이다. 당시 전근대적 가족 윤리에 대한 비판은 논설의 단골 주제였고, 소설의 주제로도 빈번하게 그려졌다. 그러나 여성이 스스로 그 고통을 견디지 못해 이혼을 요구하는 인물은 1910년대 남성 작가의 작품에서 찾아보기 어렵다.[57]

∙∙

55 소현숙, 앞의 글, 173-174면.
56 위의 글, 48면.
57 전은경, 「1910년대 지식인 잡지와 '여성': 『학지광』과 『청춘』을 중심으로」, 『어문학』 93, 한국어문학회, 2006, 516-517면.

1910년대뿐 아니라 식민지시기 많은 소설에서 여성인물은 남편에게 이혼당할 뿐, 이혼을 먼저 원하지 않는 모습으로 그려지는 경우가 많다. 게다가 「의심의 소녀」는 여성이 먼저 이혼을 요구하는 모습을 그리고 있는 김일엽의 「자각」, 심훈의 『직녀성』과 같은 소설과도 차이가 나타난다는 점에서 흥미롭다. 「자각」과 『직녀성』의 주인공들은 신사상에 눈을 뜨면서 이혼을 결심한다. 하지만 가희의 어머니는 신교육을 받지도, 신지식과 사상에 눈을 뜨지도 않은 상태에서 이혼을 떠올린다. 구여성이 신여성이 되어야 이혼할 수 있다는 통념적 재현을 넘어서는 것이다. 그는 범죄를 모의하고 실행하는 기사 속 여성과 비교할 때 순종적이고 소극적인 것처럼 보이지만, 신사상을 통한 자각 이전에 이혼을 요청한다는 점에서 1910년대 신문 기사 속 여성들의 모습과 겹쳐진다.

1915년에 이르러 여성의 이혼청구권이 인정되기 전까지, 이혼의 원인은 오직 남편과 시댁에서만 규정할 수 있었다. 조선시대에는 몇몇 사유에 의한 국가의 강제적 이혼 처분을 제외하면, 칠거지악(七去之惡)을 이유로 남편이 일방적으로 아내를 쫓아내는 것만이 가능했다. 『대명률』에는 양반이나 양인 층의 여성이 이혼을 청구할 경우에는 '남편을 배반한 죄' 등으로 처벌받는다는 조항까지 있다.[58] 이처럼 아내를 버린다는 기처(棄妻)의 형태가 아니면 집을 떠날 수 없는 법적 규정은, 고통스런 현실을 벗어나기 위한 여성의 노력이 미치지

⁚

58 정해은, 「조선후기 이혼의 실상과 『대명률』의 적용」, 『역사와 현실』 75, 한국역사연구회, 2010, 98면.

못하는 높은 장벽으로 지리했다. 가희 어머니의 사연은 이혼을 요구할 수밖에 없는 가정 내 여성의 괴로운 삶을 적시하는 동시에, 이혼을 청구할 수조차 없는 여성의 법적 지위의 부당함을 드러낸다.

근대법과 여성, 해방과 억압의 이중성

1910년대 『매일신보』가 주로 가정 밖으로 나가고자 했던 조선 여성 전반을 가족 질서의 파괴자로 규정했다면, 1920년대 이후 그 자리는 첩인 여성으로 좁혀져 나타나는 경향이 두드러졌다. 물론 1910년대 이후에도 여성의 이혼 청구를 다루는 기사가 비판적이지 않았던 것은 아니다. 그러나 이때는 여성의 이혼 청구 행위 자체를 문제시하기보다는, 그 원인에 대한 비판으로 그 초점이 옮겨졌다. 남성의 이혼 청구 또한 여러 차례 소개되었다.[59]

『매일신보』에서 다뤄진 이혼 소송은 대체로 줄곧 가정 내부에 있던 구여성에 의해 청구되었고, 부부 관계에서 가장 빈번하게 다뤄졌던 범죄는 남편 살해였다. 그러나 1920~30년대는 첩과 관련된 범죄 기사가 압도적으로 많아졌다. 범죄를 저지른 이가 첩이거나 첩을 얻기 위해 범죄를 저질렀다는 등, 첩과 관련이 없는 사건에서도 그 죄

∵

59 「이혼도 가지가지 평양법원에 나타난 부부들」, 『동아일보』, 1927.2.19-20.

의 원인은 첩에 있는 것으로 적시되었다.[60] 이러한 사정에는 정지영이 지적했듯, '일부일처제의 법제화'라는 중요한 사건이 기점으로 자리했다.[61] 일부일처제의 법제화에 따라 정상가족의 이미지가 구축됨에 따라, 법의 그물망을 벗어난 이들에 대한 사회적인 타자화는 더욱 심화되었다.

일제말기에 이르러 식민 당국은 1938년 4월 국가총동원법을 공포하고 전시체제로 돌입했다. 국가에 의해 통제된 언론은 총독부 정책에 동조하면서 전쟁 수행을 독려하고 선전하는 도구로 활용되었다.[62] 이 시기 가족은 황국신민화를 교육하는 장이었고, 여성은 모범적인 가정을 만들어 나갈 양처현모의 역할로 표상되었다.[63] 이혼과 처첩 갈등을 둘러싼 가족 내 사건은 여전히 나타났지만, 시대적 분위기로

∴

60 정지영, 「근대 일부일처제의 법제화와 '첩'의 문제: 1920-1930년대 『동아일보』 사건기사 분석을 중심으로」, 『여성과역사』 9, 한국여성사학회, 2008. 92면.
61 정지영에 따르면, 1921년부터 1939년까지 『동아일보』에 실린 첩 관련 기사는 총 417건이다. 가장 많이 다뤄진 주제는 자살 및 살인 사건이며, 범죄, 고소사건이 그 다음이다. 기사의 수가 늘어나는 변곡점에 해당하는 해(1923년, 1928년, 1933년, 1938년)는 공통적으로 이혼을 둘러싼 법제정 문제의 변화된 지점과 긴밀한 관련성을 보인다. 위의 글.
62 박용규, 「일제말기(1937~1945)의 언론통제정책과 언론구조변동」, 『한국 언론학보』 46(1), 한국언론학회, 2001.
63 「국민적 운동 구체화: 현모양처주의 실행, 생활 합리화의 철저 심신 양방면의 진작을 적극 도모」, 『매일신보』, 1938.4.20; 「총후의 각 가정부녀에 양처현모주의 강조, 경기도서 각 부군에 통첩하야 각 단체 협조로 매진」, 『매일신보』, 1938.6.7; 「현모양처 목표 완전한 주부 양성」, 『매일신보』, 1939.1.1; 「여전생(女專生)의 장행기(壯行記): 현모양처로서 굳게 가정을 지킬 터」, 『매일신보』, 1942.1.14; 조유경, 「신문매체로 유포된 1940년대 경성 여성의 이미지」, 『미술사논단』 43, 한국미술연구소, 2016, 236-241면.

말미암아 상대적으로 활발한 논의가 이루어지기는 어려웠다.

가족의 형성과 해체가 민법의 적용을 통해 이루어지는 현실 속에서, 각 구성원들은 이전까지 침묵해야 했던 자신의 권리를 법에 근거하여 되찾으려 했다. 그중 법의 변화로 삶의 풍경이 급격하게 달라졌던 이는 단연 여성이었다. 총독부의 선전처럼 법이 여성의 삶을 이전보다 평등하게 만들어준 면이 전혀 없다고는 할 수 없다. 하지만 강제적인 법의 테두리 속에서 억압과 제약으로 더욱 괴로움을 겪었던 이들도 등장했다. 이들 중 일부는 국가가 정한 정상가족의 범위 밖에서 사회적 권리를 박탈당했고, 또 다른 여성들은 정상가족 내부에서 가부장적 성격을 뒷받침하는 법규로 인해 배우자에게 의존해야만 사회경제적 권리를 누릴 수 있었다.

식민지 가족법은 여성을 집 안과 밖 어디에서도 소외시키는 결과를 가져왔다. 식민지시기 전반에 걸쳐 발표된 여러 글들은 이와 같은 여성의 법적 지위 변화 속에서 생성된 여러 사건을 폭넓게 다루고 있다. 한국근대문학에 나타난 가족법의 문제를 살펴볼 때, 여성의 권리문제를 중점적으로 다루는 것은 이와 같은 시대적 현실에서 자연스럽게 비롯된 것이다.

2장

근대적 부부 관계에서 여성은 계약주체가 될 수 있는가

1
자유연애보다는 일부일처주의

『무정』의 세계는 일부일처로 이루어진 부부간 혼인을 깨뜨리지 않기 위해 정조를 지키고, 자연스럽게 샘솟은 사랑의 감정을 억누르는 인물들이 활동하는 무대이다.…이광수에게 가족은 국가와 사회의 준엄한 질서를 유지하기 위해 깨뜨려서는 안 될 집단인 것이다.

근대적 부부에 대한 동경

부부관계를 형성할 때 당사자 간 의사와 애정이 중요하다는 사실은 지금 우리에게는 당연한 이야기처럼 들린다. 그런데 이러한 인식이 우리 사회에 싹트기 시작한 것은 백 년이 조금 넘었을 뿐이다. 근대에 접어들어 사람들은 점점 혼인의 중심이 가족 또는 가문이 아닌 개인에 있어야 한다고 생각했다. 일부일처제의 법적 정착은 당사자의 자유의사에 의한 '계약'의 중요성을 성문화한다는 점에서 중요한 변화였다.

근대적인 부부에 대한 갈망은 이미 조혼으로 혼인한 이들에게는 더욱 크게 다가왔다. 부부애에 기초한 가족의 성립이라는 목표는 조혼한 배우자와 헤어짐으로써만 달성될 수 있었다. 1910년대 후반 이후 창작된 근대소설에서 일부일처제라는 이상은 대체로 결합이 아닌 '이혼'의 논리로 활용되었다. 이와 같은 모티프가 광범위하게 발견되는 것은 당시 작가들의 실제 삶 또한 조혼과 정략혼이라는 굴레에 놓여 억압받았다는 사실을 보여준다.

1917년 매일신보에 연재된 이광수의 『무정』은 바야흐로 연애의 시대가 되기 전의 사랑이라는 감정의 의미가 '부부애'로 나타나는 풍경을 흥미롭게 보여준다.[1] 이형식과 박영채, 김선형의 삼각관계는 누구를 배우자로 선택할 것인가의 문제에 몰두하는 양상으로 나타난다.

> 내가 저녁때에 일을 마치고 집에 돌아오면 영채는 나를 기다리고 기다리다가 내가 오는 것을 보고 뛰어나오며 내게 안기리라. 그때에 우리는 서양 풍속으로 서로 쓸어안고 입을 맞추리라. 그러다가 이윽고 아들이 나렷다. 영채와 같이 눈이 큼직하고 얼굴이 둥그스름하고, 나와 같이 체격이 튼튼한 아들이 나렷다. 그 다음에 딸이 나렷다. 그 다음에는 또 아들이 나렷다. 아아, 즐거운 가정이 되렷다.
>
> 그러나 영채가 만일 지금껏 아무것도 배운 것이 없으면 어쩌나. 내 마음과 내 사상을 알아주리만한 공부가 없으면 어쩌나. 어려서 글을 좀 읽었건마는 그 동안 칠팔 년간이나 공부를 아니 하였으면 모두 다 잊어버렸으렷다. 아아, 만일 영채가 이렇게 무식하면 어쩌는가. 그렇

..

1   권보드래, 『연애의 시대: 1920년대 초반의 문화와 유행』, 현실문화연구, 2003, 222면.

게 무식한 영채와 행복된 가정을 이룰 수가 있을까. 아아, 영채가 무식하면 어쩌나.[2]

인용문은 영채를 만난 형식이 "즐거운 가정"을 꿈꾸는 장면이다. 부부가 중심이 되어 자식을 낳아 가족을 이루고, 서양 풍속으로 입을 맞추면서 배웅과 마중을 일삼는 모습이 그려지고 있다. 그런데 행복한 상상의 나래를 펴던 중 형식은 갑자기 영채가 무식하면 어쩌나, 하고 걱정한다. 영채가 자신의 마음과 사상을 알아줄 만한 근대적 교육을 받지 못했다면 "행복한 가정"을 누릴 수 없지 않을까 생각한다. 이광수는 형식의 목소리를 빌려 근대적 가정을 꾸리기 위해서는 아내의 배움이 그 어떤 조건보다 중요하다고 말한다.

이광수는 좋은 부부가 되기 위해서는 우선 '사람'이 되어야 한다고 힘주어 말한다.『무정』을 연재하던 시기 발표된「혼인에 대한 관견」을 보자. 이 글에 따르면, 혼인은 사람과 기계가 아닌 사람과 사람 사이의 결합이어야 한다. 기계가 아닌 사람은 자기 의견을 능동적으로 주장하므로, 계약의 주체가 되어 혼인을 결정할 수 있다. 이광수가 조선시대 부부관계에서 '사람'으로 대우받지 못했던 여성의 상황에 관심을 둔 이유가 여기에 있다. 그는 현모양처 양성에만 치우친 여성교육을 비판하면서 인격을 지닌 사람이 될 수 있는 교육이 필요하다고 역설한다.[3] 가정 내 역할에 국한된 여성 교육을 강조했

••

2   이광수,『무정』(12회),「매일신보」, 1917.1.18.
3   이광수,「혼인에 대한 관견」,「학지광」, 1917.4. 이 글은 가족 개혁과 관련된 이광

던 전대 담론보다 진일보한 주장이다.

하지만 이광수는 여성의 진정한 자유와 해방에는 크게 관심이 없
다. 같은 글에서 이광수는 루소(Jean Jacques Rousseau)를 언급하면서
일단 사람이 되면 자연스럽게 남편과 아버지, 아내와 어머니라는 천
직을 수행할 수 있다고 말한다. 루소는 『에밀』에서 이상적 배우자가
갖추어야 할 덕목을 성별에 따라 달리 설명한다. 남성과 여성을 동
등한 인간으로 존중해야 하는 것은 맞지만, 성과 관련해서는 자연적
으로 차이가 있다고 본다. 이상적 아내에게는 정숙이라는 덕목이 중
요하다고도 말한다.[4] 이 글에서 이광수가 루소의 어떤 저작을 참고
했는지는 명시되지 않는다. 그러나 이광수의 생각은 루소의 견해와
크게 다르지 않다.

앞에서 인용한 『무정』의 대목으로 되돌아가보자. 즐거운 가정을
만들기 위해 형식이 영채에게 바라는 것은 일을 마치고 퇴근한 남편
을 살갑게 맞아주는 아내, 딸과 아들을 낳아 길러줄 어머니라는 역
할이다. 그는 전통적인 현모양처가 아닌 신가정의 아내와 어머니의
역할은 인격을 지닌 사람이 되기 위한 교육을 받아야 수행할 수 있

••

수의 논설 가운데 연구자들에 가장 많은 관심을 받은 글로, 대체로 이광수의 연
애와 결혼에 대한 인식이 형성되는 데 미친 엘렌 케이(Ellen Key)의 영향을 살펴
본다. 구인모, 「한일 근대문학과 엘렌 케이」, 『여성문학연구』 12, 한국여성문학학
회, 2004, 83-85면; 서지영, 「계약과 실험, 충돌과 모순: 1920-30년대 연애의 장
(場)」, 『여성문학연구』 19, 한국여성문학학회, 2008, 144-146면; 유연실, 「근대
한·중 연애 담론의 형성-엘렌 케이(Ellen Key) 연애관의 수용을 중심으로」, 『중
국사연구』 79, 중국사학회, 2012, 180-184면.
4 장자크 루소, 김중현 역, 『에밀』, 한길사, 2003, 645-653면.

다고 생각한다. 형식의 영채를 향한 관심은 진정한 사랑의 감정이라 기보다는 근대적 부부에 대한 동경에 가깝다.

영채는 형식을 어떻게 생각하는가. 병욱은 영채에게 감화를 주고 그를 참생활로 이끌어주는 인물이다. 병욱은 그간 영채가 아버지의 말 한 마디에 사랑하지도 않은 사람에게 정절을 지켜온 거짓된 삶을 살아왔다고 말한다. 병욱이 생각하기에 아름다운 마음과 굳은 정절은 진정 사랑하는 사람에게 바쳐야 한다. 영채는 병욱에게 감화 받아 "남자의 한 부속품, 한 소유물"[5]이라는 관념에서 벗어난다. 여자이기 전에 '사람'이 되어야 함을 깨닫는다. 그렇게 영채는 자유의지를 통해 누구에게 정절을 지킬지 스스로 택할 수 있는 사람이 되었다. 결국 영채가 깨달은 것은 스스로 사랑하는 이를 선택하기만 한다면 정절을 지키는 일은 구습이 아닌 가치 있는 일이 된다는 것이 아닐까. 마음과 몸을 한 사람에게 바치는 것은 제도적 혼인에 따른 부부관계를 통해 정당화된다. 영채는 아버지의 법으로 대변되는 전통의 세계에서 국가와 사회가 정한 규약의 세계로 진입한 셈이다. 여성은 자신의 소유권을 주장하면서 근대적 혼인 주체가 된다. 그리고 동시에 여성의 섹슈얼리티는 관념적 도덕뿐 아니라 강력한 법에 의해 통제되기 시작한다.

••
5　이광수, 「무정」(90회), 『매일신보』, 1917.4.27.

일부일처제라는 절대적 명령

형식과 영채가 생각하는 부부의 상은 같지는 않지만, 그 기저에 일부일처라는 제도가 자리한다는 공통점이 있다. 『무정』에서 이 제도는 연애와 사랑이라는 감정에 앞서 절대적인 명령으로 나타난다. 영채가 병국에게 느끼는 감정이 다루어지는 방식은 이를 잘 보여준다. 영채는 병욱의 집에 잠시 머물면서 병욱의 오빠인 병국에게 호감을 느낀다. 아버지의 명령에서 벗어나 스스로 이성에 대한 관심을 품게된 자기 모습에 기뻐하기도 한다. 그러나 영채는 병국과의 결합을 바라기는커녕 병국이 그의 아내와의 사이가 원만해지길 바란다. 영채, 병욱, 병국은 모두 병국과 그의 아내의 부부관계가 파탄에 이르지 않도록 적극적으로 노력한다.

『무정』의 세계 속 인물들은 대체로 '일부일처'라는 명제를 확고부동한 원칙으로 여긴다. 영채를 강간한 경성학교 학감인 배명식과 경성학교 교주의 아들 김현수와 같이 부정적 성향이 뚜렷한 인물들을 제외하고, 긍정적인 인물군에 속하면서도 '일부다처'를 주장하는 인물은 신우선이 유일하다. 이형식과 신우선은 서사 내에서도 세계관의 대조가 빈번하게 나타나는 인물이다. 두 인물의 부부 관계에 대한 이러한 인식 차이는 다음 장면에서 선명하게 나타난다.

형식은 엄정한 일부일부주의(一夫一婦主義)를 고집하고, 우선은 첩을 얻든지 기생 오입을 하는 것은 결코 남자의 잘하는(잘못하는) 일이 아니라 한다. 과연 우선으로 보면 첩이나 기생이 아니고는 오랜 일생을

지낼 것 같지 아니하다. 우선의 일부다처주의나 형식의 일부일부주의
가 반면은 각각 이전 조선 도덕과 서양 예수교 도덕에서 나왔다 하더
라도 반면은 확실히 각각 자기네의 경우에서 나온 것이다. 우선에게
만일 영채를 주고, 영채가 우선을 사랑해 준다 하면 우선은 그날부터
라도 기생집에 가기를 그칠 것이다.

　이러한 처지에 있는 우선은 형식의 경우가 지극히 부럽고, 자기의
처지가 불쌍히 보였다. 자기도 사랑하는 아내와 함께 기차를 타고 여
행도 하고 싶고 외국에 유람도 하고 싶었다. …(중략)… 그러나 외모
만 사랑하는 사랑은 동물의 사랑이요, 정신만 사랑하는 사랑은 귀신
의 사랑이다. 육체와 정신이 한데 합한 사랑이라야 마치 우주와 같이
넓고, 바다와 같이 깊고, 봄날과 같이 조화가 무궁한 사랑이 된다. …
(중략)… 조선서는 천지개벽 이래로 오직 춘향, 이도령이 되려 하건마
는 다 그 곁에도 가보지 못하고 말았다. 조선의 흉악한 혼인제도는 수
백 년래 사람의 가슴속에 하늘에서 받아 가지고 온 사랑의 씨를 다 말
려 죽이고 말았다. 우선도 그 희생자의 하나이다.[6]

　신우선의 '일부다처주의'가 조선의 도덕이라면, 이형식의 '일부
일부주의(=일부일처주의)'는 서양 예수교의 도덕에서 나왔다. 서술자
는 봉건적 제도인 일부다처주의는 '사랑'을 통해 극복될 수 있다고
말한다. 축첩의 문제는 제도적인 타파나 개인의 의식에 일부일처제

6　이광수, 『무정』(110회), 『매일신보』, 1917.5.23.

의 관념을 집어넣기 전에, 사랑하는 대상과의 관계가 이루어지면 자연스럽게 해소된다고 말한다. 이 사랑은 "육체와 정신이 한데 합한 사랑'으로, 마치 자연과 같이 신비롭고 영속적인 것이다. 그렇다면 '일부일처주의'를 실현하는 데 '사랑'은 필요충분조건일까. '사랑'만 있으면 "조선의 흉악한 혼인제도"에서 벗어나 일부일처주의가 문제없이 정착될 수 있을까. 『무정』의 서사는 '사랑'이 중요한 역할을 하지만, 그것만으로는 충분하지 않다고 말한다. 사랑의 감정은 일부일처주의의 조건이 되기도 하고, 일부일처주의를 동요하게 하는 위험한 것으로도 나타난다.

『무정』의 김장로는 선형의 어머니가 기생 출신이긴 하나, 첩으로 두어서는 안 되고 정식으로 재혼하여 정실부인으로 삼아야 한다고 생각한다. 당대 기독교에서는 오직 한 명의 아내만을 두는 것을 법칙처럼 간주했기 때문이다.[7] 가문을 중시하는 양반 신분인 김장로가 기생을 정실부인으로 받아들이는 것은 조선 가족제도의 완고함을 떠올릴 때 상상하기 어려운 일이다. 그러나 당시 축첩제도에 대한 기독교의 강경한 태도를 떠올리면 그의 행동을 이해할 수 있다. 기독교는 축첩을 시행한 이에게는 장로, 목사 등 전도사의 직분을 맡기지 않았고, 입교를 금지할 정도로 강경한 태도를 보였다. 김장로가 신분을 뛰어넘은 혼인을 결정할 수 있었던 것은 진정한 사랑의 힘도, 평등 관념의 수용에 따른 변화도 아니다. 근대적인 교회법의 강력한 규

∷

7 옥성득, 「초기 한국교회의 일부다처제 논쟁」, 『한국기독교와 역사』 16, 한국기독교역사학회, 2002, 18-19면.

율 아래, 어찌어찌 새로운 가족구성에 참여하게 된 것이다.

흥미롭게도 『무정』에서 교회법이 개인에게 미친 영향은 한 가지 모습으로만 그려지지 않는다. 김장로에게 교회법이 봉건적 가족 윤리의 균열을 일으킨다면, 병국에게는 오히려 구속으로 나타난다. 병국은 '예수교적 혼인관'을 바탕으로 하는 '부부 신성론자'로, 아내를 사랑하려고 노력해도 버스러져 버리는 마음에 의해 번민하는 인물이다. 이제 부부의 신성성은 인륜의 근본이자 삼강(三綱)의 윤리가 아니라 '하나님'에 의해 보증 받게 된다. 병국의 문제는 아무리 노력해도 조혼한 아내에게 마음이 가지 않는다는 것이다. 병국이 바라는 것은 "정신적이라든지 육적이라든지 하는 부분적 사랑이 아니요, 영육(靈肉)을 합한 전인격적 사랑"[8]인데, 어린 나이에 부모가 정해준 아내와는 이러한 사랑이 샘솟기 어렵다고 생각한다. 병국은 정당한 아내가 아닌 대상과의 연애도, 부부가 되어 의무로 묶인 아내와의 이혼도 용납할 수 없다. 이는 병국과 영채의 호감이 상호 간의 감정으로 발전하지 않은 이유 중의 하나이기도 하다. 병국의 근대적 연애에 대한 이해, 사랑의 감정은 일부일처주의를 동요하게 하지만, 이를 해체할 정도의 힘을 발휘하지는 못한다.

『무정』의 세계는 일부일처로 이루어진 부부간 혼인을 깨뜨리지 않기 위해 정조를 지키고, 자연스럽게 샘솟은 사랑의 감정을 억누르는 인물들이 활동하는 무대이다. 당사자의 의사와 욕망에 따라 부부 관계가 성립되어야 한다고 말하면서도, 그보다는 공적으로 맺어진

••
8 이광수, 『무정』(98회), 『매일신보』, 1917.5.6.

부부관계가 유지되는 일이 더 중요하다고 말한다. 이광수는 영육(靈肉)이 합치된 연애를 통해 얻게 된 행복을 중요하게 여기면서도, 개인은 국민이자 사회의 일분자이므로 최종적으로 법, 윤리, 사정이 모두 어긋나지 않을 때 혼인이 성립한다고 주장한다. 시대와 문화권에 따라 세부적인 조건들이 달라질 수는 있지만 "국가의 명령과 사회의 약속을 준수할 의무"는 변하지 않는다고 말한다.[9] 이광수에게 가족은 국가와 사회의 준엄한 질서를 유지하기 위해 깨뜨려서는 안 될 집단인 것이다.

『무정』의 인물들에게 애정결렬이라는 일종의 파탄이 찾아오지 않는 것도 그 때문이다. 이들은 부부를 이루는 두 당사자가 혼인의 계약주체로서 동등하게 서 있다는 것, 그리고 이를 한쪽에서 일방적으로 깨뜨려서는 안 된다는 사실을 알고 있다. 여기서 벗어나는 감정들은 서사가 전개되면서 약화되거나 다른 방식으로 전환되면서 완전히 사라진다. 『무정』의 세계는 감정에 충실한 자유연애보다 일부일처제로 성립된 가족을 지키는 문제가 더욱 상위의 가치에 놓여 있다.

9　이광수,「혼인에 대한 관견」, 앞의 글, 30-31면.

2
여성의 소유권 쟁취를 위한 험난한 여정

이광수는 결혼 이혼 같은 부부 관계를 소재로 여성이 자신의 삶을 소유한다는 인식의 변화를 그린다. 그에게 여성의 인권은 중요한 문제이지만, 그것은 가족 개혁이라는 격자 속에서만 그러하다.

인습의 법전과의 대결

이광수는 결혼 당사자의 합의 여부가 신구 부부제도의 분기점이 된다고 말한다. 그에 따르면, 과거에는 양측 친권자의 명의로 혼인 계약이 이루어졌지만, 문명국의 민법 정신이 담긴 혼인서는 부부 당사자의 명의로 구성된다.[10] 당대 조선에서 이광수가 바라는 신생활의 모습을 찾아보기는 어려웠다. 『무정』에서 일부일처제라는 근대적 부부의 형식은 강력한 힘을 발휘하지만, 그것은 당사자의 목소리를 충분히 담아내지 못하는 선험적 형식과 같다. 이러한 모순은 소설에서 삼랑진 수해라는 재난 상황이 펼쳐지면서 진지하게 탐구되지 않

••

10 춘원, 「신생활론」, 『매일신보』, 1918.10.1.

1922년 회동서관에서 출간된 단행본『개척자』

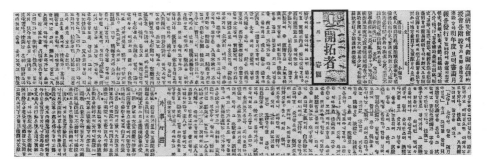

『매일신보』에 연재된『개척자』 1회(1917.11.10)

는다. 인물들이 힘을 모아 함께 대처하는 과정에서 삼각관계에 따른
갈등은 큰 문제없이 봉합되어 버린다. 조선사회에 근대적 부부관계
를 실현시키는 문제에 대한 고찰은 두 번째 장편소설『개척자』를 기
다려야 했다.

『개척자』의 핵심사건은 김성순의 혼사 문제를 둘러싼 갈등이다.

화학자 김성재는 실험을 계속할 지원금이 필요해 동생 성순을 변성일이라는 부호와 결혼시키려 하고, 성순은 오빠가 일방적으로 정한 혼인을 강하게 거부한다. 식민지시기 발표된 소설에서 조혼이나 정략혼 문제로 부자갈등을 겪는 내용은 어렵지 않게 발견되지만, 오빠와 여동생의 갈등으로 나타나는 경우는 드물다. 이 소설은 과학 분야의 선구자인 김성재가 봉건적 가족질서를 유지하는 아버지의 자리를 대체한다. 그리고 성재가 집안에서 막강한 권위를 행사할 수 있는 이유는 그가 호주의 위치에 있기 때문이다.

변은 모친과 성재의 허락을 존중하되 민은 도리어 그것을 안중에 두지 아니하고 오직 성순의 허락을 중히 여긴다. 이제 만일 모친과 성재는 성순을 변에게 허락하고, 성순은 자기를 민에게 허락하였다 하면, 이에 성순의 소유권 문제에 관하여 대소송이 일어날 것이다. 성순은 모친과 오빠의 것이냐, 또는 성순 자신의 것이냐 하는 것이 그 쟁점이 될지니, 법정의 좌우에 늘어앉은 변호사 제씨와 방청인 제씨는 응당 각각 자기의 의견을 따라서, 혹 좌, 혹 우 할 것이다. 그러나 재판장이 만일 인습의 법전을 준거한다면 성순 측에서는 기필코 기피를 신청하거나 상고할 것이다. 다만 흥미를 감쇄하는 것은 이 사건의 원피(原被) 양방이 각각 자기 편에 대한 확고한 신념이 없음이니, 성재도 성순은 확실히 장형(長兄) 되고 호주 되는 자기의 소유물이라 하는 판단이 있는 것이 아니요, 성순도 나는 오직 내 소유물이다 하는 판단이 분명치 못한 것이다. 그러므로 이 사건은 분명치 못한 쟁점을 가지고 감정과 인습과 방편과 고집과 임시 임시의 단편적 생각을 가지고 진

행할 것이다.[11]

위의 구절은 성순과 성재의 갈등이 본격화되기 전, 서술자가 혼인과 관련된 갈등을 법정 상황에 비유하여 설명하는 대목이다. 서술자는 이 갈등이 "성순의 소유권 문제"에 대한 서로 다른 이해로부터 비롯된다고 말한다. "성순은 모친과 오빠의 것이냐, 또는 성순 자신의 것이냐"라는 쟁점에 대해 상반된 논리와 입장이 제출될 것이니, 방청자가 되는 독자는 잘 살펴보고서 판단해보라고 말한다.『무정』에서 영채가 사람으로 자각하는 일이 혼인 주체가 된다는 인식과 연동되어 나타난다면,『개척자』에서 성순은 조선사회에서 여성이 과연 혼인 주체로 우뚝 설 수 있는지 묻는다.

우선 관습법을 따르는 변성일과 김성재의 논리를 따라가 보자. 당대 관습법의 준거가 된『관습조사보고서』에 따르면, 조선 풍속에서 자식의 혼인은 주혼자의 명의로 하며, 본인의 의사는 묻지 않는다. 여기서 주혼자는 부 또는 조부, 없을 경우에는 형이 되며, 그 경우 모나 조모의 의사에 반해서는 안 된다.[12] 변성일과 김성재에게 혼인 당사자인 성순의 의사를 묻는 것은 이상한 일일 뿐 아니라 정당하지도 않다. 변성일에게 중요한 것은 성재와 성순의 어머니의 허락을 구하는 일이다. 그것은 "관습상 도리어 정면공격이요, 겸하여 정정당당한 일"[13]이다. 그는 약혼만 하고서 성례는 해상(解喪), 즉 부친 김

••

11 이광수,『개척자』,『이광수전집』1, 삼중당, 1971, 253-254면.
12 정긍식 편역, 앞의 책, 344-355면.

참서의 삼년상을 마치고서 해도 무관하다고 말하기도 한다. 조선시대에는 부모 상중에 딸의 결혼식을 하는 것은 장형에 처할 정도로 용납하기 어려운 것이었다.[14] 김성재 또한 크게 다르지 않다. 김 참서가 죽은 후 호주가 된 성재는 성순의 의사를 물어볼 순 있지만, 그것은 필수가 아니라고 생각한다. 자신이 결정한 혼약을 성순이 깨뜨리는 것을 상상조차 할 수 없다. 성재의 어머니는 남편이 죽었기 때문에 혼인과 관련된 소관은 아들에게 일임하고서 자신은 결정권이 없다고 말한다. 이와 달리 성순과 연애 관계에 있는 기혼자인 민은식은 다른 사람 또는 조건은 중요하지 않고, 오직 혼인 당사자인 성순과 자신의 의사가 중요하다고 생각한다. 개인의 의사와 애정이 혼인의 새로운 조건임을 천명한다.

민은식의 주장이 더욱 정당하다는 것은 의심의 여지가 없지만, 서사 내에서 그의 주장은 가치로 무장한 선언에 가깝다. 관습에 바탕을 둔 김성재와 변성일의 구체적인 주장과 비교했을 때 더욱 그렇다. 그러나 당대 현실을 폭넓으면서도 사실적으로 재현했다고 본다면, 민은식의 주장이 원론적 성격을 띠는 것은 당연한 일이다. 작가의 술회에 따르면,『개척자』는 '병합으로부터 대전 전까지의 조선'[15], 즉 1910년 8월 29일부터 1914년 7월 28일 전까지의 사회를 배경으로 한다. 이 시기 친족과 상속과 관련된 규정은 관습에 따랐고, 그

••

13 이광수,『개척자』, 앞의 책, 246면.
14 김재문,『한국전통 채권법 · 가족법 · 소송법』, 동국대학교출판부, 2007, 172면.
15 이광수,「여의 작가적 태도」,『동광』, 1931.4.

법원은 조선총독부가 조사하고 정리한 내용이다. 『개척자』의 무대는 이 관습이 통용되는 세계이다. 따라서 성순이 오빠의 혼인 결정에 따르지 않고 대결하는 태도는 당대 가족법에 대한 도전의 의미를 담고 있다. 근대적인 재판 상황을 떠올리게 하는 형상화에는 가족법의 근대화를 바라는 열망이 담겨 있다.

성순의 소유권이 누구에게 있는가, 라는 물음은 '근대적 인권'이라는 새로운 사상을 이해하는 정도에 따라 다른 견해로 나타난다. 성재는 아직 인권이라는 새 사상이 깊이 침투하지 못했기에, 성순을 여전히 집안의 소유라고 생각한다. 서술자는 성재와 성순 모두 확고한 신념을 가지고 있지는 못하지만, 성순이 조금은 더 진보했다고 말한다. 이는 재판장이 인습에 토대하여 판단을 내린다면 성순은 상고할 것이라는 진술을 통해서도 나타난다. 자기의 주인이 '나'라는 사실을 깨달은 성순은 "인습의 법전"이 규범이 된 사회에서는 더 이상 살아가기 어렵다.

가족 개혁이라는 격자 속에 갇힌 여성의 소유권

『개척자』의 후반부는 성순이 인습과 대결하며 근대적 소유권에 대한 인식이 확고해져가는 과정을 그린다. 성순은 주어진 결혼 계약을 당연하게 여기지 않고, '이 계약은 과연 정당한가?'라는 질문을 던지는 인물이다. "이 집이 지어진 이후로 아마 한 번도 있어 본 전례가 없는 참사람의 일단"[16]에 이르기까지, 성순은 타인을 통해 주입된 담론이나 지식의 세례가 아닌, 다른 사람들과의 대화를 통해 스스로 인식 수준의 깊이를 확보해 나간다. 성순은 변성일과의 혼인을 추진하려는 성재의 견해에 논리적으로 반박하며 반대의사를 전한다. 자신에게는 양반이나 부자와 같은 조건이 하나도 중요하지 않다고 말한다. 오빠와 어머니가 좋다고 해서 자기의 마음에도 좋으리라는 논리는 받아들일 수 없다고 선언한다. "이지(理智)가 눈을 뜨려는"[17] 성순은 자신의 이성을 통해 정당하다고 판단하지 않은 어떠한 권위에도 복종할 수 없다.

성순은 친구들과 대화하면서 자신이 그들과 달리 신생활로 나아가는 존재임을 자각한다. 성순의 눈에 동창들은 사회의 관습을 감정적으로 순응할 뿐, 이성적으로 판단할 줄 모른다. 여성의 종속으로 이어져온 역사의 궤도에서 이탈하지 못한다. 그와 달리 성순은 끊임없이 질문하고 의심한다. 딸, 아내, 지아비, 시집 등 종래 의문을 크게 갖지 않았던 역할과 행위가 '무엇'인지, 부모의 명령을 순종하거나 이혼은 잘못이라는 관습적인 인식이 '어찌해서' 그러한지 고찰한다. 성순은 스스로 가족에 속한 여러 개념과 의미들을 떠올리고 질문하면서 깨달음을 얻는다. 여성의 역할을 규정했던 과거의 개념과 범주를 자신의 이성적 사고를 통해 비판해 나간다.[18] 그렇기에 성순은

∴

16 이광수, 『개척자』, 앞의 책, 298면.
17 위의 책, 252면.
18 이행미, 「두 개의 과학, 두 개의 문명」, 『한국현대문학연구』 44, 한국현대문학회, 2014, 118-126면.

'열정과 감성의 개척자'일 뿐 아니라 '이성적 사유의 개척자'이다.

서술자는 성순의 사랑이 실사회에서의 아내와 어머니의 역할은 상상하지 못하는, 뿌리와 줄기로 분화될 잠재성만을 지닌 맹아적인 사랑이라고 말한다. 하지만 근대가족 내 여성에게 요구되는 역할을 제대로 이해하지 못하기에, 성순은 결혼 제도 바깥의 삶을 또 다른 선택지로 생각하게 된다. 성순은 법적으로 용인된 일부일처제를 부정하며 민은식과 사실혼 관계에 있을 수 없다. 민은식의 조혼한 아내의 의사를 고려하지 않는 것은 계약의 합리성을 위배하는 것이기 때문에 이혼을 바랄 수도 없다. 성순의 이성과 감성은 이 중에서 어느 하나를 택할 수 없게 한다. 결국 그는 독신생활을 고수하기로 결심한다. 조선의 문명화를 위한 큰 사업을 이루어 정신적 자녀에게 전해주는 일을 자신의 역할로 여긴다.

하지만 성순은 자신이 상상한 미래를 두고 돌연 스스로 생을 마감한다. 큰 포부를 지녔던 성순은 왜 갑자기 죽음이라는 극단적 선택을 했을까.

무슨 죄요! 그러면 잘한 줄 아느냐? 약혼한 처녀가 다른 사내와 밀통하고, 너는 다만 간음죄만 범한 것이 아니다. 첫째 네 지아비를 속였어. 처녀는 간음죄를 범한 것도 큰 죄지마는 지아비 있는 계집이 간음죄를 범한 것은 더 큰 죄다. 전일 같으면 당장 사형을 당할 큰 죄여. 그리고 둘째는 부모를 배반하였어. 너는 불효와 부정의 양 대죄를 지은 계집이다. 비록 법률은 너를 죽이지 아니한다 하더라도 사회와 도덕이 너를 죽일 것이어─ 응, 너는 벌써 이 세상에서 일생에 용서를 받지

못할 큰 죄인이다. 너는 네 몸을 망케 하고 우리 가성(家性)을 더럽힌
대악인이다—.[19]

위의 구절은 자신은 처녀가 아니라는 성순의 말에 대한 성재의
반응이다. '전근대적인 법', '가문의 누를 끼치는 문제' 등을 이야기
하는 성재는 관습법, 가부장적 가족제도에 익숙한 인물이다. 그는
성순이 변성일과 혼인하기로 한 이상 이미 지아비가 있는 몸이라고
말한다. 그러면서 성순이 간음죄를 저질렀다고 질타한다. 성순은 혼
인을 거부하는 의사를 계속 관철했는데, 성재는 이를 당연시 여기
면서 성순이 불효와 부정을 저질렀다고 매도한다. 『관습조사보고서』
에는 『대명률』에 본부(本夫)가 간부(姦婦)를 가매(嫁賣)할 수 있다는 내
용이 적혀 있다.[20] 간통한 여성은 남편에 의해 물건처럼 팔려갈 수
있다는 것이다. 아내인 여성을 남편의 소유물이라 생각하는 인식이
전제된 인습이다. 성순을 죄인으로 몰아세우고 사형 운운하는 성재
의 생각도, 이 같은 관습의 세계에서 크게 벗어나지 않는다. 성재는
결혼한 여성은 배우자의 소유로, 결혼하지 않은 여성은 부모의 소유
로 본다.

그런데 성순과 민은식 사이에는 육체적 교섭이 없었다. 성순은 몸
이 아니라 마음(정신)을 기준으로 처녀가 아니라고 생각한다. 민은식
에게 먼저 마음을 주었으므로, 변성일과의 혼인을 하게 되면 '간음'

••

19 이광수, 『개척자』, 앞의 책, 288면.
20 정긍식 편역, 앞의 책, 342면.

아니면 '재가'가 된다고 말한다. 이러한 생각은 언뜻 성순의 순진성을 보여주는 듯하다. 하지만 이는 기혼자인 민은식과 법을 위반하지 않으면서 사랑을 유지할 수 있는 유일한 방법이다. 성순의 독특한 정조관은 단순히 미숙한 인물의 착각이 아니라, 여러 구속과 걸림돌을 지나 도달하게 된 나름의 결론이다. 반면 성재는 부부 간의 정신적 사랑이 무엇인지 알지 못한다. 아내를 사랑하지 않으면서도 육체적 교섭을 요구하는 장면은 성재의 그와 같은 부부관을 잘 드러낸다. 결국 성순의 죽음은 그와 성재의 가치가 공존할 수 없다는 사실을 보여준다.

서사가 전개되면서 성순은 이성적 사유에 바탕을 두고 말하고 행동하는 인물로 나타난다. 그러나 결말에 이르러 그는 이전과는 달리 굉장히 극단적이고 충동적인 모습으로 그려진다. 이는 여성 스스로 자신의 권리를 실현하기에는 사회적으로 구축된 관습적 규범의 세계가 여전히 너무나 강력하기 때문이다. 성순의 감정은 일방적이고 억압적인 가부장적 규범 앞에서 반동적으로 더없이 격렬해진 게 아닐까. 성순은 여성의 소유권을 가정 내에서는 주장하기 어려운 당대 법 현실을 넘어서고 위반하는 모습을 드러냄으로써 스스로 파국의 길로 들어갔던 것이다.

그런데 성재는 육체적 간음을, 성순은 정신적 간음에 대해 말한다. 이들의 생각은 상당한 거리가 있지만, 여성의 정조를 이야기하는 지점에서 만나게 된다. 근대적 사랑은 영혼과 육체가 합일된 상태여야 한다. 하지만 과거의 부부는 단지 육체적 관계로만 설명된다. 정신적 사랑의 강조는 이 같은 사랑에 대한 이해의 변화 속에서 나타났다. 결국 성순은 정신적 사랑의 우위를 증명하듯 혹은 정신적 순결을 강박적으로 실현하고자 하듯 스스로 생을 끊는다. 이러한 결말은 여성의 소유권에 대한 예민한 감수성을 드러내는 동시에 육체가 아닌 정신적 차원에 이르기까지 여성의 정조를 억압하는 현실을 상기시킨다. 혹은 그 기저에 있는 작가의 가부장적 사유를 떠올리게 한다.

『개척자』가 연재되기 앞서 발표되기 시작한 「어린 벗에게」의 주인공 임보형은 정신적 사랑을 외칠 권리를 주장한다. 그는 기혼자이면서도, 동경유학 시절 만난 여성을 사랑해 편지로 그 마음을 고백한다. 보형은 누이를 사랑하는 마음과 같이 정신적으로 이성을 사랑하는 것을 "유린된 권리의 일부를 주장"[21]하는 것이라고 쓴다. 그가 바라는 것은 마음을 전하는 행위일 뿐이다. 실질적인 연애로 발전하기를 바라지 않는다. 개인의 감정을 중요하게 여기면서도 실제 현실에 적용되는 도덕과 법률에 더 가치를 부여하는 태도를 보인다. 하지만 성순과 달리 그의 정신적 사랑은 당연한 권리로 주장되며 그의 일상에 일말의 영향도 미치지 않는다. 성순을 죽음으로 몰고 갔던 온갖 제약과 억압들은 임보형의 앞에 나타나지 않는다. 여성에게는 정신적 사랑조차 인정되지 않는 것이다.

이광수는 결혼과 이혼 같은 부부 관계를 소재로 여성이 자신의 삶을 소유한다는 인식의 변화를 그린다. 그에게 여성의 인권은 중

··

21 외배, 「어린 벗에게」 (제1신), 『청춘』, 1917.7, 26면.

요한 문제이지만, 그것은 가족 개혁이라는 격자 속에서만 그러하다. 이 시기 이광수는 사회적 주체로서 여성의 삶에는 큰 관심이 없었다. 비슷한 시기 발표된 나혜석의 글과 비교할 때 이러한 성격은 더욱 돌올해진다. 나혜석은 여성이 '사람'으로서 위대한 대사업가, 교육가 등이 되어야 한다고 말하고, 가정 밖에서도 남녀평등, 남녀동권이 이루어져야 한다고 주장한다.[22] 성순은 근대적 인권에 대한 예민한 감수성을 보이지만, 현실적인 여성 문제보다는 작가의 추상적 계몽주의를 체현하는 인물에 가깝다.

22 나혜석,「잡감: K언니에게 드림」,『학지광』, 1917.7.

3
일방적인 혼인 무효 선언이라는 폭력

성순이 자신의 소유권을 자각하는 과정이 이성적 존재로서 자기를 확인해 가는 비판적 성찰과 맞닿아 있다면, 자신의 자율성을 존중해야 한다는 깨달음은 타인에 대한 존중을 실천해야 한다는 판단으로 이어진다.

이혼을 거부하는 구여성의 원통한 목소리

『개척자』의 성순은 여성의 자유에 대해 스스로 고민하고, 이를 실천하려고 한 인물이다. 성순과 민은식의 대화는 그가 추구한 자유가 비단 자기 자신에게만 한정되지 않는다는 사실을 보여준다. 민은식은 성순과 일생을 같이 하리라 약속하고, 인습과 전쟁을 치러 강자가 되어야 한다고 말한다. 하지만 막상 성순이 그의 말을 실천에 옮기려 하니, 가족, 부모, 인습을 저버릴 수는 없다면서 말을 바꾼다. 그러다가 변성일과의 혼인을 절대 할 수 없다는 성순의 결연한 태도를 보고는, 다시 아내와 이혼하겠다고 말한다.

"내가 일생에 그를 돌아보지 아니한다 하면 민적상 나의 아내로 있다고 그가 행복되겠읍니까?"

"그것은 모르지요. 그 어른은 이혼되는 것보다 차라리 민적상으로만이라도 민씨의 아내로 있는 것을 행복으로 여길는지 알겠어요? 만일 그렇다 하면, 그를 이혼하는 것은 그를 더욱 불행하게 하는 것이 아닐까요? 그러니까 못하셔요!"

"그러나 나는 이렇게 생각해요. 내가 그에게 줄 것이 둘 중에 하나인데, 즉 사랑을 주거나 자유를 주거나, 그런데 나는 사랑을 못 주니 자유를 주려고 하는 것이야요. 그가 새로 행복된 경우를 찾을 수 있는 자유를 주려고 하는 것이야요."

…(중략)…

"습관에 매여서 그렇겠지요. 자기인들 이렇게 무정하게 하는 나를 사랑할 리야 있겠어요. 다만 이혼이란 못하는 것이다. 하물며 재혼이란 못하는 것이다. 그러니까 남편이 무엇이라고 하든지 나는 아니 들어야 된다. 이것이겠지요. 나는 이렇게 생각합니다. 그도 될 수만 있으면 차라리 새로 행복된 경우를 찾고 싶어하리라고. 그도 청춘이야요, 지금 이십 삼세이야요. 왜 혼자 늙기를 좋아하겠읍니까. 다만 구습의 힘에 매여서 그러지요……."

성순은 다만 고개를 도리도리하였다.

"그것이 습관이거나 무엇이거나 그가 원통해 하기는 마찬가지 아닙니까. 그러니까 이혼을 못하셔요. 만일 이혼을 하신다면 저는 다시 뵙지 않도록 하겠읍니다."[23]

민은식은 이혼이 구습에 매여 있는 아내의 삶을 자유롭게 해준다고 주장한다. 이혼은 여성을 가정 안에 붙박인 상태로 만드는 사슬을 끊는 일, 자신의 사랑과 행복을 찾아 나가는 시작점이 된다고 말한다. 식민지시기 조혼과 이혼 문제를 다룬 글에서 쉽게 찾아볼 수 있는 논리이다. 근대적 지식으로 무장한 남성 지식인이 조혼한 아내와 헤어지는 장면에서 어김없이 등장하는 명분이다. 그러나 민은식의 주장이 아무리 합리적이고 이상적이더라도, 그의 아내가 바라지 않는다면, 납득하기 어렵다면, 과연 이혼은 그에게 자유를 가져다줄 수 있을까.

성순과 은식의 대화 속에서만 등장하는 은식의 아내는 관습이 지배하는 도덕 속에서 살고 있는 인물로 보인다. 그렇다면, 그는 이혼을 남편이 아내를 버리는 기처(棄妻)의 의미로 이해할 가능성이 크다. 조선시대에는 이혼에 대한 별도의 법 조항이 없었다. 개인적 사유로 이혼을 요청하고 국가가 공인하는 법적 이혼이 없다는 뜻이다. 숙종 재위기 있었던 유정기와 신태영의 이혼 소송 기록은 이를 잘 보여준다. 남편 유정기는 아내 신태영과의 이혼을 요청하지만, 거듭되는 논전에도 이는 승인되지 않았다. 신태영의 대응은 유교적인 가부장적 가족과 사회를 살아가는 여성의 주체적인 목소리를 듣게 하는 사례이다.[24] 이혼 거부가 전근대적 관념에 사로잡혀서가 아닌, 자신의 생존과 이해를 위한 행위일 수도 있다는 것을 상기시킨다. 서

••

23 이광수, 『개척자』, 앞의 책, 279-280면.
24 강명관, 『신태영의 이혼 소송 1704~1713』, 휴머니스트, 2016 참조.

사에 등장하지 않은 민은식의 아내의 상황은 알 길이 없지만, 그의 욕망과 생각을 근대적 관념을 통해 선험적으로 재단할 수는 없는 것이다.

성순은 "습관이거나 무엇이거나 그가 원통해 하기는 마찬가지"라며 민적에 등재되는 것만으로도 만족한다는 민은식의 아내의 의견을 존중한다. 서사 속에서 목소리를 가진 인물로 등장하지 않은 민은식의 아내의 입장은 여기서 성순의 목소리를 통해 대변된다. 혼인 계약의 당사자 중의 한 명인 아내의 입장과 감정을 고려해야 한다. 이러한 생각이 가능한 것은 성순이 여성의 자기 소유권과 자유의 중요성을 깨닫게 되었기 때문이다. 성순의 견해는 완고한 구습의 잔여가 아니다. 인권에 대한 성순의 감수성이 타인의 인권에 대한 존중으로 이어진 결과이다. 아내의 소유권은 남편에게 있지 않으므로, 의사결정은 온전히 아내의 몫이어야 한다. 성순이 자신의 소유권을 자각하는 과정이 이성적 존재로서 자기를 확인해 가는 비판적 성찰과 맞닿아 있다면, 자신의 자율성을 존중해야 한다는 깨달음은 타인에 대한 존중을 실천해야 한다는 판단으로 이어진다.[25]

⠒

25 이상돈, 『인권법』, 세창출판사, 2005, 32-35면.

구여성도 이름이 있고, 감정이 있다

1917년 1월 이광수는「규한(閨恨)」이라는 희곡을 한 편 쓴다. 이 작품에는『개척자』에서 드러나지 않던 민은식의 아내와 같은 위치에 있는 여성의 목소리가 나타난다. 이 희곡은 조혼하고 동경 유학을 간 김영준이 그의 아내 이 씨에게 이혼을 요구하는 편지를 보내고, 그 내용을 알고 충격을 받은 이 씨가 돌연 실신하게 되는 결말로 끝이 난다. 영준은 자신을 조혼의 피해자라고 말하면서, 진정한 부부 관계는 자유의사가 반영된 계약으로 이루어져야 한다고 강력히 주장한다. 그의 견해는 당시 이광수의 논설에 빈번하게 나타났던 조혼의 폐해와 합리적 계약의 원리에 대한 견해를 그대로 옮겨놓은 듯하다.

이 희곡은 처음부터 끝까지 구여성들 간의 대화를 통해 전개된다. 이들 여성은 유학생 남편을 두고 있다. 동경 유학생 영준의 아내 이 씨, 베를린 유학생 남편을 둔 최 씨의 대화는 남편의 무정함으로 인한 자신의 신세를 한탄하는 것으로 요약된다. 비슷한 처지에 놓인 이들은 각자 처한 사정을 이야기하면서 상대방의 고통과 아픔에 공감한다. 그리고 이 두 여성 사이에 생성되는 심리적 동일시는 독자에게도 전달되어 그들을 향한 연민을 불러일으킨다.[26] 반면 영준은 인물로 등장하지 않고 오직 편지를 통해서만 자신의 생각과 입장을 전달한다. 그렇기에 독자는 영준과 감정적으로 동조하기보다는

..

26 린 헌트, 전진성 역,『인권의 발명』, 돌베개, 2009, 47면.

거리를 두게 된다. 구여성의 목소리로 직접 이들의 사연을 들으면서 연민을 느끼며 서사 전개를 따라가던 독자는 영준의 편지로 급작스럽게 파경을 맞게 된 이 씨의 삶을 안타까워하게 된다. 그러한 감정은 직접적 계기가 된 영준의 소통 방식이 일방적이면서도 폭력적이라는 점에서 배가된다.[27] 나아가 영준이라는 인물의 부정적 형상화는 편지에 적힌 그의 주장 자체를 의심의 눈초리로 쳐다보게 한다.

이 씨는 글을 읽을 줄 몰라 남편의 편지를 받고도 무슨 뜻인지 모른다. 그 편지는 이웃집 최 씨 부인의 목소리로 전달된다. 영준은 "문명한 세상에는 강제로 혼인시키는 법이 없나니 우리의 혼인행위는 당연히 무효"라면서, 아내를 미워하지는 않지만 법률이 그렇기에 이를 따라야 한다고 주장한다.[28] 그러나 근대적 문명 운운하는 영준은 근대적 결혼과 이혼의 전제 조건이라 할 수 있는 상호합의에 따른 계약에 대해서는 무감각한 모습을 보인다. 영준은 자신의 이혼할 자유라는 권리만을 알 뿐, 이혼 문제에 대한 아내의 생각을 묻지 않는다는 점에서 근대적 결혼에 대해 충분히 이해하고 있다고 보기도 어렵다.

이광수는 당시 여러 산문에서 혼인에 대해 논하면서, 근대적 결혼과 이혼이 부부간 쌍방향적 의사 표현의 결과가 이어진 계약임을 분

··

27 김재석, 「〈규한〉의 자연주의적 특성과 그 의미」, 『한국극예술연구』 26, 한국극예술학회, 2007, 59면.
28 고주, 「규한」, 『학지광』, 1917.1, 43면.

명하게 말했다. 하지만 논설과 달리 문학은 이상적 계약이 현실화하기 어려운 당대 조선 사회의 풍경을 그려내서일까. 문학 텍스트에는 작가의 신념과 주장을 상회하는 의미들이 산포되어 있다. 여기서도 아내의 죽음과 그녀를 향한 연민의 시선은 전근대적 혼인제도의 폐해를 생각하게 하다가, 남성 지식인이 주장하는 근대적 결혼관에 질문을 던지는 방향으로 이어진다.

구여성을 서사의 전면에 등장시키면서 생겨난 흥미로운 점은 이것만이 아니다. 아내 이 씨는 멸시와 연민이라는 이중적 감정을 유발하는 대상으로만 재현되지 않는다.[29] 이 씨가 충격을 받고 정신을 잃어가고 있을 때, 이웃에 사는 최 씨는 "순옥(順玉)"[30]이라는 이름으로 이 씨 부인을 부른다. 인물소개란에도 '이 씨'라고 적혀 있으니, 여기서 처음으로 그는 자신의 이름으로 불리게 된 것이다. 여성은 1910년대에 이르러서야 법률상으로 이름을 갖게 되었다. 전근대적 세계에서 여성은 아명으로 불리다 결혼 후에는 '이 씨'와 같이 아버지의 성(姓)으로 불렸고, 근대 초기에도 법에 등록된 공식적인 이름을 갖지 못했다. 일제 식민지가 된 이후에야 여성은 개인을 식별할 수 있는 자신만의 고유한 이름을 얻게 되고, 그 이름이 민적에 등록되었다. 물론 식민 통치를 위해 인구를 파악하는 일이 필요했다는 사실과 기혼여성이 실질적인 법인격으로 고려되지 않았다는 사실을 염두에 둘 때, 이 같은 변화는 여성의 인권을 위한 것이라고 단순히

••

29 김수진, 『신여성, 근대의 과잉』, 소명출판, 2009, 239면.
30 고주, 「규한」, 『학지광』 11, 1917.1, 43면.

해석하긴 어렵다.[31]

하지만 문학 텍스트에서 인물의 이름이 성격과 정체성을 보여주는 표지라는 사실을 고려할 때, 이 장면은 매우 의미심장하다. 개인에게 이름이 있다는 사실은 그를 하나의 독립적인 주체로 인정하는 문제와 긴밀히 관련되어 있다. 따라서 이 씨는 이 장면에 이르러 무자각한 구여성, 혹은 김영준의 아내라는 테두리에 가둬둘 수 없는 존재가 된다. 그는 법적 신분을 부여받은 한 개인으로 나타난다.

이러한 맥락에서 김영준의 위선은 더욱 선명하게 부조된다. 그는 법적 권리를 가져 마땅한 한 사람의 의견과 사정을 고려하지 않았다. 게다가 영준과 달리 소설 속 인물들은 순옥을 배려하는 모습을 보인다. 순옥의 이름을 불러준 이는 비슷한 처지에 있으면서 가장 깊은 공감을 표현하는 여성 인물인 최 씨이다. 약자의 위치에 서 있는 이들 사이에 형성된 공감과 유대를 느끼게 하는 장면이다. 혼인계약에서 약자의 위치에 있는 여성이 다른 여성의 처지를 동정적으로 바라보는 이러한 장면은 정도의 차이가 있으나 『무정』과 『개척자』에서도 나타난다. 하지만 「규한」은 그러한 교감이 구여성 사이에 이루어진다는 점, 신지식의 매개를 거치지 않은 감정적 유대에 의한다는 점이 특징적이다.

이 희곡은 전근대적 가족제도뿐 아니라 법으로 대변되는 신문명의 무정함에 대해서도 문제화한다. 양자 모두에 대한 성찰이 보인

••

31 전경옥 외, 앞의 책, 56~57면.

다는 사실은 1910년 3월에 발표한 이광수의 단편 「무정」과 비교할 때 더욱 뚜렷해진다. 이 소설의 주인공인 구여성 아내는 교육받지 못하기도 했거니와 외모와 덕성도 갖추지 못한 인물로 그려진다. 서술자는 부인의 처지가 가련하다고 생각하면서도, 그의 불행의 원인을 근대적 자각에 이르지 못한 미성숙한 현실 인식과 소양 부족에서 찾는다. 인물의 고통을 냉담하게 관조하고, 구제도가 지닌 부정성을 강조하는 데 집중한다. 이에 따라 독자는 부인에게 연민을 느끼기보다는 그가 비판받아 마땅한 구제도에 포함된 존재라고 생각하게 된다.

4
구여성의 인권과 욕망의 재현

소설 속에서 이들은 남편의 이혼 제의를 받아들일 때야 비로소 주체적 면모를 갖추었다고 인정받았다. 이들은 무지로 인해 불행을 좌초한 구도덕의 희생자, 또는 신여성이 되어야 할 계몽 대상 중 하나로 그려짐으로써 남성위주의 사회와 신여성 중심 담론 사이에서 이중으로 타자화된다.

조혼의 피해자 구여성은 말할 수 있는가

식민지시기 이혼은 서구 문화의 유입과 이혼법의 체계적 정비가 맞물려 나타난 새로운 현상이었다. 자유이혼이 성행한 데에는 엘렌 케이(Ellen Key)를 비롯한 외래 사상 수용이 주요한 요인으로 작용했으나, 그 자유가 정당화될 수 있었던 것은 이혼이 개인의 권리로 공인되었기 때문이기도 했다.[32] 과도기 조선 사회에 나타난 이혼 소송은 크게 두 유형으로 대별된다. 아내의 무지를 이유로 이혼하려는 남성과, 남편에게 종속된 삶을 거부하면서 이혼을 요구하는 '노라'와 같은 여성이 그것이다.[33] 사회적으로 만연했던 이 두 현상은 당대 가장

∵

32 노자영, 「여성운동의 제 일인자 -Ellen Key-엘렌케이(속)」, 『개벽』, 1921.3.

빈번하게 다뤄졌던 문학적 제재이기도 했다. 두 경우 모두 전근대적 가족제도에서 벗어나 자유와 평등을 지향하는 자각적인 행위로 여겨졌다. 그러나 이와 같은 분류에서, 전통적 질서에 얽매인 이른바 '구여성'은 등장할 수 없다. 다시 말해, 근대적 자각을 이룬 신남성과 신여성을 중심으로 전개되는 주류 담론 속에서 구여성 아내의 목소리는 조명조차 받기 어려운 것이다. 물론 일상생활에서 펼쳐지는 현실은 이와 같다고 보긴 어렵다. 1910년대 이혼소송을 제기했던 여성들의 열망을 신구로 재단할 수 없듯, 1920년대 초반 유행처럼 번져나간 이혼소송에는 아내가 남편의 부족을 들어 고소하는 일이 상당했다.[34] 하지만 지식인들이 주도해나간 담론장에서 이 같은 변화된 현실은 큰 의미를 획득하지 못했다.

1920년대 전후 식민지 조선에서 '자유이혼'은 유행으로 번질 정도로 큰 화제였다. 1921년 1월 『서광』에는 이러한 당대 풍경을 잘 보여주는 설문이 실린다.[35] 당대 내로라하는 작가와 지식인들이 설문에 참여했는데, 김일엽, 유진희, 황석우, 이돈화 등 많은 이들이 이혼의 자유를 옹호했다. 이를테면, 황석우는 부부 사이에서의 애정이

∙∙

33 구여성과 신여성은 대립적인 의미쌍으로 함께 탄생한 개념이다. 구여성은 신여성과 달리 비참한 상황에 놓이고, 교육받지 못한 무식한 존재로 이야기된다. 신여성이 사회의 일원으로 중요한 역할을 수행할 만한 역량 있는 자로 간주되는 반면, 구여성은 가족 안에 붙박인 채 구습을 따르고 신사상에 몰이해한 모습을 보이는 이로 이해된다. 김수진, 앞의 책, 235-239면.
34 부부간의 의가 좋지 않음, 남편이 실종되어 독신생활을 고수할 수 없음, 남편의 폭행 등 소송의 이유는 다양하게 나타났다. 「유행성의 이혼소송」, 『동아일보』, 1921.9.30.
35 「목하 우리 조선인의 결혼 급 이혼 문제에 대하야」, 『서광』, 1921.1.1, 44면.

야말로 "문명의 원천"이고, "애(愛)없는 부부의 이혼은 곧 그 애(愛) 없는 사회의 멸망을 구함이 될 것이라"고 말했다.[36] 부부 사이에 사랑이 없다면 즉시 갈라서는 것이 조선 사회에 근대적 문명과 문화를 뿌리내리는 실천이 될 수 있다는 생각이다. 이혼은 목적이 아닌 근대적 개인의 자아와 감정의 해방을 위한 수단이었다.

당시 조선 사회에서 이혼을 찬성하는 것은 쉽지 않다는 견해도 제출되었다. 조금씩 다른 견해를 보여주면서도, 이들이 공통적으로 우려한 것은 조혼 상대였던 '구여성 아내'였다. 장응진, 홍병선 등은 조혼과 강제 결혼은 비판받아 마땅하지만, 구여성인 본처의 미래의 불투명성을 생각할 때 이혼을 거리낌 없이 찬성하기는 어렵다고 말한다.[37] 이들의 발언은 근대적 가치를 내면화하지 못한 시대의 희생자로서 구여성 아내의 상황을 동정한다. 하지만 총 열세 명이 참여한 이 설문에서, 이혼이 모두 조혼한 남성의 요구로 이해되었다는 사실을 상기해 보자. 이혼의 필요를 느끼거나 이를 단행하는 이들은 남성 지식인으로 국한되며, 신여성은 그들과의 이상적 연애를 추구하며 구여성 아내의 무지를 비판한다. 여기서 이혼의 당사자이기도 한 구여성 아내의 목소리는 들리지 않는다. 근대적 부부의 형성 과정에 아예 배제되거나 동정의 시선을 받을 뿐이다.

1920년대에는 '이혼병'이라는 표현도 등장했다. 이 병에 걸린 이는 대개 지식계층 남성이었는데, 이들은 병의 원인을 아내의 무지에

••

36 위의 글, 51면.
37 위의 글, 56면.

서 찾았다.[38] 그들은 조혼의 피해자로 삶이 희생되어왔다고 토로하면서, 이혼이 인습의 사슬을 끊고 자유를 찾기 위한 문명인의 행위라고 주장한다. 1920년 민태원은 조선 사회에 '염처증(厭妻症, 아내를 싫어하는 감정)'이라는 기괴한 조어로 설명되는 현상이 유행한다고 진단한다. 그는 염처증의 유행을 증명하는 사례로 최근 경성에서 조직된 청년 남자 십수인으로 이루어진 이혼기성동맹회(離婚期成同盟會)라는 단체를 언급한다. 조직을 꾀한 이들의 진정 여부도 알기 어렵고, 희극적이고 실없는 일이긴 하나 염처증이 조선 사회를 휩쓸고 있는 증거로는 족하다고 말한다. 그런데 민태원은 이러한 현상이 여자교육의 필요성을 촉구한다고 말하는 데 더하여 염처증을 호소하는 청년남성들이 시대의 '유공(有功)한 희생자'라고 평가한다.[39] 무지하다는 이유로 아내를 싫어하고 학대하며 일방적으로 이혼을 요구하더라도 그 행동에 대한 비판이 이루어지기는커녕 여성의 계몽의 필요성을 알리는 과도기의 희생자로 여겨지고 있는 것이다. 이는 민태원의 독자적 시선이라기보다는 당대 사람들의 일반적 이해에 가깝다. 1921년의 사회 현상을 기록하는 취지로 쓰인 한 글을 보면, 재판소에서 접수된 사건 중 이혼 사건이 절반을 차지할 정도이고, 그 이유는 대개 조혼한 아내가 자기의 신사상에 미치지 못하기 때문이라고 적혀 있다.[40] 혼인은 두 사람이 했는데, 피해자 또는 희생자의

∶∶

38 「소박덕이 삼백명」, 『동아일보』, 1922.12.21.
39 민태원, 「염처증의 신유행과 여자교육」, 『현대』, 1920.10.
40 CM生, 「최근의 우리 사회의 현상에 감(感)하야」, 『개벽』, 1921.3.1.

정체성을 소리 높여 부르짖은 이들은 그중 한 쪽이었다. 이혼 문제를 둘러싼 구여성 아내의 비참한 처지, 그들의 인격이 전혀 고려되지 않던 시대적 풍경을 잘 보여준다.

식민지시기 발표된 소설에서도 이러한 시선은 어렵지 않게 발견된다. 이혼을 당당하게 선언하는 남성은 쉽게 발견되지만, 그 남성의 시선에 구여성 아내가 포착되는 경우는 드물다.『개척자』의 민은식과「어린 벗에게」의 임보형을 떠올려보자. 이들이 이혼을 주저하는 것은 구여성 아내를 생각해서가 아니라, 사회질서를 유지하고 풍속을 해치지 않기 위해서이다. 서사 내 구여성이 긍정적으로 그려지는 경우는 신식 교육을 받아 자각에 이르는 인물로 국한하여 재현된다. 소설 속에서 이들은 남편의 이혼 제의를 받아들일 때야 비로소 주체적 면모를 갖추었다고 인정받았다.[41] 이들은 무지로 인해 불행을 좌초한 구도덕의 희생자, 또는 신여성이 되어야 할 계몽 대상 중 하나로 그려짐으로써 남성 위주의 사회와 신여성 중심 담론 사이에서 이중으로 타자화된다.[42]

이처럼 식민지시기 가족제도 아래 구여성은 젠더화된 하위주체 (gendered subaltern)였다. 스피박(Gayatri Spivak)은 주류 담론의 재현 체계 내에서 발화하지 못하는 하위주체의 위치에 대해 논한 바 있다. 스피박이 이 주장을 통해 문제 삼는 것은 하위주체의 행위 능력 부

∷

41 권보드래, 앞의 책, 67-76면.
42 김민정,「일제시대 여성문학에 나타난 구여성의 정체성에 관한 연구」,『여성문학연구』14, 한국여성문학학회, 2005, 205면.

재가 아닌 그들의 목소리를 인식하지 못하게 하는 지배적 재현 체계이다. 따라서 지배적 재현 체계 내에서 침묵되었거나 굴절된 하위주체의 발화 흔적을 더듬는 것은 그들의 주변성과 이방성 그 자체를 듣는 윤리적 시도이다.[43] 이를 참고하면, 구여성의 목소리는 신여성과 신남성의 입장을 대변하는 지배 담론 속에서 근본적으로 박탈될 수밖에 없다. 따라서 서사 내 구여성의 목소리를 읽는 것은 불충분한 재현 흔적을 더듬어가는 방식으로 접근해야 한다. 지배적 담론과 배치되는 모습들이 나타나고 있는 장면을 놓쳐서는 안 된다.

자각하지 않은 구여성의 가부장제 비판

1910년대는 근대적인 이혼법이 명문화되기 전으로, 법률혼에 대한 강박보다는 근대적 계약의 합리적 정신이 팽배했다. 합리적 계약 정신을 강조할수록 또 다른 계약의 당사자인 아내의 의견은 고려될 수밖에 없다. 게다가 1910년대는 이혼이라는 새롭고도 이질적인 사상을 접한 당대 여성들의 여망이 폭발적으로 드러났던 시기였다. 문학은 현실을 폭넓게 재현하는 만큼, 작가들은 의도했든 그렇지 않든

:

43 가야트리 스피박, 태혜숙 역, 「서발턴은 말할 수 있는가?」, 로절린드 C. 모리스 엮음, 『서발턴은 말할 수 있는가?: 서발턴 개념의 역사에 관한 성찰들』, 그린비, 2013 참조; 스티븐 모튼, 이운경 역, 『스피박 넘기』, 앨피, 2005, 124-129면; 김애령, 「다른 목소리 듣기: 말하는 주체와 들리지 않는 이방성」, 『한국여성철학』 17, 한국여성철학회, 2012.

여성들의 인권에 관심을 두는 과정에서 논설의 견해로 수렴되지 않은 잔여를 만들어냈는지도 모른다. 합리적 계약 정신과 여성의 권리 신장이라는 두 과제가 충돌할 때의 상호긴장관계를 섬세하게 포착하고 있다. 이를테면 이광수의 『개척자』와 「규한」에서 구여성의 목소리는 근대적 부부를 형성하기 위한 조건인 여성의 인권과 합리적 계약 정신의 낙차 속에서 밀려온다. 이러한 특징은 이광수에게서만 나타났던 것은 아니다.

1919년 2월 『창조』 창간호에는 구여성의 목소리가 담긴 두 편의 텍스트가 실린다. 최승만의 희곡 「황혼」과 전영택의 단편 소설 「혜선의 사(死)」는 남성인물이 이혼을 바라고, 조혼한 아내는 이를 거부하는 사건을 공통적으로 그린다. 그러나 「황혼」에서는 남성인물의 말과 행위를 중심으로 서사가 전개되고 아내의 목소리가 직접적으로 드러나지 않는 반면, 「혜선의 사」는 여성인물 혜선의 생각과 내면이 서사를 가득 채우고 있다.

「황혼」의 주인공 김인성은 자유연애를 위해 조혼한 아내에게 이혼을 선언한 후 애인의 집에 머문다. 그러나 그는 집을 나온 후 평탄하게 지내지 못하고, 결국 불면과 신경쇠약으로 괴로움을 겪다 죽게 된다. 언뜻 그는 자유연애라는 이상을 현실화하기 어려운 봉건적 현실에 의해 희생된 것처럼 보인다. 김인성은 죽기 직전 자신의 죽음을 사회의 탓으로 돌리기도 한다. 하지만 그가 죽음에 이르는 과정을 살펴보면 인물의 선언적인 대사를 초과하는 의미가 나타난다. 서사 내에서 죽음의 원인은 주인공의 일방적인 이혼 선언으로 나타난다. 전 부인의 원한 서린 얼굴이 환영으로 나타나 그를 괴롭혀 신경

쇠약과 불면증이 심해진다.

당당하게 집을 나선 김인성은 왜 아내에 대한 죄의식에 사로잡혔던 것일까. 그가 부친과 이혼 문제를 두고 논전을 펼칠 때, 아내는 당사자로서 그 옆에 있었음에도 침묵으로 일관했다. 결혼은 자기의 사로 결정해야 한다고 주장하면서 당사자인 부인의 의사를 단 한 번도 묻지 않는다. 심지어 그는 혼인 무효를 주장하는 것을 넘어, "제처를 버릴 권리가 있"[44]다고 역설한다. 자유이혼을 주장하는 듯하나 실제로는 아내를 버리는 것과 다름없다는 사실을 스스로 폭로한다. 근대적 혼인 운운하며 아무리 포장하더라도, 자기 행동이 아내를 버리는 것임을 '알고 있는' 지식인 남성의 위선적인 행동을 고발하는 장면이다. 「규한」의 김영준이 무대에 등장하지 않아 위선을 노출하지 않은 채 간접적으로 비판의 대상이 된다면, 김인성은 지식인의 기만과 위선의 가면이 벗겨진 모습을 직접적으로 보여준다.

그렇기에 남편의 폭력적인 발언에도 봉건적 질서에 얽매여 스스로 자신의 생각을 표출하지 못하고 듣고만 있던 아내의 입장이 '환영'을 통해 드러난다는 점은 흥미롭다. 규범 자체를 비판할 수 없는, 복종이 내면화된 그녀의 입장은 비합리적인 방식을 경유해 재현된다. 이러한 형상화는 지식인 남성이 아무리 자신을 조혼의 희생자로 자처하더라도, 가장 큰 희생자가 아내라는 사실을 선명히 보여준다. 이광수의 「규한」에서 실성하는 모습을 통해 나타나는 구여성의 언

∴

44 최승만, 「황혼」, 『창조』, 1919.2. 14면.

어는, 「황혼」에서는 비현실적인 환영 이미지로 재현된다. 논리적인 언어로 자신의 욕망을 설명하기 어려운 상황에서 구여성의 처지는 비합리적 설정을 통해 작품 속에 기입된다.

전영택의 「혜선의 사(死)」에는 남편의 이혼 요구에 수긍하거나 체념하지 않고 분노를 표출하는 여성의 모습이 나타난다. 신수정에 따르면, 혜선이 남편을 향해 직접적으로 분노와 저주를 내뱉는 장면은 이 소설 이전의 근대소설에서는 볼 수 없는 여성 재현이다. 남성중심주의 사회를 살아가야 하는 여성의 원한을 자신의 목소리로 직접적으로 표명하는 인물의 모습은 당대 사회에 대한 적극적인 항의의 의미를 새겨놓는다.[45] 앞서 살펴봤던 텍스트와 비교할 때 구여성 화자의 저항의 목소리가 뚜렷하게 제시된다.

혜선은 서울 S여학교에 다닌다. 하지만 그녀를 신여성으로 오인해선 안 된다. 열여덟 살에 출가한 이후 남편의 사랑을 받지 못한 딸을 본 아버지의 명령으로 학교에 다니게 되었지만, 교육은 그에게 아무런 영향을 미치지 못한다. 아버지가 허락하지 않은 이혼은 할 수 없다는, 가부장적 위계질서가 내면화된 인물이다. 하지만 그는 「규한」과 「황혼」의 아내와 같이 남편의 이혼 청구를 청천벽력처럼 받아들이지 않는다. 혜선은 전근대적 관습의 세계에 익숙하지만, 남편을 목숨처럼 여기지 않는다. 그것은 이혼에 대한 인식에서도 잘 드러난다. 혜선의 사촌 오빠인 동욱은 혜선이 합의를 해줘야 이혼이 성

45 신수정, 「한국 근대소설의 형성과 여성의 재현 양상 연구」, 서울대학교 박사논문,
    2003, 49-53면.

립되어 민적을 가를 수 있다고 말한다. 그때야 비로소 혜선은 진정한 자유를 누릴 수 있고, 남편인 신원근은 다른 여성과 법률이 허락하는 정당한 혼인을 할 수 있다고 말한다. 이에 대해 혜선은 이혼하지 않은 채, 남편은 재혼하고 자신은 독신으로 살아가겠다고 답한다. 동욱은 지금 세상에는 그것이 허용되지 않는다고 단호하게 말한다.

하지만, 혜선은 동욱의 말을 이해할 수 없다. 그러고는 "예수교에서는 허락하더라도 아버지가 그것은 죽어도 못하리라고 하십니다"[46]라고 말하면서, 아버지의 명령에 따를 수밖에 없다고 말한다. 이는 그가 아버지의 말을 법으로 여기는 전근대적 세계 속에 살고 있다는 것을 보여준다. 이런 점에서 이혼을 받아들이지 못해 한강에 투신하는 모습은 가부장적 세계에 사로잡힌 것처럼 보인다. 그러나 혜선의 죽음은 수동적인 도피가 아니라 자신의 의지를 관철시키기 위한 행동으로 묘사된다.

이혼을 권유하는 동욱과 헤어진 혜선은 현재의 참담한 처지에 이르기까지 자신의 삶의 여정을 회고한다. 그녀의 기억 속에서 그 비극의 발단은 열두 살 때 오빠가 병에 걸려 죽게 되는 사건으로 등장한다. 이후 어머니는 자궁병으로 더 이상 아들을 낳을 수 없어 울화로 죽고, 혜선은 오빠 대신 자신이 살아남았다고 자책하며 여성으로 태어난 것 자체를 평생의 원한으로 여기며 성장한다. 이때부터 혜선은 가부장적 사회를 적대하고 불신하는 태도를 보인다. 남편이 귀국

46 전영택, 「혜선의 사(死)」, 「창조」, 1919.2, 47면.

해도 집에 오지 않는 데 대해 서운함을 느끼지 않는 모습도 이를 잘 보여준다. 그는 아버지의 명령에 따라 형식적인 부부 관계에 얽매여 있지만, 남편의 애정과 관심을 바라지 않는다.

따라서 혜선이 한강에 몸을 던질 때, 인자한 어머니의 손을 다시 잡게 되는 장면은 매우 의미심장하다. 남편을 저주하고, 이혼을 허용하지 않는 아버지와의 단절로서 삶을 마감하면서, 인자한 어머니의 손을 다시 잡는 것은 남성 중심 사회에서 동일한 비극을 맞게 된 여성 일반의 삶에 대한 동류의식과 연대의 의미를 담고 있기 때문이다. 이러한 맥락에서 「혜선의 사」는 근대적 인권이 가정 내에서 뿌리 내리지 못한 현실 속에서 법적 이혼 절차의 마련이 유의미한지 의문을 던진다. 이혼에 대한 열망이 커지고, 관련 법률이 마련되는 가운데서도, 그와 비례하여 성장하지 못하는 가정 내 여성 인권 문제를 형상화한다.

지금까지 살펴 본 1910년대 중후반 발표된 이혼 문제를 서사화한 문학 텍스트들은 구여성의 인권을 의식하지 않을 수 없는 현실을 나름의 방식으로 재현하고 있다. 물론 구여성 스스로 현실 문제를 논리적으로 따져보고 자신의 의지를 표명하는 장면을 찾기는 드물다. 하지만 자각하지 않은 구여성도 가부장제를 비판할 수 있다. 「혜선의 사(死)」는 근대적 지식과 사상을 습득해야만 진정한 주체로서 바로 설 수 있다는 인식이 팽배한 현실 속에서, 자신의 현실에 정면으로 대항하지 못해 소외받았던 구여성의 인권을 들여다보게 한다.

5
이혼할 권리와 계약의 증명서, 민적

이혼을 설명해 주는 문서가 인물들 사이의 관계를 맺거나 이어가게 하는 데에
그 어떤 효력도 발휘하지 못하게 되는 이와 같은 상황은 무엇을 말하는 것일
까. 이는 부부 간의 결합, 그리고 해체 사이에는 법적인 형식만으로는 충분하
게 설명할 수 없는 다른 '무엇'이 있지 않을까라는 질문을 던진다.

이혼을 청구하기, 이혼을 당하기

1920년 이후 문학에 나타난 구여성은 전형적인 재현으로만 소설에
등장했을까. 1934년 3월 24일부터『조선중앙일보』에 발표된 심훈의
『직녀성』은 식민지시기 발표된 소설 중에서 구여성을 바라보는 전
형적 시각에서 벗어나면서도 깊이 있는 문학적 재현을 보여주었다
고 평가된다.[47] 심훈은 연재에 앞서 이 소설을 통해 "이제까지 아무
도 취급하지 않은 어느 가정부인 하나를 중심으로 하여 최근 조선의
공기를 호흡하는 젊은 남녀들의 생활 이면을 묘사"하고, "연애, 결

∶∶
47 이상경,「근대소설과 구여성-심훈의『직녀성』을 중심으로」,『민족문학사연구』19,
민족문학사학회, 2011.

혼, 이혼 문제의 전반을 통하여 새로운 해석"을 시도해보겠다는 뜻을 밝힌다.[48] 『직녀성』은 이러한 작가의 문제의식이 풍부하게 구현된, 당대 가정부인의 현실과 상황을 통해 결혼과 가족제도를 비판적으로 들여다보게끔 하는 소설이다.

주인공 이인숙은 봉건적 가족의 억압 속에서 살아가다가, 남편 봉환과의 이혼을 결심한다. 그와 달리, 소설에 등장하는 또 다른 구여성 인물인 용환의 아내는 광기와 분노를 통해 억눌린 감정을 표출한다. 이는 「규한」과 「황혼」의 아내의 모습과 통하는 면이 있지만 방화라는 굉장히 적극적인 형태로 나타난다는 점에서 차이가 있다. 이러한 인물 설정에서도 알 수 있듯, 『직녀성』은 구여성의 부당한 처지를 그 어느 소설보다 선명하게 부조한다. 그리고 그 비극에서 벗어나는 길을 이인숙의 서사를 통해 그린다.

인숙은 '자각하지 못해 불행을 겪던 구도덕의 희생자'였다가 '계몽된 신여성'이 됨으로써 구여성을 재현하는 두 방식을 동시에 체현하는 인물이다. 『직녀성』은 명실상부 식민지시기 문학 중 가장 주체적인 구여성을 그려내고 있다. 인숙은 여학교를 졸업하고 신여성으로 탄생한다. 그 시작점은 이혼할 권리의 행사이다. 그의 변화는 근대적 법률을 이해하고 행사할 수 있는 주체적 위치에 서게 되는 과정과 맞물려 나타난다. 인숙은 봉환에게 자신이 이혼을 청구할 이유가 더 많다고 조리 있게 따져 묻는다. 부청 호적계에 봉환과 함께

••

48 심훈, 「작가의 말」(『조선중앙일보』, 1934.3.3.), 「직녀성」, 김종욱·박정희 엮음, 『심훈 전집』 4, 글누림, 2016, 15면.

심훈의 『직녀성』 마지막회(『조선중앙일보』, 1935.2.26). 결말에서 인숙은 유치원 보모가 되어 '흰옷 입은 성모마리아'와 같은 존재가 된다.

이혼 서류를 제출하고 오면서 혼인을 천륜이라 여겼던 생각에서 벗어난다.

1925년 심훈은 "현대의 모순된 제도와 습관으로 말미암은 결혼은 연애의 무덤이 되고 만다"고 말한 바 있다. 그는 소유의 원리에 기반을 둔 금일의 결혼은 연애의 완성이 아니라 종말이라 말하면서, '결혼을 예술화'하는 새로운 방식이 필요하다고 말한다. 자유이혼이 자유연애만큼이나 시대적 담론으로 부상할 수 있었던 것은 결혼

제도가 지닌 명백한 한계 때문이라고 본다.[49]

이러한 생각은 십 년 정도 시차를 두고 발표된 『직녀성』에서도 여전히 발견된다. 서사 내에서 인숙은 이혼을 통해 여성을 노예화하는 결혼 제도에서 벗어난 후, 다른 누군가와 결혼하지 않는다. 인숙을 고통 속에 살게 했던 것은 단지 봉환이라는 한 개인이 아니라 조선의 결혼과 가족제도이기 때문이다. 인숙은 이혼법을 통해 가족이라는 감옥에서 풀려날 수 있었다. 그리고 인숙은 혈연으로 묶이지 않은 대안적 공동체에서 가사와 보육을 담당하는 직업을 갖게 된다. 결말에서 인숙은 유치원 보모가 되어 모든 아이의 성스러운 어머니가 된다.

담론 상에서 가족 내 여성의 법적 지위 문제가 활발히 논의되기 시작한 것은 1920년대 전후부터이다. 두 차례 행해진 민사령 개정으로 법률혼주의의 정착과 근대법에 따른 이혼이 가능해지는 등의 변화가 나타남으로써 여성의 법적 지위에 근본적 변동이 일어났다. 1920년대 초기 이혼 담론이 자유와 강제라는 대립 구도 속에서 논의된 경향이 짙었다면, 점차 혼인 성립과 무효에 대한 법적 조건이 상식 차원에서 다루어지거나 이혼 절차를 둘러싼 쟁점을 소개하는 글들이 등장했다. 변호사인 강거복과 이인 같은 필자가 쓴 상세한 법률적 지식에 토대한 글도 여러 지면에 게재되었다.[50] 여성의 지위와 관련된 현행민법과 판례, 비교 대상으로서 일본 민법을 비롯한

••

49 심훈, 「편상(片想): 결혼의 예술화」(『동아일보』, 1925.1.26.), 김종욱·박정희 엮음, 『심훈 전집』 1, 글누림, 2016, 241-247면.

외국의 사례 등이 소개되었고, 지식 전달을 넘어서 비판적 해석과 전망이 더해진 분석적 글도 실렸다.[51]

한편, 당시 결혼과 이혼 문제는 사실혼에서 법률혼으로 변화한다는 점에서 전통과 근대의 교차를 보여주는 동시에,[52] 가족 내부의 문제였던 결혼이 국가의 영역에 귀속된다는 점에서 국가와 개인 간의 대립과 갈등을 내포했다. 법률혼의 정착은 개인 간 결합의 시작과 끝의 최종적 승인을 국가의 역할로 만들었다. 결혼 문제에 법률이 간섭하는 것이 부당하다고 토로하는 글은 이와 같은 시대적 배경 속에서 제출된 것이다.[53] 외국의 법을 소개할 때도 이러한 구도 아래 상이한 평가가 내려졌다. 결혼과 이혼에 대한 법적 형식이 잘 갖추어진 나라를 문명국으로 평가하기도 했고,[54] 한 편의 의지만으로도 이혼이 가능한 러시아의 제도적 절차에서 자유의 가치를 발견하기도 했다.[55]

1920년대 이후 식민지 조선은 바야흐로 이혼의 시대를 살아갔다. 하지만 당대 모든 여성에게 이혼법이 해방의 매개였던 것은 아니었

50 변호사 강거복, 「연애독본·결혼교과서 (제2집)―결혼할 수 있는 남녀와 없는 남녀」, 『별건곤』, 1928.2.1; 「부인의 법률상식」, 『별건곤』, 1930.3; 변호사 이인, 「이혼문제와 현대 법률」, 『삼천리』, 1929.9.1.

51 창해, 「현대법률과 여자의 지위」, 『신여성』, 1931.6; 변호사 양윤식, 「법률과 부부관계」, 『신여성』, 1939.9; 변호사 신태악, 「아내의 재산권」, 『신여성』, 1933.9.

52 김경일, 『근대의 가족, 근대의 결혼』, 푸른역사, 2012, 12-13면.

53 주요섭, 「결혼생활은 이렇게 할 것」, 『신여성』, 1924.5.

54 TS, 「미혼한 처녀에게」, 『신여성』, 1925.2.

55 XYZ, 「듣던 바와 딴판인 신로국(新露國)의 혼인 이야기」, 『신여성』, 1925.5.

다. 민사령 개정 이후 협의이혼을 둘러싼 폐해가 많이 나타나기도 했지만, 원칙적으로 이혼하는 일이 그리 쉽지는 않았다. 한 사람의 일방적인 요구로 이루어질 수 없고, 협의이혼이 되지 않는다고 해서 무조건 이혼소송을 걸 수도 없다. 이제 소설 속 남성인물들은 일방적인 이혼 선언을 하는 대신, 구여성 아내를 설득하거나 혹은 속여서 도장을 찍게 하는 모습으로 나타났다. 불과 몇 년밖에 안 지났지만 굉장히 다른 풍경이 펼쳐졌다.

1924년 11월부터 『동아일보』에 연재되기 시작한 이광수의 『재생』에는 남편이 미국으로 유학 간 십 년 동안 시부모 봉양과 자식 양육에 힘쓴 구여성 아내가 등장한다. 그는 첩을 얻는 것은 상관없지만, 이혼은 말도 안 된다고 생각한다. 귀국 후 여학생에게 구혼을 하고 다니는 남편의 소식을 듣고, 아무것도 모른 채 중매를 서게 된 P부인을 찾아와 성토하는 적극적인 인물이기도 하다. 그런데 김의 아내의 부당한 상황과 절박한 내면이 이렇게 곡진하게 나타남에도, 그의 주장은 사실이 아닌 것으로 판명된다. 김의 민적을 조사한 결과, 이미 미국으로 가기 전 협의이혼을 했다고 드러나 형식상으로 아무런 책임이 없다고 밝혀진다. 하지만 김의 아내는 이 사실을 전혀 인지하지 못한다. 이광수는 문서상의 합의만으로 이혼의 효력이 발생하여 많은 구여성들이 사태의 전말을 알지도 못한 채 비탄에 젖은 삶을 살아야 했던 당대의 사회적 풍경을 그리고 있다.

김박사의 아내는 협의하지 않았는데도 협의이혼을 당한 구여성의 억울함을 대변하는 인물이다. 그는 근대적 법률혼에 무지해 자기도 모르는 새 이혼하게 되지만, 그 울분을 참지 않고 표출한다. 1933

년 발표된 채만식의 『인형의 집을 나와서』에는 가부장적 가족질서가 내면화되어 이혼만은 안 된다고 울부짖는 여성들의 목소리를 드러내는 인물이 등장한다. 이들은 근대적인 이혼법이 시행되고 있는 현실을 알지만, 여전히 전근대적 관념 속에서 살아가고 있는 구도덕의 희생자로 나타난다. 옥순은 아무런 잘못도 하지 않았는데, 이혼을 해주지 않는다는 이유 하나만으로 비난 받는다. 구습에 젖어 있는 옥순이 보여준 저항의 최대치는 유서에 자신의 시체를 '오 씨' 집에 보내지 말라는 말을 남기는 정도이다. 병택의 아내도 아무리 이혼을 해달라고 졸라도 수락하지 않는다. 병택은 아내에게 생계를 이유로 친정에 가 있다가 이십년 후에 만나자고 핑계를 대며 떠난다. 아내는 이혼보다 낫다면서 되레 병택에게 고마움을 느낀다. 소설 속에 등장하는 이 인물들은 모두 연민의 대상으로 그려진다.

공허한 형식이 되어버린 민적

계약의 본령은 당사자 간의 합의에 있지만, 실정법 차원에서 사회에 적용되었던 방식은 '민적 등재'와 같은 행정적인 절차였다. 1937년 1월 『여성』에 실린 이선희의 「도장」은 근대적 법률에 대해 이해하고, 이를 이용할 줄 아는 구여성 아내가 주인공으로 등장한다. 아내는 자신이 민적에 등록되었다는 사실이 본처로서의 지위를 견고하게 해주며, 그 사실이 자신에게 어떤 권력을 부여한다는 사실을 안다. 그는 남편의 학대에 불만을 갖지 않고 첩을 두고 있다는 사실을 알면서도 자신의 현 처지에 대해 불안해하지도 위협을 느끼지도 않는다. 자신이 동의하지 않으면 남편과 그의 첩이 아무리 요구하더라도 이혼이 성사되지 않는다는 사실을 알기 때문이다. 하지만 그에게도 무서운 것이 있다. 그것은 바로 도장이다. 문서에 도장이 찍히면 자신이 동의한 것으로 간주되기 때문이다.

그런데 그 어떤 어려움이 있더라도 꿋꿋이 도장을 지켜낼 것 같던 이 인물은 남편이 다른 여성과 결혼하지 않게 된다면 감옥에 가게 될지도 모른다는 말을 듣고 그 태도가 돌변한다. 자신의 팔자를 한탄하면서 조강지처로서 도리를 다하리라며 도장을 건네준다. 부부관계가 근대 이후 법적 절차라는 형식에 의해 지탱되고 있음에도, 여전히 과거의 관념에 사로잡혀 살아가고 있는 이들이 존재하는 것이다. 게다가 그는 남편이 이혼하고 다른 여성과 부부가 되더라도, 자신은 이 집을 떠나지 않아도 되는지 묻는다. 남편이 자신과 이혼하기 위해 거짓말을 했다는 사실을 간파하지 못하고, 남편이 감옥에 가지 않게 되어 그와 그의 집안을 위해 본처로서의 소임을 다했으니 이 정도는 인정해달라고 말한다.

이 같은 아내의 모습은 민적 신고를 통해서만 부부로 인정되는 법률혼에 대한 이해가 어느 정도 있음에도, 그와는 별도로 다른 곳에서 부부관계를 증명하고자 하는 이들이 여전히 존재한다는 사실을 상기시킨다. 구여성 아내의 이 같은 안타까운 처지는 당시 부부관계를 증명하는 합리적이고 객관적으로 보이는 계약이 형식적 절차로 전락하면서 오용되는 현실을 보여준다.

1939년 2월 『문장』에 수록된 유진오의 「이혼」은 조혼한 남성이 자신의 시점에서 구여성 아내와 이혼하게 되는 과정을 이야기하고 있는 소설이다. 이 소설이 발표되자 보성전문 교수 김광진과 노천명 사이의 연애 사건을 모델로 했다는 논란이 일기도 했다.[56] 이 소설의 특기할 점은 조혼한 남성이 아내 또한 자신과 마찬가지로 시대의 희생자라고 생각하면서 죄의식을 강하게 느낀다는 점이다. 「황혼」의 김인성이 느끼는 죄책감이 스스로 인지하지 못하는 무의식 차원에 놓인 것이라면, 약 20년 후에 발표된 「이혼」의 박재신은 자신의 문제를 뚜렷하게 인식한다.

주인공 박재신은 상사회사 회계 주임으로, 조혼에 의한 시대적 희생양이라는 생각으로 자신을 합리화하고는 방탕한 생활을 일삼는 인물이다. 아내를 쫓아내지 않는 것만으로도 '훌륭한 인도주의자'가 아니냐면서 자신을 두둔한다. 그런데 올드미스 여교사 홍윤희를 만나면서 사정은 달라진다. 홍윤희와 결혼하기 위해서는 아내와 이혼해야 하기 때문이다. 그렇게 그는 오랫동안 유보했던 이혼이라는 과제를 완료하기 위해 시골로 내려간다.

막상 실제로 아내와 이혼하려니, 재신은 "생후에 처음으로 심한 정신적 고통을 경험"할 정도로 죄책감을 느낀다. 마치 "무서운 지옥"에 와 있는 듯하다. 지금까지 자신을 합리화해왔던 '시대의 죄'라는 구실도 이제와 살펴보니 아무런 힘이 없는 '이론'에 불과하다고 생각한다.[57] 윤희를 만나서 이혼의 증거인 호적등본을 보여주면

··
••

56 임헌영, 『임헌영 평론 선집』, 지식을만드는지식, 2015, 90-92면.
57 현민, 「이혼」, 『문장』, 1939.2, 81면.

이 같은 번민은 사라지리라면서 위안한다. 하지만 기대와 다르게 재신의 괴로움은 윤희를 만나고서 절정에 다다른다. 윤희는 이혼한다고 시골로 가서 한참 후에 돌아온 재신에게 냉담한 태도를 취한다. 그가 내민 호적등본을 종이 한 장으로 치부하기까지 한다. 재신에게는 그 종이 한 장이 중요했지만, 윤희에게는 그렇지 않은 것이다. 그가 확인하고 싶은 것은 법적 증명이 아니라, 사랑의 감정, 진정성이 담긴 마음이지 않았을까. 이혼하겠다고 시골로 간 후, 오랫동안 돌아오지 않는 재신을 보면서, 그 시간에 비례해서 그의 의혹은 증폭되고 정다운 마음은 점점 줄어들었을지도 모른다. 박재신은 홍윤희의 이러한 모습을 목도하면서, 자신이 무슨 죄를 저질렀는지는 모르지만 어떠한 가혹한 벌을 받고 있다는 참담한 심정을 느낀다.

결국 조혼한 남성과 신여성, 그리고 구여성 사이의 삼각관계에서 쟁점이 되었던, 이혼의 결과물이라는 의미를 띤 '호적등본'은 이들의 관계 맺기에 있어서 중요한 의미로 받아들여지지 않는다. 이혼을 설명해 주는 문서가 인물들 사이의 관계를 맺거나 이어가게 하는 데에 그 어떤 효력도 발휘하지 못하게 되는 이와 같은 상황은 무엇을 말하는 것일까. 이는 부부 간의 결합, 그리고 해체 사이에는 법적인 형식만으로는 충분하게 설명할 수 없는 다른 '무엇'이 있지 않을까라는 질문을 던진다. 더하여 구여성의 인권은 이혼의 법적 절차가 세세해지고 있음에도, 여전히 지켜지지 못하고 있음을 보여준다. 식민지시기 근대적 부부는 담론상으로 끊임없이 요구되었던 필수 과제였다. 하지만 현실에서는 아내가 되는 여성의 인권이 존중받지 못하는 경우가 적지 않았다. 계약은 개인의 자유라는 정신을 내포하지 못한 채 형식으로 전락했다. 근대적인 문명한 부부의 탄생은 여전히 까마득했다.

3장

결혼계약의 실체,
자유롭게 선택한 감옥

1
신가정이라는 환상이 깨어지는 순간

여성은 새로운 아내의 역할을 수행하려 노력하는데, 남편은 봉건적 가정과 다를 바 없는 태도를 보인다. 표면적으로 수평적인 부부관계를 지향하면서도, 사실상 그 위계를 수용해야만 표면적으로나마 행복한 가족을 유지할 수 있다.

애정 없는 부부에게 행복은 없다

1920년 4월 『신여자』에는 부부의 행복의 조건이 애정이라고 말하는 짧은 글이 실린다. 당대 담론에서 흔히 발견되는 생각이다. 근대적 부부는 영혼과 육체가 합치된 연애를 통해 자아를 실현할 수 있는 이상적 결합이다. 당사자의 자유의사와 신의를 통한 계약은 법적 보증을 통해 완성되어 사회적 승인을 얻는다. 이와 같은 부부를 중심으로 형성된 가족은 근대 초기부터 가족 개혁의 종착지로 여겨졌다. 특히, 1920년대 들어서는 사회개조의 분위기 속에서 서구 핵가족을 모델로 한 신가정 담론이 확산했고, 부부중심 가족은 대가족제도의 대안으로 더욱 뚜렷하게 제시되었다. 신교육을 받은 젊은 세대는 서로 간의 애정, 친밀감을 가족의 전제조건이자 존재 이유로 여기기도 했다.[1] 대가족제도와 확연히 구분되는 부부와 그 자녀로 구성된 핵가족은 우리에게 가장 친숙한 가족 형태이다. 하지만 1920~30년대 중요한 목표로 활발히 논의되던 부부중심 가족은 식민지 조선사회에서 과연 실현할 수 있는 목표였을까.

근대적 형태의 부부중심 가족이 현실화되기 어려웠던 만큼, 소설 속에서 구체적 형태로 등장하기까지는 시일이 꽤 걸렸다. 1930년대 소설에 이르러서야 스위트홈이라는 신가정이 사회적 실체로 등장하고, 근대적 지식을 갖춘 가정부인이라는 새로운 여성인물이 비중 있게 그려진다. 이 가정부인은 1920년대 급속도로 팽창했던 근대교육을 받은 여학생 집단이었던 만큼 근대적 가족의 주재자의 역할을 맡을 수 있는 존재로 부상했다.[2] 하지만 이들은 근대적 가족이 여성의 새로운 감옥이 되는 현실을 마주하게 된다. 아무리 동등한 위치에서 애정과 신의 속에서 결혼 계약을 하더라도, 가족으로 묶이는 순간 아내와 남편 사이에는 어떤 위계가 만들어진다.

장덕조의 초기 소설은 이러한 부부관계를 잘 보여준다. 장덕조는 이화여전 문과 출신이자 기자 생활을 한 인텔리 여성으로, 그의 문학적 성향은 '여성적, 가정적, 정신적 특징'을 보인다고 평가된다.[3] 그는 실제 삶에서도 스위트홈의 아내이자 어머니로서의 역할을 다하는 데 관심을 보인 듯하다. 채만식은 현실에서의 장덕조가 '현숙

••

1 김혜경, 『식민지하 근대가족의 형성과 젠더』, 창비, 2006, 294-298면.
2 노지승, 『유혹자와 희생양: 한국 근대소설의 여성 표상』, 예옥, 2009, 102-106면.
3 진선영, 「부부 역할론과 신가정 윤리의 탄생: 장덕조 초기 단편소설을 중심으로」, 『여성문학연구』 28, 한국여성문학학회, 2012.

한 아내'이자 '착한 어머니'라고 말한다.[4] 여기서 말하는 아내와 어머니는 전근대가족의 현모양처라기보다는 근대 핵가족에서 부여하고 있는 가족 내 여성의 역할이다.

"결혼 축하로 받았던 아스나로가 구월의 소리를 들으면서 누런 잎이 하나하나 늘어가기 시작하였다."[5] 1933년 10월 『신가정』에 실린 장덕조의 「남편」은 이 문장에서부터 시작된다. 결혼 축하의 의미를 띠는 아스나로가 시들기 시작한 것은 결혼의 위기를 의미한다. 부부 관계가 회복될 수 있을까, 아니면 파탄에 이르게 될까. 소설은 철저하게 가족 내부에서 일어나는 이 문제에 주목하여 서사를 전개해 나간다.

주인공 인애는 전형적인 신가정의 아내이다. 그는 서사 내에서 가족의 울타리인 집 밖으로 나가지 않는다. 남편의 퇴근을 기다리며 집안 살림을 정성껏 정리하고, 늘 남편이 애정이 담긴 행동과 정다운 말을 해주기를 기대한다. 인애는 근대 핵가족이라 할 수 있는 스위트홈의 아내로서의 역할을 다 한다. 사랑을 바탕으로 결합된 부부 중심 가족인 만큼 인애는 남편이 자신에게 애정 표현을 해주기를 기대한다. 그러나 남편은 어린 아내의 정성을 받으며 만족스러운 표정과 미소만 지을 뿐, 인애의 바람을 들어주지 않는다. 그는 인애와 달리 스위트홈의 남편으로서의 역할을 다하지 않는다.

••

4   채만식, 「장덕조 여사의 진경」(『조광』, 1939.3), 『채만식 전집』 10, 창작과비평사, 1989, 174면.
5   장덕조, 「남편」, 『신가정』, 1933.10, 168면.

남편의 친구 임군이 기숙하게 되면서 이들 사이에 불화가 생기게 된다. 임군과 인애는 특별한 사이가 아니지만, 남편은 임군을 배려하는 아내의 모습을 보고 둘 사이를 의심한다. 어느 날 인애는 두통이 심해 앓아눕는다. 그녀를 돌봐주는 옥순 어머니가 자리를 잠깐 비운 사이, 임군과 인애가 같은 공간에 잠시 같이 있게 된다. 남편은 이를 보고 오해하여 인애의 뺨을 때린다. 인애는 옥순 어머니가 잠깐 집에 갔다면서 오해를 풀려고 한다. 남편은 밖으로 나갔다가 다시 들어와서는 아내를 안고서 잘 눕혀준다. 인애는 남편이 옥순 어머니를 찾아가서 자신의 말이 거짓이 아님을 확인했다고 생각한다. 그러면서 남편의 사랑을 새삼 느낀다.

장덕조의 초기 소설에는 신여성이 사랑하는 이와 결혼해 평범한 가정을 건설하는 상황이 반복적으로 서사화된다. 소설 속 부부간 갈등은 신가정에 걸맞은 부부 역할을 강조하거나 가정 윤리를 회복하는 방식으로 귀결되는 듯하다.[6] 그러나 「남편」의 결말이 사랑과 신뢰를 회복했다는 의미로 읽힐 수 있을까. 마지막 장면에서 인애가 느낀 남편의 사랑은 모두 '인애의 추측'에 불과하다. 남편이 옥순 어머니를 찾아 그 여부를 확인할 수 있는 서술은 찾아보기 어렵다. 아내와 임군 사이에 대한 남편의 의심이 사라졌다고도 장담할 수 없다. 남편은 아내를 오해해 뺨을 때린 것을 사과하지도 않았다.

도입부에서 인애가 남편의 무심한 성격에 대해 불만을 가졌다는

∴

6 조리, 「장덕조 소설 연구」, 전북대학교 박사논문, 2007, 69-88면; 진선영, 앞의 글, 2012.

사실을 떠올려보자. 이 문제는 전혀 해결되지 않았다. 인애가 꿈꾸는 신가정의 모습에 남편은 섞이지 않은 이질적인 존재다. 인애가 느낀 남편의 사랑은 어딘가 부자연스럽다. 어쩌면 인애가 느낀 것은 남편이 자신을 사랑한다고 납득하려는 자기의 모습일지도 모른다. 부부중심 가족의 다정한 아내, 살림의 여왕이 되기 위해서는 남편의 사랑이 필수적이기 때문이다. 인애는 부부 사이의 균열이 일어나고 있다는 사실을 들여다보기를 회피하는 것은 아닐까. 인애가 남편의 사랑을 느끼는 장면의 이면에는 이 관계가 깨질지도 모를 상황이 초래할 수 있다는 불안과 긴장이 잠재되어 있다. 소설은 이들 부부의 갈등이 언제든 터질 수 있는 잠복된 상태로 끝이 난다.

결혼 선물로 받은 화초 아스나로가 시드는 현상은 남편과 아내의 마음이 어긋나는 상황을 비유적으로 나타낸다. 그런데 부부의 위기라는 의미를 상징적으로 드러내는 '시든 아스나로'는 아내와 남편에게 각각 다른 의미로 받아들여진다. 남편은 아내가 결혼생활에 신경 쓰지 않고 임군에게 관심이 쏠려 있기 때문이라고 생각한다. 이처럼 서사 내에서 남편의 아내를 향한 오해는 완전히 회복되지 않는다. 아내의 욕망 또한 해소되지 않는다. 이는 이들의 관계가 회복되지 않은 채, 시든 상태 그대로를 유지하리라는 사실을 보여준다.

이런 것이 스위트홈의 아내로구나

1934년 2월에 발표된 장덕조의 「아내」는 부부관계에 대한 회의를 더욱 극적으로 그린다. 동일한 지면에 얼마 안 되는 간격을 두고 발표된 「남편」과 「아내」는 제목을 통해서도 짐작되듯 나란히 놓고 살펴볼 필요가 있다. 두 편 모두 부부 사이에 배우자의 친구가 등장함으로써 간통 관계로 이어질까 의심하는 남편과 아내의 모습을 히스테릭하게 그려낸다.

「아내」의 화자인 인애는 동무 경숙과 그의 남편 박씨 사이에서 곤란한 상황에 놓이게 된다. 이들 부부의 주선으로 인애는 박씨와 같은 H은행에 일자리를 얻게 된다. 그 후 인애는 경숙의 시기와 의심을 받고, 경숙의 남편이 가정의 불만을 호소하면서 인애에게 호의를 베푸는 탓에 환멸에 빠지게 된다. 학창시절과 달리 히스테릭해진 경숙의 모습에 안타까움을 느끼고, 경숙의 남편의 불성실한 태도에 분개한다.

그런데 인애는 이를 경숙의 특수한 사례가 아니라 '일반적인' 아내와 남편의 모습으로 받아들인다. "이런 것이 아내로구나! 부끄럼도 모르고 체면도 모르고"라고 생각하면서, 같은 여성으로서 환멸과 서러움이 복받쳐서 눈이 붓도록 운다.[7] 인애가 느낀 감정은 아내와 남편, 곧 가정을 향한 환멸이다.

경숙이는 묵묵히 누워있는 그의 얼굴을 들여다보고 있었다.

"넌 참 행복자다. 정말!"

"우리집 박 소리 아니야. 그까짓 사내가 아무리 널 위한대두 무슨

••

7   장덕조, 「안해」, 『신가정』, 1934.2, 51면.

상관있니? 그보담두 언제나 네가 눈썹 하나 까딱 않고 태연히 있는 게 난 부러워서………."

경숙이는 갑자기 왼 몸을 부르르 떨자 인애의 이불 위에 쓰러져 느껴 울었다. 차디찬 그의 손이 인애 팔 위에 묵직하게 눌려있었다. 옛날 졸업식 전 밤 여학교기숙사에서 경숙이가 이렇게 그의 머리맡에서 느껴 울던 것이 생각났다.

"언니! 언니!"

이렇게 부르고 나니 두 사람이 다 순진하던 처녀시절에 돌아간 듯이 야릇한 그리움이 치밀어 올라왔다. 뜨거운 눈물이 그의 눈에도 스며 올랐다. 인애는 얼른 지금 경숙이가 가져온 이불깃으로 자꾸 솟아나는 눈물을 꼭 눌렀다.[8]

마지막 장면에서, 경숙은 인애를 향한 시기심의 정체가 인애에게 호의를 베푸는 남편을 보면서 비롯된 것이 아니라, 남편의 태도에 일희일비하는 자신과는 다른 인애의 태연한 모습에 대한 부러움 때문이라고 고백한다. 이때 인애는 지금까지 남편을 욕하던 아내가 아닌 학창시절의 동무인 경숙을 떠올리며 친근감을 느낀다. "순진하던 처녀시절에 돌아간 듯"한 그리움 속에서 두 여성 인물은 눈물을 흘린다. 누군가의 아내가 되기 이전의 삶으로 돌아갈 수 있다면 얼마나 좋을까, 라고 생각하고 있는 듯하다. 이렇게 볼 때, 남편과 아내의 불화는 이 소설의 표면적인 갈등일 뿐이다. 심층에 있는 갈등

••
8   위의 글, 55면.

장덕조의 「아내」(『신가정』, 1934.2)　　　　장덕조의 「남편」(『신가정』, 1933.10)

은 아내가 되었을 때 불행에 이르게 되는 여성의 삶의 문제가 놓여
있다.

　이처럼 장덕조의 「남편」과 「아내」는 여성의 시점에서 신가정(부부
중심 가족)이 얼마나 불안한 토대 위에 구축되어 있는지를 보여준다.
여성은 새로운 아내의 역할을 수행하려 노력하는데, 남편은 봉건적
가정과 다를 바 없는 태도를 보인다. 표면적으로 수평적인 부부관계
를 지향하면서도, 사실상 그 위계를 수용해야만 표면적으로나마 행
복한 가족을 유지할 수 있다. 두 편의 소설은 이러한 사실을 불편하
게 받아들이는 아내의 입장을 그린다. 흥미롭게도 이러한 위계는 두
소설이 연재된 『신가정』에 수록된 삽화를 통해서도 단적으로 드러
난다. 「남편」의 첫 페이지는 한복을 입고 머리를 쪽진 여성인물이 고

개를 들어 마치 남편을 쳐다보는 듯하다. 하지만 「아내」는 건물과 나무 등의 공간적 배경만이 그려져 있을 뿐이며, 다른 페이지에도 남편과 관련된 그림은 나타나지 않는다. 이러한 삽화의 차이는 그 의도와는 상관없이 남편과 아내의 수평적이지 않은 관계를 상기시킨다. 스위트홈이라는 신가정의 유지는 아내가 남편을 기다림으로써, 남편은 가정 바깥에서의 삶을 추구함으로써 가능해진다. 이처럼 장덕조의 이 두 편의 소설은 새로운 의미로 탄생한 가정의 영역에 진입한 신여성이 '아내'가 되려면 전근대적인 가족과 마찬가지의 불평등을 감내해야 했던 현실을 잘 보여준다.

2
불평등한 결혼계약, 어떻게 벗어날 수 있나

근대 초기 남성들은 대체로 구여성의 무지를 이유로 들며 이혼 권리를 주장했다. 그런데 이제는 신여성의 지식이 문제라고 한다. 남편의 목소리는 당대 사회의 변화한 현실을 여실히 보여준다.

이혼법정에 선 여성들

부부중심 가족은 사랑에 바탕을 두고 법률혼에 따라 형성된 근대적인 것이었다. 이는 곧 근대 초기부터 바라고 바라던 개인의 자유로운 계약을 통해 이루어진 문명적인 부부, 그리고 가족의 탄생이다. 하지만 장덕조의 소설에서 나타나듯, 근대적 부부에서 여성의 처지는 기대와 다르게 불안, 긴장을 불러일으킨다. 남편의 권위와 의사에 기대야만 허락되는 자유, 남편의 태도에 민감하게 반응해야 하는 상황이 나타난다. 근대 문명이라는 미명 아래 이와 같은 불합리한 상황을 모든 여성들이 참고 인내했던 것은 아니다. 그리고 이혼은 여기서 벗어나기 위해 가장 적극적으로 활용할 수 있는 방법이었다. 산문과 소설을 통틀어서 가족과 결혼 제도의 개혁에 대한 논의는 드물다. 그보다는 가족과 결혼이라는 굴레를 벗어던지는 행위가 자주 등장했다.

1932년 6월 『신여성』에는 '특별독물'로 「가정쟁의 지상 심판」이라는 글이 실린다. 이 글은 가정에서 일어났던 일로 재판이 이루어지는 가상의 법정을 배경으로 한다. 제1호 법정에서는 '처에 대한 남편의 불충실과 배신에 대한 처의 항쟁'을 다룬다. 제2호 법정은 '아내의 부정에 대한 남편의 이혼소송'에 대한 재판이 이루어진다.

제1호 법정에서 펼쳐지는 소송부터 살펴보자. 원고 측 아내는 결혼 후 남편이 태도가 변해 자신을 구식부녀(舊式婦女) 다루듯 대우한다면서 그를 고발한다. 열렬한 연애를 거쳐 결혼에 이르게 된 이들은 결혼 후에도 서로의 인격을 존중해 사소한 일도 상의하고 합의를 통해 결정하기로 언약한다. 그런데 결혼한 지 몇 개월이 지나지 않았는데 남편이 돌변했다는 것이다. 남편은 아내의 직업을 그만두게 하고, 가사노동 전체를 맡겨버린다. 거기다가 밖으로 나돌면서 기생 외입(外入)까지 하고 다닌다. 원고는 남편이 당장 태도를 바꾸지 않는다면 이혼하겠다고 선언한다.

이제 피고의 진술을 들을 차례이다. 남편은 아내의 이혼 청구가 부당하다고 주장한다. 가정의 진정한 의미를 생각해 본다면 자기의 논리가 타당하다고 말한다. 가정 내 평등한 권리, 동등한 역할 분담에 대한 요구가 안식처라는 가정의 근본적인 역할을 사라지게 만든다고 역설한다. 가정 밖에서 일어나는 남녀 투쟁 문제를 가정 안까지 끌고 들어오는 신여성들을 향해 유감스러운 감정을 드러내기도 한다. 근대 초기 남성들은 대체로 구여성의 무지를 이유로 들며 이혼 권리를 주장했다. 그런데 이제는 신여성의 지식이 문제라고 한다. 남편의 목소리는 당대 사회의 변화한 현실을 여실히 보여준다.[9]

가정의 정서적 안정감과 보금자리로서의 의미를 부각하는 남편의 주장은 근대적인 가정인 스위트홈의 조건이기도 했다. 여기서 여성의 역할은 가정부인으로 규정된다.[10] 따라서 남편의 발언은 가정 내 여성의 지위 향상과 가정이 지녀야 할 이상적 가치라는 두 근대적 현상이 충돌하던 현실을 반영한다.

그런데 양측 입장을 다 들은 판사는 양쪽의 의견이 모두 부분적으로 타당한 지점이 있다면서 다음과 같이 선고한다. 3개월 동안 별거 생활을 해보고 나서 이혼 여부를 결정한다. 아내가 무직 상태로 혼자서는 생계유지가 어렵고, 가족 내 아내의 재산권이 부재한 만큼 별거 동안에 원고의 생활비는 피고가 부담하라고 명령한다. 어느 한측의 손을 들어주지는 않았지만, 당대 기혼여성의 법적 지위와 가족 내 여성의 불평등한 현실을 염두에 두고 내린 판결이다. 가정을 여성 해방을 향한 사회적 변화가 틈입하지 않는 특수한 공간으로 성역화하려는 남편의 입장이 관철되는 것을 유보시킨다.

제2호 법정에서의 소송은 어떤 사연을 담고 있을까. 이 법정에는 원고와 피고, 판사 그리고 증인 두 명이 등장한다. 원고 측 남편은 아내의 간통을 이유로 이혼을 청구한다. 그런데 재판이 진행되면서,

∴

9 「지상토론: 현하 조선에서의 주부로는 여교 출신이 나은가, 구여자가 나은가?!」, 『별건곤』, 1928.12; 「나보다 학식 높은 아내와 살 수 없소. "인형집" 지키려는 신판 "노라" 수난기」, 『조선일보』, 1938.5.29.
10 백지혜, 『스위트 홈의 기원』, 살림, 2005.

원고가 제시한 증거인 편지는 간통과 직접적인 연관성이 없으며, 증인을 돈으로 매수하여 거짓 진술을 시켰다는 배후의 진실을 알게 된다. 법적 절차의 합리성과 공정성이 돋보이는 장면이다. 한편 피고인 아내가 증인으로 내세운 이는 남편이 간통 상대로 지목한 남편의 친구이다. 증인은 원고의 주장은 거짓이며, 원고가 자신과 내연관계에 있는 여성과 혼인하기 위해 있지도 않은 간통을 만들어냈다고 주장한다. 남편이 아내의 간통 현장이라고 이야기한 것은, 친구 K와 대화를 나누고 산보를 하는 정도의 일이다. 단 둘이 이와 같은 행위를 했다고 해서 간통이라고 볼 여지는 없다. 이 이야기를 들은 판사는 당연히 남편이 제기한 이유가 간통과 전혀 무관하다고 선고한다.

판사는 남편의 주장이 거짓이라기보다는 '구도덕에 빠진 망상'에 의한 것이라 평한다. 이혼하기 위해서 없던 간통을 만들어낸 것이 아니라, 남편 외의 남성과 단둘이 대화하고 함께 걸어가는 것 자체를 간통과 같은 것이라 생각했다는 것이다. 여성이 외간 남자 앞에서 모습을 드러낼 수 없다는 남녀유별이라는 인습, 내외법이라는 관습법의 세계에 살고 있다고 본 것이다. 판사는 이 사건의 판결을 통해 아내에게 전근대적 성역할을 요구하고 여성을 소유물로 대하는 태도를 비판한다.

이 글에서 다루고 있는 두 사건은 같지 않지만, 판결의 내용은 공통적으로 가족 내 여성의 권리 수호 문제로 귀결된다. 여성은 가족, 남편을 위해 자유와 평등의 가치를 희생해 나가는 존재가 아니라, 자기소유권(자기결정권)을 지닌 존재라는 전제를 공유하고 있다. 한편, 이 글은 가족의 전근대적 질서 속에서 자신의 권리를 보장받지 못했거나 그 권리를 소리 내어 주장하지 못했던 여성의 문제를 근대적 법률을 통해 해결하고자 하는 바람이 투영되어 있다.

1938년 2월 『여성』에 실린 「이혼의 비극」은 사랑으로 출발한 결혼이 이혼에 이르게 된 원인을 누가 제공했는지 그 '죄'를 묻겠다는 의도 아래 쓰인 글이다. 실제 판례를 토대로 구성되었다. 원고인 아내는 시집에서 학대를 당했고, 그러한 상황에서도 남편은 박정한 태도를 보였다고 주장한다. 피고인 남편은 원고의 말이 일부 사실이긴 하나, 대체로 거짓말이라면서 아내는 유순한 며느리가 아니었다고 힘주어 말한다. 그러나 여러 증인을 취조하여 진술의 진위여부를 살펴본 결과, 아내의 진술이 사실로 밝혀진다. 게다가 피고가 모 극단의 여배우와 내연관계에 있다는 사실도 드러난다. 심의과정을 거쳐 판사는 다음과 같이 선고한다. 원고가 시부모와 남편에게 순종하는 며느리이자 아내가 되어야 한다는 동양의 미덕을 저버린 면이 없다고는 할 수 없다. 그러나 민법 제813조 제5항과 제7항에 따를 때 원고의 이혼 청구는 정당하다.[11]

이 사례는 가정 내에서 관습과 현행 민법이 경합하던 현실을 보여준다. 가정불화의 원인을 여성의 성정 등의 개인적 자질에 대한 책임으로 돌리는 관습적 질서가 무너지고, 여성이 남편과 시댁의 죄를 물을 수 있게 된 변화가 법정의 판결로 인해 촉진되고 있다. 법률의 힘은 판사에게도 적용된다. 판사는 원고가 동양의 미덕을 저버렸

••

11 김문식, 「판례에 나타난 여성동태도(三) 「이혼의 비극」」, 「여성」, 1938.2.

다고 인정하면서, 여성이 시부모와 남편에게 순종하며 자기 목소리를 내서는 안 된다는 피고(남편)의 입장을 지지한다. 하지만, 법에 따라 이혼 청구의 정당성을 선언한다. 또한, 이 글의 끄트머리에는 이 소송의 주요 전거가 된 민법 813조의 세부적인 내용을 부기하고 있다. 독자들은 이 글을 통해 이혼청구의 권리가 법을 통해 정당하게 발화될 수 있다는 것, 전래의 관습을 법의 위반이라는 명목으로 문제시할 수 있다는 사실을 알게 된다. 인용된 세부적 법조항은, '당신들도 이 내용을 알아두고 필요할 때 이용하세요' 라고 속삭이고 있는 듯하다. 이 글의 제목은 '이혼의 비극'이지만, 비극적인 최후를 맞게 되는 것은 '전래의 관습'이다.

식민지시기 전반에 걸쳐 이혼은 사회적으로 쉽게 받아들여지기 어려웠고 그만큼 끊임없는 논쟁을 불러일으켰다. 그러나 법의 문제와 만날 때 이혼은 하나의 권리가 된다. 여전히 가부장적 질서가 우세한 조선 사회에서, 여성이 가정의 억압적인 굴레를 벗어나고자 한 행위가 개인의 일탈로 치부되지 않기 위해서는 법이라는 보편적이고 근대적인 수단에 의지할 수밖에 없었다. 법을 통해 인정받는 것은 곧 국가의 공인을 의미한다는 점에서 여성의 행위를 탈선이 아닌 정당한 것으로 만들어주었다.

"모든 아내된 자의 계산서"

1937년 3월 『조광』에 실린 이선희의 「계산서」는 부당한 계약을 종료하는 이혼의 권리에 더해 부부관계를 형성한 계약에 내재한 젠더불평등을 문제적으로 형상화한다. '나'는 사랑하는 남편과 함께 아무도 모르는 작은 구석방에서 "모조가정(模造家庭) 혹은 소형가정(小形家庭)"을 이루어 "어릿광대와 같이 유쾌"하게 살아간다.[12] 그러나 임신을 하게 되어 이전과는 다른 살림꾼으로서 삶을 살다가 유산하게 되고, 그 과정에서 절름발이가 된다. 그 후 아내는 자신과 다르게 '완전한' 상태의 남편을 보면서 균형이 맞지 않는 생활은 파산밖에 남지 않았다고 생각한다. 그러고는 이 생활의 총결산을 위해 '계산서'를 작성한다.

이쯤 되고 보면 내 목숨 또는 우리의 생활은 파산인 것이다. 나는 어떤 의미로나 이 이상 견디어 나갈 도리가 없다.

하면 나는 인제 우리 생활의 총결산을 가장 정직하게 계산하지 않으면 아니 될 것이다.

무릇 한 개의 부부생활이 해소되는 때는 그 아내된 자가 그 남편된 자에게 변상해서 받아야 할 것이 있다.

혹 어떤 아내는 위자료 이천 원을 청구하면 재판소에서는 훨씬 깎아서 오백 원의 판결을 내린다.

∙∙

12 이선희, 「계산서」, 『이선희 소설 선집』, 오태호 엮음, 현대문학, 2009, 53면.

나는 무엇을 받아야 할까. 이것은 내게 불구자란 약점이 생길 때부터 생각해온 문제다.

나는 내 남편도 나와 같이 다리 하나가 병신 되기를 바랐다. 남편의 다리 하나 — 그러나 다시 생각해보면 다리 하나쯤으로는 엄청나게 부족하다. 내가 받아야 할 것은 그의 목숨 그것뿐이라고 생각한다. 생명을 받아야 겨우 수지가 맞을 것 같다. 이것은 내 계산서뿐만 아니라 모든 아내된 자의 계산서일 것이다.[13]

'나'는 부부생활이 끝날 때 모든 아내는 모든 남편에게 변상 받을 것이 있다고 생각한다. 특정한 사유에 의한 대가가 아닌 부부생활 자체가 원인이라고 말한다. 부부생활에 포함된 권리들, 개인의 자유와 평등은 남편에게 기울어진 상태로 구성되어 있기 때문이다. 이것이 '나'가 그 계산서가 자신 개인의 것이 아니며 "모든 아내된 자의 계산서"라고 말하는 이유이다. 아내는 계산서를 작성하면서 남편의 다리 하나로는 계산이 맞지 않다면서, 목숨을 위자료로 받아야겠다는 히스테리와 광기가 섞인 목소리를 드러낸다.

아내의 이와 같은 광기를 이해하기 위해서는 절름발이가 되기 전과 후의 인물의 태도를 살펴볼 필요가 있다. 화자가 절름발이가 된 구체적인 이유는 제시되지 않고, 단지 아이를 해산하다 그렇게 되었을 뿐이라고 말한다. '나'가 절름발이가 된 것은 임신과 출산이라는

••

13 위의 글, 63-64면.

이선희의 「계산서」(『조광』, 1937.3)의 삽화. 남편과 아내의 옷차림과 걷는 자세를 통해서도
이들의 평등하지 않은 관계를 살펴볼 수 있다.

여성에게 부과된 과제 때문인 것이다. 이로부터 화자는 집 밖으로
자유롭게 이동할 수 없게 된다. 나는 남편이 자신과 함께 외출하지
않는 이유가 자기를 걱정해서일 뿐 아니라 절름발이 아내의 남편으
로서 사람들의 시선을 받기 싫기 때문이라고 생각한다. '나'는 남편
의 보호 속에서 더욱더 집 밖으로 외출할 수 없는 존재가 된다.

소설 속에서 '나'가 절름발이가 되는 것은 사회적으로 여성의 이
동성이 억압되는 상황을 잘 보여준다. 임신, 출산, 육아로 이어지는
여성에게 부과된 의무를 임신, 유산, 장애로 대비하여 보여주고 있

는 것이다. 화자가 출산 과정에서 절름발이가 되어 이동이 부자유스러워졌다면, 출산과 육아로 이어지는 시간 동안 수많은 여성들은 다리가 불편하지 않더라도 가정 내부에 붙박인 존재가 된다. 하지만 남편은 다리 하나가 없어지더라도 이동의 자유가 사라지지 않는다. 사회적 시선을 크게 받지도 않는다. 그런 점에서 화자의 다리 하나와 남편의 다리 하나는 등가의 것이 아니다.[14]

이처럼 「계산서」는 여성이 기성의 젠더규범에 따른 역할을 수행할 때 사회적 존재로서의 삶이 박탈될 수 있는 현실을 우회적으로 그려낸다. 그러한 상황을 초래하는 근본적 원인은 젠더불평등 위에 세워진 결혼생활로, 이는 근대와 전근대, 지역을 막론하고 모든 여성의 문제라고 말한다. 화자의 계산서는 작금의 결혼 계약으로 이루어진 가족에서 모든 여성은 약자가 될 수밖에 없는 현실을 적시한다.[15]

그런데 이 같은 서사적 형상화는 작가의 현실에서 솟아난 문제의식이 가공된 것이다. 1935년 이선희는 극작가 박영호와 결혼하고, 슬하에 아들 둘을 둔다. 이선희의 결혼생활의 단면은 1940년 12월 『삼천리』의 기획 「즐거운 나의 가정」에 실린 글을 통해 짐작할 수 있다. 그는 현재의 생활은 행복할 때도 있지만, 한스러울 때도 있다고 말한다. 하지만 소제목 '즐겁던 신혼시절'에서 알 수 있듯, 과거에는

••

14 노지승, 「장소애 없는 향수병: 이선희 소설에 나타난 이동과 공간의 상상력」, 『구보학보』 24, 구보학회, 2020, 26-27면.
15 김윤정, 「식민지 시대 관습의 법제화와 문학의 젠더 정치성: 이선희 소설을 중심으로」, 『여성문학연구』 33, 한국여성문학학회, 2014, 96-97면.

즐겁기만 했던 때가 있었다. 이선희는 그 시절을 장난꾼 부부가 남들이 보기에는 기이한 살림살이를 차려 살고, 집안보다 거리에서 시간을 보내도 아무도 간섭할 이가 없던 시간으로 기억한다. 이제 두 아이의 부모가 되니 자기도 모르게 살림살이에 재미를 붙이고, 남편과 가끔 싸우면서 아이들만 없다면 이 집을 떠나겠다고 말한다.[16] 흥미롭게도 이 글에서 이선희가 서술하고 있는 신혼시절은 「계산서」의 화자의 상황과 유사하다. 수필에서는 '즐겁지만 않은' 정도로 이야기할 수 있는 결혼생활에 대한 여성으로서의 고민을 「계산서」를 통해 재현해내고 있다. 수필을 통해 이선희는 개인의 이야기를 전하지만, 허구의 산물인 「계산서」는 모든 여성들에게 적용되는 이야기이다.

∵

16 이선희 외, 「즐거운 나의 가정」, 『삼천리』, 1940.12. 이 글과 「계산서」를 비교하는 논의로는 노지승의 글을 참조. 노지승, 앞의 글, 25-28면.

3
젠더불평등한 간통죄와 제도 밖의 계약들

현실의 가부장제를 공고히 하는 법적 질서의 부당함에 대한 전면적 대응을 그 법의 방식인 '계약'을 통해 시도한다는 점은, 나혜석의 실천이 추상적인 가치의 지향으로 나아가지 않고 구체적인 현실의 정면으로 약진하며 뛰어들었다는 사실을 방증한다.

'자기'를 잃지 않기 위한 기혼여성의 투쟁

나혜석은 1920년 4월 10일 서울 정동교회에서 김우영과 결혼식을 올리고, 1930년 11월 이혼서류에 도장을 찍는다. 십 년 정도의 결혼 생활 동안, 그는 아내이자 어머니의 위치에서 여성의 삶의 문제를 조명하는 글을 계속 발표했다. 1923년에 발표된 「모된 감상기」, 「부처(夫妻) 간의 문답」은 조선사회에서 정형화된 어머니, 부인 관념에 균열을 일으키는 문제작이다. 나혜석은 가족이 여성을 억압하는 제도라는 사실에 정면으로 맞서 싸우면서 여성이 '자기'를 잃어버리지 않을 수 있는 가족을 만들고자 했다. "자기를 잊지 아니하는 가운데에 여자의 해방, 자유, 평등이 다가올 것"[16]이라는 생각은 가족 내부에서도 예외일 수 없었다.

1930년 6월 나혜석은 한 기자와의 인터뷰에서 예술가와 어머니로서의 삶 중 그 어느 하나도 포기하지 않겠다고 말한다.[18] 노모에 대한 불효와 자녀를 보호한다는 이유를 들며 이혼할 수 없다고 말하기도 한다.[19] 이 같은 주장은 언뜻 조선의 대표적인 신여성이자 선각자로 알려진 나혜석의 이미지와 어울리지 않는 듯하다. 기혼여성의 성적 자유, 정조가 취미라는 이야기 등으로 나타나는 나혜석의 급진성과 달리, 전통적인 여성상을 강화하는 것처럼 보인다. 하지만 그는 자신의 삶에서의 실천을 통해 결혼계약에 내포된 젠더불평등한 요소와 대결하고자 했다. 전통과 근대가족제도 내 억압받아 온 여성의 권리를 구체적인 삶의 현장에서 절감하고, 가족 내부에서의 개혁을 통해 걸림돌을 무너뜨리고자 했다.

　　1934년 8월부터 9월까지 두 번에 걸쳐『삼천리』에 실린「이혼고백장」은 이혼 당시의 상황과 심경을 솔직하게 고백하는 사적인 글처럼 보이지만, 기혼여성의 삶을 억압하는 제도적 문제를 철저하게 파헤치고 고발하는 글이다.[20] 물론 조선의 결혼 제도 내에서는 여성이 타자가 될 수밖에 없다는 문제의식은 나혜석만의 것은 아니었다. 가

••

17　나혜석,「나를 잊지 않는 행복」,『신여성』, 1924.7
18　「살림과 육아: 화가 나혜석 여사」,『매일신보』, 1930.6(나혜석학회 엮음,『나혜석을 말한다』, 황금알, 2016, 420-421면).
19　나혜석,「이혼고백장」,『삼천리』, 1934.8-9.
20　나혜석의「이혼고백장」과 관련된 내용은 부분적으로 다음의 글의 일부를 직간접 인용하여 수록했다. 이행미,「가족은 여성의 행복을 위한 장소가 될 수 있는가-나혜석의「이혼고백장」을 중심으로」,『재난시대의 가족』, 한국학술정보, 2022.

1920년 4월 10일 서울 정동교회, 나혜석과
김우영의 결혼식

나혜석과 그의 아이들. 나혜석은 김우영과
결혼하여 3남 1녀를 낳았다.

령, 1930년대 초 송계월은 여성에게는 작금의 제도가 '악(惡)'과 다름없다고 말하면서, 당대 시행되고 있던 상속법, 혼인법, 이혼법을 비판한다.[21] 1910년대 이혼청구권이 가져다준 자유에 환호하며 가족 밖으로 뛰어나갔던 여성들은 이제 그 권리 내부에 존재하는 젠더 불평등한 성격을 비판적으로 바라보게 되었다.

1930년대 접어들어 나혜석의 사유는 급진적이고 개방적인 양상으로 전개되는데, 그 전환점은 김우영과의 이혼이었다.[22] 그런 만큼 「이혼고백장」은 나혜석의 삶을 재구성하는 개인적 고백으로서의 의

••

21 「신여성의 신년 신신(新信)호」, 『동광』, 1931.12.27.
22 송명희, 「신여성 나혜석과 페미니즘」, 『페미니스트 나혜석을 해부하다』, 지식과 교양, 2015, 12면.

미를 넘어 그의 사상을 이해하는 데 도움을 주는 중요한 글이다. 이혼에 대한 인식이 점차 보수화되던 분위기 속에서,[23] 비난을 무릅쓰고 이야기하고자 했던 나혜석의 목소리를 섬세하게 들여다볼 필요가 있다.

나혜석은 이혼을 원하지 않았지만 간통죄로 고소하겠다는 김우영의 협박에 마지못해 협의이혼에 응한다. 이 시기 간통죄는 배우자 간 정조 의무를 오직 아내에게만 요구하는 불평등한 법률이었다. 남편은 자신의 아내가 아닌 다른 기혼여성과 관계를 맺을 때, 그 상대자로서만 처벌받았다. 그런데 간통죄의 이러한 특징은 1925년에 발표된 나도향의 미완의 소설 「J의사의 고백」에서도 나타난다. J의사는 기혼여성인 S를 유혹했다는 사실을 고백한다. 그는 굳이 남편이 알지 못하는 아내의 간통 사실과 그 상대자인 자신의 정체를 폭로한다. J의사는 이 사실을 고백할 의무가 법적으로 있는 것은 아니나 자백하여 용서를 구하면서, 이 일의 책임 대부분은 S가 아닌 '나'에게 있다고 말한다.[24] 이 소설은 간통을 대체로 여성의 부정으로 환원시키는 방식으로 이야기되는 현실과 달리, 남성의 책임을 보다 적극적으로 묻는다는 점에서 이채롭다.

식민지시기 소설에서 남성인물이 스스로 간통의 책임을 통감하고 죄를 저질렀다고 말하는 장면이 전면적으로 드러나는 경우는 그리 많지 않다. 대부분 여성의 죄로 등장한다. 1924~25년 『영대』에

••

23 김경일, 『신여성, 개념과 역사』, 푸른역사, 2016, 49-51면.
24 도향, 「J의사의 고백」, 『조선문단』, 1925.3-4.

발표된 김동인의 「유서」는 이를 극단적으로 보여주는 소설이다. 아내의 간통을 알게 된 화가 O의 괴로움을 본 중매자이자 그의 재능을 아끼는 '나'는 자살로 위장해 봉순(O의 아내)의 목을 졸라 죽인다. 그런데 '나'는 봉순의 간통을 처벌할 방법을 고민하면서, 간통죄를 묻는 과거와 현재의 법의 차이를 떠올린다. 예전에는 현장을 급습해 아내를 살해할 수 있었는데, 지금은 증거를 확보하고 검사국에 고소하는 절차가 필요하다는 것이다. 이러한 인물의 생각은 김동인의 산문을 통해서도 나타난다. 그는 남편이 간통현장을 직접 목격했을 때 감정적 분노에 의해 저지른 살인을 예외적으로 인정하는 『형법대전』의 조목에 대해 인간의 본능과 인정을 보호하기 위한 흔적이 엿보인다면서 긍정적으로 평가한다. 증거와 절차를 중시하는 근대법과 달리 주관적 처벌을 용인하는 법이 인간적이라고 말한다.[25]

이와 같은 김동인의 주장이 문제적인 것은, 본능적 감정으로 촉발된 살인에 대한 긍정으로 나아갈 여지가 있기 때문이다. 즉, 타인의 인권과 생존권이 특정한 이유가 있을 경우 고려되지 않을 수도 있다는 것이다.[26] 게다가 여기서 김동인이 말하는 '인간적 본능'이란 오직 남성에게만 허용되는 것이다. 「유서」의 '나'가 봉순을 직접 심판하리라 선언하는 장면은 이러한 논리를 통해 만들어진다. '나'에게 봉순은 인권을 지닌 한 명의 개인이 아니라, 단지 O의 아내일 뿐이다.

••

25 만덕(萬德), 「법률」, 『영대』, 1924.12, 68-69면.
26 김경수, 「김동인 소설의 문학법리학적 연구」, 『구보학보』 16, 구보학회, 2017.

「유서」와 「J의사의 고백」의 인물들에게 간통죄와 관련된 근대법은 큰 의미를 갖지 않은 것으로 그려진다. 그리고 간통의 당사자이기도 한 여성의 목소리와 내면은 등장하지 않는다. 여성의 간통이 국가에 의해 '죄'로 규정되는 것은 내면의 윤리에 따른 고백, 인간적 본능과 같은 추상적 차원에서 이야기될 수 없는 지극히 현실적인 문제였다. 이 소설들이 당대 현실의 억압적인 법적 질서를 직접적으로 건드리지 않은 것은 이러한 사정과 무관하지 않다. 간통죄의 젠더불평등을 통찰하는 모습은 당대 현실의 억압적인 국면을 직접적으로 겪은 여성의 목소리를 통해서만 나타날 수 있었다.

근대와 전근대를 막론하고 간통죄는 여성에게 특히 혹독한 처벌이 가해지는 편향적인 죄목이었다. 그러나 조선시대에는 처벌의 가혹함의 정도가 문제적일 수 있지만, 젠더와 혼인 여부를 기준으로 삼아 책임을 피하게 된 이는 없었다.[27] 그러나 식민지화된 이후 공포된 조선형사령에 따라 간통죄는 기혼여성에 한정하여 그 죄를 묻는 방식으로 변화했다. 또한, 1924년 개정된 형사소송법에 따라 배우자를 간통죄로 고소하려면 이혼의 소장도 동시에 제출해야 했다. 이러한 조항은 이혼을 바라던 남성들에 의해 악용되었다. 이혼을 거부하는 아내에게 있지도 않은 간통이라는 죄를 덧씌우기 위해 모함을 하고, 심지어 아내를 강간하려는 계략을 꾸미기도 했다.[28] 결국 나혜

••

27 이순구, 앞의 책, 206면.
28 「본처를 이혼코저 누명에 위증까지」, 『동아일보』, 1925.11.8; 「제 계집을 팔아먹고 간통죄로 고소」, 『동아일보』, 1927.2.2; 「돈과 계집을 중심으로 혈족상쟁의 추극 (醜劇) 일막」, 『매일신보』, 1930.2.4.

석은 간통죄로 구속될 경우 징역살이를 하는 동시에 자동적으로 이혼하게 되고, 이를 거부하려면 협의이혼 제안에 승낙할 수밖에 없었다. 어떻게든 이혼이라는 결론에 이르게 되는 상황 속에서 후자의 길을 선택하는 것은 너무나 당연한 일이 아닐까.

다시 「이혼고백장」으로 돌아가 보자. 나혜석은 간통죄의 젠더불평등한 요소, 이혼의 사유로 악용되는 당대 현상들을 우회적으로 비판한다. 이 글에서 김우영은 경제적 곤궁을 해결하기 위해 이혼을 결심하고, 변호사 개업을 위해 경성에 있는 여관에 체류하면서 기생과 유희를 즐긴다. 기실 이는 모두 나혜석의 입장이 투영된 것으로, 김우영이 실제로 이러한 의도로 행동했는지는 확인하기 어렵다.[29] 그러나 나혜석이 쓴 김우영의 모습은 간접적으로 이들 사이의 이혼을 둘러싼 쟁점을 문제화한다는 점에서 의미심장하다. 나혜석은 김우영이 이혼하려는 진짜 이유가 아내의 간통에 있지 않다는 것, 여성과 달리 남성의 방탕함은 아무런 문제가 되지 않는 현실을 지적하고 있는 것이다.

기혼여성의 재산권에 대해서도 문제를 제기한다. 조선 후기에 이르러 여성의 재산권은 점차 위축되었지만, 완전히 사라진 것은 식민

••

29 나영균은 생활이 매우 궁핍했더라도 다시는 만나지 않겠다고 약속한 최린에게 편지를 쓴 것은 엄연히 나혜석의 잘못이라고 말한다. 그로 인해 격노한 김우영은 전통사회와 용납할 수 없는 아내의 모습들을 떠올리면서, 이혼을 완강하게 주장했다고 한다. 한편 이미 기생과 동거하고 있다는 사실을 언급하면서, 김우영이 마음을 돌리지 않을 것이라고 부연하기도 한다. 나영균, 『일제시대, 우리 가족은』, 황소자리, 2004, 176-180면.

지시기에 이르러서이다.[30] 나혜석은 가산(家産)은 부부의 공동 소유인 만큼 이혼할 경우에는 이를 정당하게 나눠야 한다고 주장한다. 식민지시기, 여성은 오직 이혼에 따른 손해배상, 위자료청구만을 할 수 있고 법적으로 재산 분할을 요구할 수 있는 권리가 없었다.[31] 나혜석의 간통이 이혼 사유를 제공했다고 여겨졌던 만큼, 나혜석은 위자료 청구조차 하기 어려운 상황이었다. 따라서 그가 집안의 재산을 늘려가는 데 자신이 공헌한 정도를 강조하는 것은 여성의 재산권이 부재한 상황에서 생활비를 요구할 수 있는 정당성을 확보하기 위한 진술이다.

이처럼 나혜석은 「이혼고백장」을 통해 현행 법률이 여성에게 부당하다는 인식을 뚜렷하게 드러낸다. 그러면서도 그는 근대적 계약의 정신에 대한 신뢰를 잃지 않는다.

그 때 내가 요구하는 조건은 이러하였습니다.
일생을 두고 지금과 같이 나를 사랑해 주시오.
그림 그리는 것을 방해하지 마시오.
시어머니와 전실 딸과는 별거케 하여 주시오.
씨는 무조건하고 응낙하였습니다.[32]

••

30 이순구, 앞의 책, 63-68면.
31 이태영, 「한국여성의 법적 지위」, 『한국여성사』 Ⅱ, 이화여자대학교출판부, 1972, 145-146면.
32 나혜석, 「이혼고백장」, 앞의 글, 87면.

나혜석은 애초에 김우영과의 결혼이 개성과 영혼의 교류가 있는 사랑에 기초하고 있지 않다는 사실을 알고 있다. 널리 알려져 있듯, 김우영은 나혜석이 연인 최승구가 세상을 떠나 슬픔과 고통의 시간을 보내던 중에 구애를 했고, 나혜석은 삼일운동 참가 후 옥고를 치를 때 김우영이 변호해준 인연이 있어 자신이 제시하는 조건을 승낙하는 전제하에 청혼을 받아들인다. 인용문의 내용이 바로 그것으로, 나혜석은 결혼생활이 파탄에 이르지 않기 위해서는 이를 잘 지킬 것을 요구한다. 하지만 김우영은 이 내용을 전부 지키지 않는다. 「이혼고백장」에 따르면, 김우영은 사랑의 감정이 변했고, 나혜석을 시어머니뿐만 아니라 시누이와 일가친척과도 함께 살아가게 했다.

그런데 결혼의 조건이자 결혼 이후 관계를 미리 결정하는 행위는 결혼 생활에 포함되는 여러 미결정 사항에 관한 내용을 명문화하려는 시도라는 점에서 매우 흥미롭다. 국가로부터 공인된 법률혼은 계약 주체의 동등성을 전제로 하지만, 그 결합과 해체의 최종적 승인은 법률의 테두리 안에서 이루어진다. 여기에는 결혼 이후 삶에 내포된 젠더불평등한 요소와 관련된 내용이 전혀 없는데, 이는 곧 그와 관련된 문제를 암묵적으로 용인하는 것이다.[33] 따라서 나혜석이 김우영과 체결한 사적 계약은 결혼 제도 내 불평등 요소의 일부를 해결하려 한다는 시도로 볼 수 있다.

33 미셸 바렛 · 메리 맥킨토시, 김혜경 · 배은경 역, 『반사회적 가족』, 나름북스, 2019, 115면.

나는 밤에 한잠 못 자고 생각하였사외다.

일은 이미 틀렸다. 계집이 생겼고 친척이 동의하고 한 일을 혼자 아니하랴도 쓸데없는 일이다. 나는 문득 이러한 방침을 생각하고 서약서 두 장을 썼습니다.

서약서

부○○○과 처○○○은 만 2개 년 동안 재가 또는 재취치 않기로 하되 피차에 행동을 보아 복구할 수가 있기로 서약함.

우 부 ○ ○ ○ 인

처 ○ ○ ○ 인[34]

나혜석은 현재의 사달을 해결하기는 어렵지만, 이혼을 바라지도 않기 때문에 추후 재혼을 염두에 두고 서약서를 작성한다. 인용문은 이후 복적(復籍)하게 될 경우를 염두에 두고 이혼 요건으로 2년간 재혼하지 않는다는 내용이 담긴 서약서를 만드는 장면이다. 그러나 「이혼고백장」의 속편을 보면 김우영은 이러한 서약을 깡그리 무시한 채 재혼한다는 사실이 밝혀진다. 법적으로 유효하지 않은 계약에 의지하는 나혜석의 모습은 이상주의자 같으면서도 어리숙해 보인다.

그러나 혼인과 이혼 모두 당사자인 두 사람의 '사적 계약'의 문제로 생각하고 있다는 점은 새삼 주목을 요한다. 당대 실정법에 저촉된 행위를 한 것은 자신일지언정, 법률의 근간이 되는 계약 원리를

∵

34 나혜석, 「이혼고백장」, 앞의 글, 96면.

무시한 것은 김우영이라는 사실을 드러내고 있기 때문이다. 여기에
는 사적 계약으로서 결혼의 본질적 의미를 떠올리게 함으로써 국가
의 법보다 당사자 간의 자율적 관계 맺기가 우선 되어야 한다는 의
미가 담겨 있다. 나아가 이는 근대 사회의 결혼 계약이 가부장제를
견고하게 만드는 현실에 맞서 새로운 방식의 계약을 정초하려는 의
도를 내포한다. 근대 계약론에 따라 남성은 자발적 동의를 통해 여
성의 예속을 사적 영역에서 정당화하는 동시에 자유로운 시민적 개
인이 된다.[35] 이러한 맥락에서 나혜석의 이 같은 행위는 제도화된 계
약의 바깥에서의 계약, 즉 혼인 당사자 간의 자율적 관계 맺기를 통
해 법에 의해 은폐된 여성의 예속에서 벗어나고자 하는 시도이다.

누구의 것도 아닌 현숙, 그리고 나혜석

나혜석의 급진적이면서도 사회에 대한 강도 높은 비판은 그의 소설
에서도 발견된다. 1936년 12월 『삼천리』에 발표한 「현숙」에는 이혼
이후의 나혜석의 비참한 처지를 반영한 듯하면서도, 동시에 당대 현
실에 대한 전복적인 사유를 보여주는 인물이 등장한다.[36] 표면적으
로는 현숙이라는 여급과 그 주변에 있는 여러 남성들과의 관계, 그

••

35 캐럴 페이트만, 이충훈·유영근 역, 『남과 여, 은폐된 성적 계약』, 이후, 2001, 29면.
36 선행연구는 「현숙」에 대한 부정/긍정적 평가에서 차이가 나타나지만, 작가의 이
혼 후 심경과 현실적 처지가 투사되었다는 전제를 공유한다. 방민호, 「나혜석의

로부터 생겨나는 사건들을 중심으로 전개되지만, 계약 개념이 중심에 놓인 연애, 가족을 탐구하는 새로운 시선을 살펴보게 하는 소설이다.

현숙은 끽다점 운영을 위한 자금 마련을 위해 주변에서 후원을 받으려고 한다. 그는 자신의 섹슈얼리티를 내세워야만 투자를 받을 수 있는 현실을 너무나 잘 알고 있기에, 후원자들이 일대일 계약을 했다고 느끼게끔 다른 사람은 알 수 없는 비밀 계약을 한다. 그에게 연애는 끽다점 운영이라는 목표를 향한 합리적인 거래, 철저한 계산에 따른 계약과 같다. 그 관계는 감정을 배제한 회계 원리에 따라 계산되어 지속여부가 결정된다. 계약은 재계약으로 이어질 수도 있지만 언제든 파기될 수 있다.

이와 달리 남성인물들은 현숙을 소유의 대상, 심지어 소유할 권리를 주장할 수 있는 대상으로 여긴다. 누군가는 현숙을 얌전한 여성으로, 또 누군가는 타락한 여성으로 보면서 그녀의 정체를 파악하고자 한다. 하지만 현숙은 이들이 부여하는 정체성으로 충분히 설명되지 않는다. 서사 내에서 그의 행동의 이유는 설명되지 않고, 내면 또한 드러나지 않는다. 현숙은 특정한 이에게 소유되어서는 안 되는 존재이기에, 독자에게도 그의 모습이 파악되지 않는 것은 아닐까.

••

전쟁-나혜석과 이광수의 관계를 중심으로」, 최동호 외, 『나혜석, 한국 문화사를 거닐다』, 푸른사상, 2015; 조미숙, 「여성의 상태와 나혜석의 글쓰기-"경계"와 "아브젝트"체험의 표현」, 『한국문예비평연구』 42, 한국현대문예비평학회, 2013; 정미숙, 「나혜석 소설의 "여성"과 젠더수사학-「경희」, 「원한」, 「현숙」을 중심으로」, 『현대문학이론연구』 46, 현대문학이론학회, 2010.

현숙의 철저한 계약 연애는 남성인물들이 여성을 소유하고 지배하려는 욕망을 비웃는 듯하다. 누구도 자신을 소유하거나 책임져 줄 것을 바라지 않는 현숙은 그저 계약을 맺고 끊는 방식으로 관계를 유지할 뿐이다. 이처럼 현숙의 계약연애는 섣불리 법적 결혼을 맺어 실패할 경우를 경계하기 위한 방책이자, 여성을 소유의 대상으로 보는 시선을 전복해 주도적으로 계약자가 되겠다는 의미를 담고 있다.

한편, 같은 여관에서 공동생활을 하게 된 노시인, 화가 L, 현숙은 가난 속에서 서로 의지하면서 "삼인의 생활은 한 사람도 떼여 살 수가 없이 되었"[37]을 정도로 친밀하게 지낸다. 이들의 관계는 마치 '대체가족'같아 보인다.[38] 하지만 현숙은 이들에게 이사하는 주소도 알려주지 않고 여관을 떠난다. 가족과 유사한 형태를 띤 대안적 생활공동체 또한 현숙에게는 영속적 관계로 이해되지 않는다. 계약이 만료되면 재계약을 할지 여부를 결정하듯, 인간관계의 유지, 주거를 공유하는 생활공동체 또한 필연적이 아니다. 모든 관계는 우연히 결성될 수 있고, 필요에 따라 해체될 수 있다. 현숙에게 모든 관계는 계약의 메커니즘으로 설명될 뿐이다. 현숙은 결혼, 가족, 연애 등 자신에게 가해질 수 있는 모든 구속력을 애초에 차단하는 인물이다. 그리고 이와 같은 독특한 인물의 등장은 나혜석에게 가해진 현실과도 무관하지 않다.

••

---

37 나혜석, 「현숙」, 『삼천리』, 1936. 12, 249면.
38 안숙원, 「신여성과 에로스의 역전극 : 나혜석의 「현숙」과 김동인의 「김연실전」을 대상으로」, 『여성문학연구』 3, 한국여성문학학회, 2000, 74면.

이와 같은 계약 개념에 대한 이해는 나혜석의 대표작으로 여겨지는, 1918년 3월 『여자계』에 게재된 「경희」의 한 대목을 떠올리게 한다. 경희는 일본 유학 시절 아버지를 매매하는 모티프가 나타나는 활동사진을 본다. 짧게 언급하고 넘어가는 대목이지만, 소설의 핵심 갈등이 아버지와의 갈등이라는 사실을 고려할 때 해당 내용은 매우 흥미롭다. 아버지가 딸을 소유물로 여겨 정략혼을 주도하는 관습을 뒤집어 아버지 또한 거래 대상이 될 수 있음을 암시하기 때문이다. 이러한 장면은 남성들 사이에서 주도적으로 계약을 성사시키고자 했던 현숙의 모습으로 이어진다. 경희가 부권(父權)을 계약 대상으로 간주하여 권위의 신비로운 토대를 깨뜨렸다면, 현숙은 부권(夫權)이 지닌 토대를 부수는 인물이다.

이처럼 나혜석은 가족 안에서의 여성의 삶, 딸이거나 아내라는 현실적 역할을 고려하면서 가족구성원 간의 위계구조를 전복하고자 했다. 현실의 가부장제를 공고히 하는 법적 질서의 부당함에 대해 법의 방식인 '계약'을 통해 전면적으로 대응한다는 점은, 나혜석의 실천이 추상적인 가치의 지향으로 나아가지 않고 구체적인 현실의 정면으로 약진하며 뛰어들었다는 사실을 방증한다. 당대 법률을 비롯한 여러 제도와 관습이 여성에게 불리하다는 현실을 절감하여 그와는 다른 법을 상상함으로써 법 내부에서 균열과 전복을 시도한다. 그의 불행한 삶과 처절한 투쟁이 그의 사유를 더욱 깊이 있고 다채롭게 만들어버린 것은 한편으로 안타까운 일이 아닐 수 없다.

4
인형의 집을 나온 노라, 결혼 제도를 비판하다

부르주아 가정의 모순은 법률을 통해 지탱되고 동시에 극대화된다. 가족 문제가 계급 문제로 전환되는 이유가 여기에 있다. 식민지 가족법은 법인격이 인정되지 않은 기혼여성의 삶을 보호하지 못한다. 따라서 법률의 문제가 아닌 다른 방식의 접근이 요구되기도 하는데, 작가는 이 소설을 통해 계급투쟁의 방식으로 여성의 인권을 되찾을 수 있다고 말하고 있다.

노라는 자유로울 수 있을까

1921년 4월 3일 『매일신보』에는 아버지와 남편의 인형이 아닌 사람으로 살아갈 의무를 주장하는 노라의 목소리가 담긴 노래 가사가 실린다. 입센의 희곡 『인형의 집』의 번역 당시 삽화를 그리기도 했던 나혜석이 연재가 끝난 다음날에 실린 이 노래의 작사를 맡았다. 1920년대 노라는 가정의 속박에서 벗어나는 자아해방의 표상이었다. 하지만 실상 '조선의 노라'로 불리는 신여성 나혜석의 투쟁은 인형의 집 내부에서 일어났다. 십 년 남짓 결혼과 육아의 세계에서 살아가면서 혼인한 여성이 지닌 권리 부재를 보고도 못 본 척 할 수는 없을 테니 말이다.

근대법의 등장은 여성 인권에 지대한 영향을 미친다. 법률 앞에서

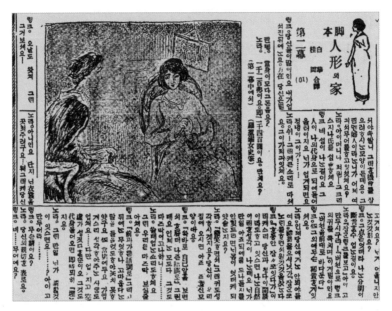

나혜석의 삽화가 실린, 양간식이 번역한 입센의 희곡 「인형의 집」(11)(『매일신보』, 1921.3.4)

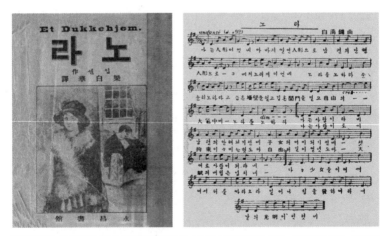

「인형의 집」은 연재가 끝난 이듬해 단행본 『노라』로 나왔다(왼쪽 사진). 이 단행본에는 연재를
마치며 실렸던, 나혜석이 가사를 붙인 노래 「노라」의 일부가 개사되어 실렸다(오른쪽 사진).

비로소 인격을 소유한 사람으로 인정받을 수 있었다. 하지만 이러한 변화에도 예외적 존재가 있다. 바로 '혼인한 여성'이다. 기혼여성은 미성년자, 금치산자, 준금치산자와 같이 법률상 무능력자에 해당했고, 호주인 남편에게 구체적인 법조항에 따라 철저하게 종속된 존재였다.[39] 어디 그뿐인가. 간통죄, 재산권, 이혼권 등 어디에도 기혼여성의 권리는 존재하지 않는다. 나혜석은 이러한 현실을 비판하며 진정한 법의 정신에 근거한 대안을 제시하려는 자유주의자의 입장을 보여준다.

이와 달리, 유물사관에서 여성의 법적·사회적 지위에 관심을 가진 논자들은 자유와 평등의 정신에 기초한 인권 개념의 허구성을 고발했다. 남성과 여성을 자본가와 노동자 관계로 보면서 인권 이전의 근본적인 문제로 보았다.[40] 이들은 소유권으로부터 시작해 '부자유로부터의 해방'만을 보장하는 근대적 인권 개념으로는 법률의 테두리 안에서의 해방만 말할 수 있다고 주장했다. 자유로부터 소외된 이들은 자유로운 세계에 진입하는 것 자체가 관건인데, 근대적 인권 문제는 이를 돌아보지 않는다는 것이다.[41] 자본주의 국가에서 나타나는 성별에 따른 극심한 지위 차이의 원인으로 법률상의 차별을 우선적으로 지적하는 것은 이러한 맥락 때문이다. 양명(梁明)은 조선사회에서 기혼여성은 남편의 동의 없이 주체적으로 계약할 권리도, 재

··

39 창해(滄海), 「현대 법률과 여자의 지위」, 『신여성』, 1931.6.
40 양명, 「조선여자의 사회적 지위」, 『신여성』, 1925.10.
41 이상돈, 『인권법』, 앞의 책, 42~43면.

산을 처분한 권리도 없다, 동등하게 친권을 행사할 수도 없다고 말한다. 민족주의자는 조선 민족을, 사회주의자는 조선의 무산대중을 불쌍해 하지만 인구의 절반인 조선 부인에 대한 관심은 너무나 부족한 현실을 꼬집는다.[42] 실로 자유로부터 소외된 조선의 대표적인 무산자는 바로 조선의 부녀(婦女)가 아니었을까.

1930년대 계급담론은 여성해방, 자아각성의 상징적 존재인 '노라'에 대한 다른 해석을 이끌었다.[43] 1920년대 노라가 인형의 집 바깥으로 나온 자유의 표상이라면, 1930년대 노라는 집을 나오고서도 자유롭지 못하다는 사실을 알게 되는 존재였다. 이를 대표적으로 보여주는 소설이 1933년 『조선일보』에 연재된 채만식의 『인형의 집을 나와서』이다. 제목에서부터 입센의 『인형의 집』의 후일담임을 알 수 있는 이 소설은 주인공 임노라가 집을 나온 이후 겪는 수난과 역경을 그린다. 당대 조선 여성들이 겪는 불평등한 현실과 이를 지탱하는 가족제도의 현재적 모순 지점도 살펴보게 한다.

소설의 전반부는 입센의 희곡과 유사하다. 임노라는 법률적 지식이 전혀 없는 상태에서, 남편인 현석준을 구하고자 하는 마음 하나만으로 범죄인지도 모르고 차용증서를 위조한다. 그러나 남편을 위

••

42 양명(梁明), 「부녀의 사회적 지위−유물사관으로 본 부녀의 사회적 지위」 기일(其
一), 『신여성』, 1926.2.
43 김미지, 「〈인형의 집〉 '노라'의 수용 방식과 소설적 변주 양상−1920~30년대 소
설과 평문에 원용된 '노라'의 의미를 중심으로」, 『한국현대문학연구』 14, 한국현
대문학회, 2002; 안미영, 「한국 근대소설에서 헨릭 입센의 「인형의 집」 수용」, 『비
교문학』 30, 한국비교문학회, 2003; 정선태, 「『인형의 집을 나와서』: 입센주의의
수용과 그 변용」, 『한국근대문학연구』 3(2), 한국근대문학회, 2002.

채만식의 「인형의 집을 나와서」 3화(『조선일보』, 1933.5.30). 길진섭이 그린 삽화에는 집을 나온 임노라의 처량한 모습이 그려져 있다.

한 행동이 이후 위법 행위로 고소당할 위기에 처하자, 현석준은 노라에게 모욕적 언사를 퍼부으며 그녀를 비난한다. 그때야 비로소 노라는 행복이라 여겼던 칠 년 간의 가정생활이 현석준의 인형이자 완롱물로서의 삶에 불과했음을 절감한다. 그리하여 노라는 인형이 아닌 사람으로서의 권리를 찾고자 집을 나온다.

식민지 조선의 현실에서 노라와 같은 기혼여성이 진정한 자유와 해방의 길을 발견할 수 있을까? 집을 나온 노라의 삶에는 온갖 수난이 펼쳐진다. 그리고 노라는 자신뿐 아니라 여러 여성들의 비참한 현실을 목도하는데, 대개 그 원인은 불평등한 결혼 제도로 나타난다. 입센(Henrik Ibsen)의 희곡에서 노라는 여성이 죽어가는 아버지를 위한 배려도, 죽어가는 남편을 살리기 위한 일도 마음대로 할 권리가 없는 현실과 그 토대가 되는 법에 대한 강한 불신을 드러낸다. 이와 달리 『인형의 집을 나와서』는 여러 인물의 갈등을 통해 이혼을 둘러싼 법률문제를 중점적으로 서사화한다. 여기서는 노라와 현석준 사이의 문제로 좁혀서 살펴보자. 현석준은 집을 나간 노라를 벌주겠다며 세 가지 계획을 세우는데, 그중에서 가장 '무서운 벌'은 이혼을 절대 해주지 않겠다는 것이다.

"이게 제일 무서운 것입니다…… 이혼을 해주지 아니해요, 이혼을…… 왜 그러느냐 하면, 이번에 내가 하는 결혼을 완전한 결혼으로 하자면 위선 이혼수속을 마친 뒤에 해야 하겠지만 그러지를 아니한단 말씀이지요. 그래서 이번 사람더러는 잘 알어들도록 일러두었으니까 문제가 없고…… 그러니까 나는 결혼을 해도 임노라라고 하는 계집은 죽는 날까지 현석준이의 법률상의 아내로 있어야 합니다."
"되레 좋답니다."
"흥! 좋을지 나쁠지 두고 보라십시오. 지금 법률이 남의 남편이 다른 여자를 얻을 수는 있게 되었지만 남의 아내로 있는 여자가 다른 남자와 동거를 하거나 그런 짓은 못합니다. 했다가는 싫어도 형무소에를 가야지요. 형무소에 갔다가 나와서도 남편이 이혼을 아니 하면 여전히 그 사람의 아내로 있습니다. 그러니까 이 앞으로 임노라라는 계집이 사내를 얻는다는 것은 형무소를 현주소로 정하는 것입니다…… 나는 몇 번이고 그렇게 해서 감옥살이를 시키고래야 말 테니까요."[44]

현석준은 간통죄 조항의 젠더불평등한 성격을 이용해 노라를 영원히 법률상의 아내로 두겠다고 선언한다. 그리고 노라와 이혼하지 않고 다른 여성과 결혼하겠다고 말한다. 하지만 일부일처제가 법제

••

44 채만식 (방민호 편), 『인형의 집을 나온 연유』, 예옥, 2009, 182-183면.

화된 현실에서 그의 새로운 아내는 정식 아내가 아닌 첩과 같다. 노라도, 현석준과 결혼한다는 이름 모를 여성도 모두 가부장적 가족제도를 지탱하는 법률 속에서 불행한 삶을 살 수밖에 없다. 그런데 인용문에 나타난 법률 내용은 당대 사회의 것과 다소 차이가 있다. 1924년 형사령 개정 이후 아내의 간통을 고소하기 위해서는 이혼소송을 먼저 제기해야 했다. 또한, 아내가 간통죄로 징역을 살고 나온 후에는 다시 법적 부부로 살아갈 수 없다.[45] 앞서 김우영이 나혜석에게 이혼을 요구하며 간통죄로 고소하겠다고 협박할 수 있었던 것도 이 같은 조항 때문이었다는 사실을 떠올려 보자. 그렇다면 현석준의 계획은 실현 불가능하다. 노라는 한 번 형무소를 갔다 오면 영원히 그의 아내가 될 수 없다. 간통죄로 여러 번 고소해 감옥살이를 시킬 수 없다.

이러한 설정은 채만식이 당대 법률에 대한 지식이 부족했기 때문일지도 모른다. 하지만 소설은 현실을 항상 그대로 반영하지는 않는다. 중요한 것은 현실을 변형하여 재현함으로써 전달하게 되는 의미이다. 현석준의 이 야심찬 계획은 이후 전개되는 서사에서 실현되지 않을 뿐 아니라 완전히 실종된 듯 이야기의 흐름에 조금도 개입하지 않는다. 현석준이 노라와 다른 남성과의 교섭을 충분히 의심할 만한 사건은 계속 나타난다. 노라와 오병택의 관계가 의심되는 기사가 신문에 실린다. 노라가 유곽에 나가 뭇 남성들의 희롱

45 소현숙, 앞의 글, 136면.

을 받는다는 사실도 안다. 그럼에도 현석준은 아무런 행동도 하지 않는다. 따라서 이 대목은 서사 전개와 무관한, 오직 젠더에 따라 불평등하게 적용되는 간통죄와 이혼법의 불합리함을 전달하기 위해 삽입된 장치이다.

여성의 억압을 정당화하는 결혼과 가족제도

『인형의 집을 나와서』의 주제는 독일의 마르크스주의자 아우구스트 베벨(August Bebel)의 『부인론』과 밀접한 관련이 있다. 노라가 고향으로 내려갔을 때 만나게 된 옛 친구이자 사회주의자 오병택에게서 건네받은 책이 바로 『부인론』이다. 노라는 처음에는 책을 읽어봐도 뜻 모를 말뿐이었는데, 나중에는 그 내용을 부분적이나마 이해할 수 있게 된다. 작중 『부인론』은 노라의 변화를 설명하는 단서이자 소설의 주제의식과 맞닿아 있는 책으로 나타난다.[46]

　베벨은 종족이나 계급, 그리고 성에 의한 종속 관계는 정치적 제도에서 비롯된다고 말한다. 그중에서도 '법률'은 "지배계급의 이익을 항목별로 형식화한 표현"[47]이다. 이혼법은 남편의 특권을 현저하게 드러내는 법률이다. 베벨은 프랑스, 벨기에, 스페인, 포르투갈 등

..

46　소산산, 『『인형의 집을 나온 연유』와 『부인론』의 관련양상 연구』, 『현대문학이론연구』 56, 현대문학이론학회, 2014.
47　아우구스트 베벨, 이순예 역, 『여성론』, 까치, 1995, 296면.

지역의 간통죄를 소개하면서, 구체적인 내용에서는 차이가 있더라도 어느 곳이든 불평등한 법률이 존재한다고 강조한다.[48]『인형의 집을 나와서』에 나타난 간통죄와 이혼법에 대한 관심은 베벨의 사회주의적 페미니즘을 경유해 식민지 조선의 가족제도와 여성의 삶을 살펴보기 위해서라 해도 과언이 아니다. 그렇다면 앞서 인용한 현석준의 발언도『부인론』의 내용을 염두에 둔 설정으로 볼 수 있다.

서사 내 노라의 고통의 원인은 크게 두 가지로 나타난다. 우선, 경제적 자립이 어렵다는 점이다. 식민지 가족법에 따르면 여성은 법적으로 무능력자와 같다. 노라는 칠 년이나 결혼생활을 유지했지만, 재산과 관련된 권리를 전혀 행사할 수 없다. 더하여 적당한 직업을 구하지 못하는 현실도 문제이다. 다음으로, 친권과 관련된 부분이다. 노라는 재판을 통해 양육권을 얻고 싶다는 뜻을 내비친다. 노라는 법률에 대한 지식이 부재하기 때문에 아이들을 향한 모성을 강조하면 권리를 얻을 수 있으리라 기대한다. 하지만 변호사인 현석준은 가족을 버리고 나간 여성에게는 그런 권리가 없다고 단언한다.

결국 집을 나온 노라가 불행해지는 것은 단지 가족을 버려서가 아니다. 결혼한 여성은 재산권, 친권 등을 직접적으로 행사할 수 없는 무능력자이기 때문이다. 아내는 남편에게 종속되지 않고서는 어떠한 주체적 행위도 할 수 없다. 그리고 법률은 여성의 종속을 정당화한다. 채만식은 이러한 법률상의 불평등의 근원을 경제적 억압에서 찾는다.

••

48 위의 책, 300-3001면.

채만식의 「인형의 집을 나와서」 150화(『조선일보』, 1933.11.14). 공장에서 지배인과 직공의 관계로 다시 만나게 된 현석준과 노라의 모습.

　　결말에서 노라는 지배인과 직공, 자본가와 노동자의 관계로 다시 남편을 만나게 된다. '새로운 대립'이라는 소제목은 이들의 대립이 앞으로 격화되리라는 것을 암시한다. 다소 도식적인 이러한 결말은 갑작스럽게 느껴지기도 한다.[49] 하지만 베벨의 논의를 소설화하고 있다는 점을 고려할 때, 이 장면은 "억압받고 있다는 점에서 여성과 노동자는 같은 처지에 있다"[50]는 것을 보여준다. 부르주아 가정의 모순은 법률을 통해 지탱되고 동시에 극대화된다. 가족 문제가 계급

49　공종구, 「채만식 소설의 기원- 『인형의 집을 나와서』를 중심으로」, 『현대문학이론연구』 54, 현대문학이론학회, 2010, 177면.
50　아우구스트 베벨, 앞의 책, 15면.

문제로 전환되는 이유가 여기에 있다. 식민지 가족법은 법인격이 인정되지 않은 기혼여성의 삶을 보호하지 못한다. 따라서 법률이 아닌 다른 방식의 접근이 요구되기도 하는데, 작가는 이 소설을 통해 계급투쟁의 방식으로 여성의 인권을 되찾을 수 있다고 말하고 있다.

채만식은 여러 작품을 통해 동시대 조선의 가족제도와 법률에 대한 깊은 이해를 보여주었다. 관습이 여성에게 굴레로 작용되는 현실, 첩과 과부에 대한 인식, 조혼, 매매혼, 근대 이혼제도 등을 소재로 다루었다. 이러한 면모는 작가의 삶의 이력과도 관련이 있다. 채만식은 조혼과 사실상의 이혼 상태, 그리고 다시 사실혼 관계를 맺게 됨에 따라 결혼 제도 자체에 부정적 태도를 견지하게 되었다고 할 수 있다.[51]

비슷한 시기 창작된 심훈의 『직녀성』의 주인공 인숙은 조혼을 통해 "인형의 결혼"[52]을 한 '조선판 노라의 후신'이다. 채만식의 『인형의 집을 나와서』가 근대 부르주아 가정을 '인형의 집'으로 그렸다면, 이 소설은 조혼 풍습이 잔존하는 전근대적 가족을 '조선의 인형의 집'으로 묘사한다.[53] 인숙은 시댁의 허가가 떨어지지 않아 집 밖으로 나가지 못해 아버지 임종도 제때 못 본다. 남편이 일본 여성과 동승

••

51 방민호, 「채만식 문학에 나타난 식민지적 현실 대응 양상」, 서울대학교 박사논문, 2000, 20-21면.
52 심훈, 『직녀성』, 김종욱 · 박정희 엮음, 『심훈 전집』 4, 글누림, 2016, 86면.
53 이 두 소설을 함께 살펴보면서 '가출한 노라'의 행방과 대안을 작가별로 제시하고 있다는 분석은 다음의 글 참조. 박정희, 「'家出한 노라'의 행방과 식민지 남성 작가의 정치적 욕망」, 『인문과학연구논총』, 35(3), 명지대학교 인문과학연구소, 2014.

한 사실을 알면서도 조강지처의 명예만 유지할 수 있다면 충분하다고 생각한다. 봉환의 외입을 처음 보았을 때는 감정적으로 수용하기 어려웠지만, 봉건적 가족 내부의 삶 속에서 인숙은 스스로 자신의 권리를 침해받는 데 무감각해진다.

하지만 인숙은 다시 가족 내 여성의 지위에 대해 생각하게 된다. 동경유학에서 돌아온 봉환은 화류병(성병을 달리 이르는 말)에 걸려 병이 전염될 수 있다는 사실을 알면서도, 성욕을 해소하지 못해 인숙을 강간한다. 그 순간 인숙은 부부제도, 결혼생활의 야만성을 절감한다. 이 같은 굴욕을 당하면서도 조금도 호소할 수 없는 조선의 가정이 '감옥'임을, 그곳에 수감된 여성은 성적 노예와 다름없음을 깨닫는다.[54] 근대적 간통죄가 법률에 따라 남성이 여성의 성을 통제하는 매개로 사용되었다면, 전근대적 사회에서 여성의 성은 관념적 도덕의 승인 아래 착취된다.

한편, 소설은 여성의 성이 매매되는 장면을 통해 여성의 성적 도구화를 표현한다. 인숙의 시누이 윤봉희와 연애 관계에 있는 노동자 박세철은 유곽에 드나드는 귀족들을 비판하면서, 매춘부들이 존재하는 것은 그 행위를 필요로 하는 남성들이 있기 때문이라고 말한다. 이 두 장면이 함께 그려지면서, 여성의 성은 결혼과 매춘에 의해 억압되고 있음을 드러낸다. 베벨은 『부인론』에서 결혼과 매춘이 상보적 관계라고 말한다. 남성들이 매춘부를 사는 행위를 법적으로 보

··

54 심훈, 『직녀성』, 앞의 책, 163면.

장받은 권리처럼 이해한다고 논한 바 있다.[55] 이는 근대 간통죄의 젠더불평등한 성격을 말하는 것이다. 『직녀성』은 여성이 근대/전근대 결혼 제도, 가족제도 속에서 모두 억압받고 있다는 사실을 상세한 묘사를 통해 보여준다.

55 아우구스트 베벨, 앞의 책, 197면.

4장

정상가족 바깥에서
울려 퍼지는 목소리

1
축첩을 용인하는 법률, 첩을 배제하는 법률

주체적 삶을 유지하기 위해서는 역설적으로 자신의 삶을 죽여야 하는 아이러니는 첩을 주인공으로 하는 서사에 반복적으로 등장하는 양상이다.

축첩, 지극히 근대적인 유제(遺制)

"첩! 이라 하면 벌써 그에게는 어느 음일(淫佚)한 자의 완롱물이다, 하는 이외에 사람으로 존재하는 아무 의의도 없는 것이다." 개벽사의 주간 차상찬이 삼청동인(三淸洞人)이라는 필명으로 1924년 3월 『신여성』에 발표한 「여학교를 졸업하고 첩이 되어가는 사람들」의 한 문장이다. 1920년대 중반, 차상찬은 신교육을 받아 졸업 후 사회적으로 공헌하리라 기대했던 그리 많지도 않은 여학교 졸업생들이 첩이 되어가는 현실을 보면서 개탄한다. 차상찬에 따르면, 여학교를 졸업하고 첩이 되는 경로는 총 다섯 가지다. 속아서 되는 경우, 유혹에 빠져 되는 경우, 자유연애에 중독되어 타락하는 경우, 허영심에 의한 경우, 생활난을 해소하기 위한 경우가 있다. 그중 가장 비중 있게 설명하는 것은 첫 번째 '속아서 첩이 되는 경우'이다.

당대 법적 절차에 무지하지 않은 여학생들은 쉽게 속지 않는다. 혼인 전 상대의 기혼 여부를 확인하기 위해 민적 등본을 살펴본다. 그러나 상대는 등본을 위조하거나 혼인하기 전의 초본을 보여준다. 이들은 구두로 결혼을 약속한다. 그러다가 기혼자인 걸 알았을 때는 이미 임신한 상태이다. 어쩔 수 없이 첩 신세를 면하지 못하게 된다. 차상찬은 이러한 경로로 첩이 되는 경우가 당시 매우 흔하다고 말한다. 그런데 필자는 이를 해결할 대안으로 여학생 각자가 더욱더 주의를 해야 한다는 결론을 내린다. 법률혼이 정착되는 과정 속에서 생겨난 폐단을 상세히 설명했음에도, 제도적 차원의 해결방안을 내놓지 않는다.[1] 차상찬의 견해는 여학생이 첩이 되는 당대 현상을 이해하는 일반적인 생각이다. 당대 담론에서 제도적 방침에 대한 깊은 고민으로 나아가는 논의는 드물었다.[2]

첩은 과거와 현재가 착종된 존재였다. 그들은 봉건적 유제인 축첩 제도를 척결하지 못하게 하는 부정적 존재인 동시에 시대적 변화로 의도치 않게 첩 신세로 전락한 안타까운 존재였다. 그리고 첩이 된 원인이 어디에 있든, 결과의 책임도 문제 해결도 첩이 된 여성의 몫이었다. 당대 첩은 제도적으로 허락되지 않은, 사회적으로 있어서는 안 되는 존재였다. 때문에 첩이 된 여성은 권리가 '없는' 현실에 대

..

1   삼청동인(三淸洞人), 「여학교를 졸업하고 첩이 되어가는 사람들」, 「신여성」, 1924.3.
2   「남자의 정조문제 이동 간담회」, 「신여성」, 1931.3.

응해야 했다. 법적으로 인정받지 못했기에 법의 보호를 받을 수 있는 테두리 안으로 진입해야 했다.

1923년 법률혼이 정착된 이후, 혼인계를 공공기간에 제출한 부부만이 남편과 아내의 권리를 행사할 수 있었다. 이로부터 첩은 정당한 아내의 권리를 박탈해버리는 악한 존재, 인권과 법이라는 근대적 정신에 위배되는 해악으로 여겨졌다. 사실 일부일처제의 법제화로 봉건적 가부장제의 폐단인 축첩 행위 자체가 사라지면 될 일이다. 하지만 당대 법률은 여러 여성들이 첩이 되는 상황을 막아주기는커녕 남성의 축첩을 용인했다. 수많은 여성이 첩의 신세로 전락하는 현실을 막을 도리가 없었다.

조선시대에도 첩은 환영받지 못한 존재였지만, 가정 분란의 원인이거나 정처와 대립각을 세웠던 존재였던 것만은 아니다. 처와 첩은 선명한 신분적 위계를 인지하며 공존했다. 조선시대 첩은 상하 관계로 구분되었고, 그 위계질서를 어그러뜨릴 때 형벌이 가해졌다. 처가 있어도 첩을 얻을 수 있었지만, 처와 첩의 자리를 뒤바꿀 순 없었다. 『대명률』과 『전율통보』에는 처를 첩으로 삼거나 처가 있음에도 첩을 처로 만들 경우 장형에 처한다고 규정되어 있다.[3] 첩과 처의 선명한 신분적 위계는 그들의 자식에게도 적용되었다. 어머니의 신분이 자식의 신분을 규정짓는 상황에서, 양반이자 적처인 아내 사이에서 태어난 아이가 대를 이어나가야 했다.[4] 『경국대전』에는 서자들이

3 김재문, 앞의 책, 183면.
4 이순구, 앞의 책, 47-51면.

관직 진출과 상속 면에서 제한적 권리를 누릴 수밖에 없다고 기록되어 있다.[5] 심지어 조강지처의 인격과 권위가 남편의 첩들을 포용하는 태도를 통해 증명되는 일도 있었다. 이러한 풍토에는 첩과 처는 바뀔 수 없다는 본처의 자부심이 전제되어 있다.

변화는 신분제도의 붕괴와 함께 찾아왔다. 갑오개혁 이후 호적에 처첩이 '처처'로 기록되거나, 첩이 사람(人)으로 기록된 경우가 있다. 일부이지만 첩과 처를 동등하게 보려는 인식이 나타났음을 보여주는 증거이다.[6] 1905년 반포된 『형법대전』 제61조에는 "이이(離異)라 칭함은 처첩을 출(黜)함을 위함이라"고 적혀 있다. 이이(離異)는 조선시대 쓰였던 이혼에 해당하는 용어이다. 『형법대전』 제정 당시 첩은 친족으로 인정되었으므로 첩과의 이별도 이이(離異)에 해당했다.[7] 1909년 3월 공포된 「민적법집행심득」 제3조에 따르면 첩은 처에 준하는 지위를 인정받아 남편의 민적에 기재되었다. 1910년대 중반 첩이 이혼을 청구하는 기사가 보도되는 사정은 이러한 법 제정을 배경으로 한다.[8] 물론 개화기에도 축첩제도는 인습으로 비판받았

∷

5 정구선, 「한국 중세사회의 여성과 성」, 정태섭 외, 『성 역사와 문화』, 동국대학교 출판부, 2002, 215-216면.
6 조은·조성윤, 「한말 서울 지역 첩의 존재양식-한성부 호적을 중심으로」, 『사회와 역사』 65, 한국사회사학회, 2004, 81면.
7 정광현, 앞의 책, 16면.
8 「첩의 이혼소송 첩으로는 살 수 없다고」, 『매일신보』, 1915. 3. 25; 「첩의 이혼소송 민적말소 신청하라고」, 『매일신보』, 1916.2.25; 「첩의 이혼소에 살겠다고 공소하는 남편」, 『매일신보』, 1916.10.25; 「애첩을 상대로 이혼청구소송」, 『매일신보』, 1916.12.27.

고, 비난의 화살은 작첩을 한 남성이 아닌, 첩이 된 여성을 향했다. 그럼에도 이 시기 첩은 사회적으로 완전히 배척되지 않았다. 계몽운동 전선에 뛰어들어 사회적 신분을 극복할 기회를 얻을 수도 있었다.[9] 1915년 관통첩 제240호에 따라 첩의 입적 신고를 수리하지 않게 되면서 첩에 대한 낙인은 강화되었다. 그러다가 1920년대 민사령 개정에 따라 사회적으로 완전히 축출, 배제되는 현상이 나타났다.

부부관계를 중심으로 근대 신가정을 형성해야 한다는 움직임은 법적으로 제도화된 일부일처제에 의해 강하게 뒷받침되고 추동되었다.[10] 이제 첩은 사회적 법망의 경계에도 서지 못하는 '외부'에 있는 존재였다. 가족 내에서만 차별받는 대상이 아니라, 근대화를 위해 척결되어야 할 대상이었다. 한편, 식민시기 첩은 젠더불평등한 법조항으로 인해 나타난 근대적 존재였다. 남성은 여러 여성과 사실혼 관계를 맺어도 별도의 제재를 받지 않았다. 이러한 제도적 모순은 애초 축첩 폐지를 국가 이익의 차원에서 해결할 문제로 이해하고, 여성 인권, 여성의 지위 향상 같은 문제에는 크게 관심을 두지 않았기 때문에 생겨났다. 그 결과, 축첩이 야만적인 제도라면, 첩인 여성도 근대 문명과 대척점에 있는 야만적 존재였다. 첩은 가정을 깨뜨리고 아내의 권리를 위협하는 자일 뿐, 첩의 인권을 고려해야 한다는 여론은 찾아보기 어렵다. 이와 같은 시대적 분위기 속에서

9 홍인숙, 「'첩'의 인정투쟁-근대계몽기 매체를 통해 본 '첩' 재현과 그 운동성」, 『한국고전여성문학연구』 18, 한국고전여성문학회, 2009, 529-548면.
10 정지영, 「1920-30년대 신여성과 '첩/제이부인'」, 앞의 글, 81면.

첩은 주체적 삶을 살기 위해 스스로 목숨을 끊어야만 하는 역설적인 존재로 표상되었다.

사라지지 않는 첩이라는 낙인

1920년대 초 개조 담론의 유행으로 자아의 각성과 개성의 자유가 활발히 논의되었다. 하지만 첩이 된 여성은 이러한 사회적 흐름에 동참할 수 없었다. 누구나 자각만 하면 새로운 삶이 가능하다는 명제에도 예외는 있었다. 첩이 된 원인이 허영심, 방종함 등 개인적 성격과 자질 문제로 일반화되었다는 데서도 알 수 있듯, 첩은 회생 불가능한 타락한 존재로 여겨졌다. 소설에서 첩이 형상화되는 방식도 이와 크게 다르지 않았다.

　제1세대 여성 문인으로 분류되는 김일엽의 소설에서도 첩인 여성의 처지를 헤아리는 장면은 찾아보기 어렵다. 김일엽은 신여자의 연애 대상은 인격, 사상, 연령 상 기혼남성밖에 없다고 말한다. 민적상 아내는 감성과 성적(性的)으로 사실상 이혼 관계이므로, 기혼자와 연애하거나 사실혼 관계를 맺는 데는 아무런 문제가 없다는 것이다. 그에게 법적으로 이혼하는 문제는 크게 중요하지 않았다.[11] 이러한 주장은 그의 삶의 궤적과도 일치하며, 「헤로인」, 「X씨에게」 같은 자전적 경험이 투영된 소설에서도 확인된다. 사랑 없는 결혼을 필사적

⋮

11　김일엽, 「우리의 이상」, 『김일엽 선집』, 현대문학, 2012, 288면.

으로 유지하려는 구여성의 태도는 인격을 깨닫지 못한 결과로 비판된다. 하지만 구여성은 자각만 한다면, 조혼으로 맺어진 결혼생활을 능동적으로 종식한다면, 언제든 좋은 평가를 받을 수 있는 대상으로 바뀔 수 있는 존재였다. 「청상의 생활」과 「자각」은 교육을 통해 흡사 신여성과 같아진 구여성의 변화를 긍정적으로 그린다. 구여성은 언제든 신여성이 될 수 있는, 분할의 경계를 넘어갈 수 있는 존재였다.

하지만 신여성의 또 다른 비판 대상인 첩은 그와 사정이 달랐다. 첩이 된 원인이 무엇이든 사회적 지탄에서 벗어나기 어려웠고, 한번 부여된 첩이라는 낙인은 아무리 노력해도 사라지지 않았다. 「어느 소녀의 사(死)」는 이러한 작가의 생각을 엿보게 하는 소설이다. 조명숙은 이미 정혼자가 있는데도 부모가 금전을 바라고서 부자의 셋째 첩으로 보내려 하자, 한강철교에서 뛰어내린다. 이 부모는 세 딸을 모두 첩으로 시집보냈는데, 명숙은 그의 두 형이 허영심이 있어 첩으로의 삶을 거부하지 않았다고 생각한다. 첩이 된 지 얼마 지나지 않아 버림받게 된 두 형님을 보면서, 첩으로 살아갈 수는 없다면서 스스로 목숨을 끊는다. 명숙의 자살은 첩이 될 위기에 놓인 여성이 명예를 지키기 위해서는 첩으로 팔려가기 '전에' 스스로 생을 끊는 방법이 유일하다고 말한다. 주체적 삶을 유지하기 위해서는 역설적으로 자신의 삶을 죽여야 하는 아이러니는 첩을 주인공으로 하는 서사에 반복적으로 등장하는 양상이다. 하지만 첩의 죽음으로 마무리되면서도, 그 원인을 첩 개인의 문제로 돌리기보다는 구조적인 문제로 전면화하는 소설 또한 발표되었다.

2
사회 바깥으로 추방된 첩의 목소리

식민지 조선에서 봉건적인 축첩은 사실상 사라지지 않았고, 법률상 존재하지 않은 첩들이 양산되는 현상은 심각한 사회문제가 되었다. … 근대적 존재인 여학생과 축첩이라는 전근대적 제도의 만남은 그 연계를 허용해 준 근대법의 테두리 속에서 자행되었다.

"법률에는 첩을 보호하는 조문이 없다"

1924년 『동아일보』에 연재된 이광수의 『재생』[12]은 삼일운동이 실패로 끝난 후, 1924년 정치적 좌절과 환멸 속에서 세속적 가치가 만연한 식민지 조선사회를 배경으로 펼쳐진다. 주인공 김순영은 셋째 오빠 김순흥과 신봉구와 함께 삼일운동에 가담했던, 재능과 미모가 뛰어나 사회적으로 평판 좋고 학교의 기대도 큰 신여성인데, 물욕과 탐욕에 빠져 비극에 이르게 된다. 백윤희로 대변되는 돈과 성욕에

∵

12 『재생』의 분석은 필자의 「이광수의 『재생』에 나타난 식민지 가족법의 모순과 이상적 가정의 모색」(『현대문학연구』 50, 한국현대문학회, 2016)의 내용의 일부를 수정하여 실었다.

매혹되었다가 신봉구의 애정 어린 마음에 감동하는 순영의 모습은 신념도 가치도 없이 욕망에만 충실한 인물처럼 보인다.

하지만 순영을 이해하기 위해서는 신여성이라는 기표만으로는 부족하다. 순영의 성정으로 서술된 물욕과 성욕은 당대 첩을 향한 세간의 통념과도 같다. 순영이 첩이 되는 과정은 당시 여학생이 첩이 되었던 경로를 총체적으로 구현한다. 성욕과 물질적 쾌락, 허영심, 오빠에 의해 돈에 팔려가게 된 것, 곧 이혼을 하리라는 약속을 믿었는데 속게 되는 경우가 모두 순영이 첩이 된 이유로 나타난다. 순영의 둘째 오빠인 김순기는 자신의 빚을 갚을 명목으로 순영을 여학생 첩으로 두고 싶어 하는 백윤희와 공모하여 계략을 세운다. 순영은 그 덫에 빠져 정조를 빼앗긴다. 물론 그 과정에서 순영의 욕망이 어느 정도 반영된 면도 있지만, 애초에 이 사건의 시발점은 순영의 내부에서부터 시작된 것이 아니다. 백윤희의 첩이 된 순영의 삶과 내면은 첩으로서의 위치를 의식하지 않으면 설명되지 않는다. 『재생』은 1920년대 중반 여학생이 첩으로 전락하게 된 무수한 사례 속에서, 그들의 목소리를 종합적으로 구현하고 있는 소설이다. 가정을 깨뜨리는 주범으로 낙인찍힌 첩의 삶과 내면을 조명하면서, 그들이 법적·사회적으로 소외될 수밖에 없었던 구조적 문제를 형상화한다.

1922년 민사령 개정으로 도입된 신고주의의 취지는 사실혼을 부정하고 모든 결혼을 법적관계로 전환하는 데 있었다. 하지만 아이러니하게도 수많은 사실혼 관계가 법의 그물망을 피해 나타났다. 이로인해 발생하는 여러 사건의 중심에는 민적 문제가 놓여 있었다. 법적으로 신고만 하면 처와 첩의 자리가 바뀔 수 있다는 점을 악용하는 이들이 적지 않았다.

순영의 번민도 '민적' 문제가 핵심을 차지한다. 순영은 아무리 민적에 등록되는 문제를 우습게 여기려 해도 잘 되지 않는다. 민적에 '처(妻)'라는 글자가 박히는 것이 너무나 부럽다. 민적에 오르는 일이 뭐 길래, 순영은 백윤희에게 "나는 당신과 일생을 같이 하고 고락을 같이 할 권리가 있는 사람"[13]이라고 소리칠 수 없다. 남편이 며칠 간 집에 오지 않더라도 따져 물을 수 없다. 자기 방에 있는 가구 하나조차 자신의 것이라고 말할 수 있는 것이 없다. 밖에 나가면 사람들이 자기를 첩이라고 손가락질 하는 듯하다. 첩이라고 멸시받을까 두려워 아는 사람을 우연히 만날까 조마조마해한다. 순영은 웅장하고 화려한 집안에서도, 집 밖의 세계에서도 고립된 존재이다.

그러나 순영은 자기에게 그러할 권리가 없는 것을 생각한다. 자기는 첩이 아닌가. 법률에는 첩을 보호하는 조문이 없다. 남편이 자기를 내어 보내려면 아무 때에나 내어 보낼 수가 있다. 자기도 남의 남편을 빼앗아 사는 판에 남이 나의 남편을 잠시 빼앗는다고 나서서 말할 아무런 권리도 없었다.   …… (중략) ……

그러나 지금은 어떠한가. 지금은 남의 첩이다 — 돈에 팔려 와서 음욕과 재물 밖에 모르는 남자의 더러운 쾌락의 노리개가 되다가 더러운 매독과 임질로 오장까지 골수까지 속속들이 더럽히고 게다가 소박

13 이광수, 『재생』, 『이광수전집』 2, 삼중당, 1971, 116면.

을 받는 신세다. 그래도 정당한 아내가 되어 보려고 본처가 죽기를 빌고 기다리는 몸이다. 돈 욕심과 본처 되려는 욕심을 달할 길이 없게 됨에 남편이라고 부르던 사내를 죽여 버리고— 그것도 질투 끝에 — 자기 집이라 일컬을 수 없는 집을 불살라 버리려 칼과 성냥을 품에 품는 몸이다.

그러나 순영은 자기를 건져 낼 힘이 없었다. 앞도 절벽, 뒤도 절벽이다. 갈 곳도 없고 숨을 곳도 없다. 인제는 마지막 큰 죄를 지을 수밖에 없이 되었다.[14]

"법률에는 첩을 보호하는 조문이 없다." 순영은 자신의 현실을 명확하게 알고 있다. 오직 남편에게 전적으로 의존해야 하는 삶을 살고 있음을 안다. 남편의 마음이 떠나면 민적에 등재된 정당한 아내가 되는 미래를 꿈꿀 수 없다. 그렇기에 그는 남편의 애정이 자신에게 떠날까 두려워 창부가 하는 행위를 배워가며 스스로 "쾌락의 노리개"가 된다. 순영은 지금의 삶을 지키기 위해 첩에 대한 사회적 시선을 내면화하여 스스로를 수치스러운 존재로 만든다. 수치심은 모멸감과 자기혐오에 휩싸여 자기정체성을 부정하고 파괴한다.[15] 순영은 현재의 삶을 위해 자기를 죽이고, 첩이 되지 않기 위해 역설적으로 첩의 관념에 가까운 존재가 되어간다.

백윤희는 순영을 유인하고자 오빠 김순기에게 "부청 민적계에 있

••

14 위의 책, 162-167면.
15 마사 너스바움, 조계원 역, 『혐오와 수치심』, 민음사, 2015, 319-320면.

는 사람들이 모두 내 사람이나 다름없고 또 부윤으로 말하더라도 내 말이라면 거스릴 리가 없으니까 만일 이혼이 필요하다하면 그것은 금시라도 될 일"[16]이라면서, 순영을 민적에 올리는 일이 그리 어렵지 않다고 말한다. 순진하게도 순영은 백윤희의 이 말에 속아서 결혼했다. 조금만 기다리면 본처가 되리라는 기대를 가지고 있었다.

　남편의 사랑이 아닌 민적 등재만을 바라는 인물은 순영뿐만이 아니다. 채만식의 『인형의 집을 나와서』에는 이름조차 등장하지 않은 첩인 여성이 등장한다. 재환이라는 인물의 첩인 이 여성은 아내 옥순을 찾아가 이혼해 주지 않는다고 분탕질을 하고, 재환이 다른 여성에게 눈길을 줄까 경계한다. 하지만 옥순이 죽어 민적에 정처로 등재된 후에는, 재환이 방탕한 생활을 하든지 말든지 관심이 없다. 서사 내에서 재환과의 지고지순한 사랑의 묘사는 조금도 나타나지 않는다. 그에게 민적 등재는 누군가의 정식 아내가 되는 기쁨의 감정과 무관하다. 단지, 삶의 무기일 뿐이다. 이후 재환과 관계를 맺게 되는 김정원이라는 인물도 민적에 오르게 될 날만을 기다린다. 첩은 정처가 되기 위해 민적에 오르길 바라며, 구여성은 정처의 위치를 박탈당하지 않기 위해 민적에서 말소되지 않길 바란다. 1920~30년대 근대적 부부의 완성을 위한 형식적 수단이었던 민적은 이제 목표가 되어버렸다.

　흥미롭게도 『재생』은 다른 소설과 달리 민적이라는 문제에 사로잡혀 있던 인물이 거기서 빠져나오는 과정을 보여준다. 순영이 잠

∵

16　이광수, 『재생』, 앞의 책, 30면.

간 집을 비운 사이, 백윤희는 그간 순영이 자신의 공간이라 생각했던 안방에 다른 여학생을 데리고 온다. 순영은 언제든지 다른 첩이 나타나 버려질 수 있다는 사실, 불안정한 처지를 절감하게 된다. 이때 본처가 되겠다는 순영의 욕망은 산산이 부서진다. 처음부터 돈에 의해 거래되어 첩이 된 상황에서 본처가 되어 그가 사는 집과 재산을 '제 것'으로 소유할 권리는 영원히 오지 않는다. 봉구와의 사랑을 저버리게 한 물질적 부유함은 영속적인 것이 아니라, 남편의 애정이 식는 순간 물거품처럼 사라지리라는 것을 통감한다. 비로소 순영은 첩으로서의 자신의 삶을 합리화했던 두 욕망, "돈 욕심과 본처 되려는 욕심"이 달성될 수 없다는 사실, 그리고 자신의 일생을 망쳐왔다는 것을 깨닫게 된다. 그때 순영은 백윤희를 죽인 다음에 집에 불을 지르고 자살하겠다는 극단적인 생각을 품게 된다.

그러나 순영은 죽음이 아닌 다른 방식으로 첩으로의 삶에서 벗어나고자 한다. 그의 스승인 P부인과 셋째 오빠 순흥과 대화하면서 자살은 이기적인 행동이라고 생각하게 된다. 자신의 죄를 참회하여 '참생활'을 하겠다고 다짐한다. 그렇게 순영은 백윤희의 집에서 나온다. 불을 지르면서까지 버리지 못했던 물욕을 버리고, 아무것도 없는 삶을 겸허히 받아들이는 희생적인 삶을 살아가겠다고 결심한다. 순영은 이제 백윤희가 찾아와 아무리 사정해도 흔들리지 않는다. 오히려 민적에 올려주겠다는 말에 소름이 돋을 정도다. 순영이 참된 삶으로 나아가는 길은 민적에 첩 또는 처로 등재되는 문제, 법률에 의해 여성의 삶과 정체성이 분할되고 규정되는 현실을 초월할때 가능해진다.

첩을 향한 집단적 혐오와 사회적 타살

새 삶을 살고자 하는 순영의 결심은 굳건하지만, 세상은 그런 그를 여전히 색안경을 끼고 바라본다. 아무리 신생활을 하겠다는 의지를 보여도, 순영의 마음은 존중받지 못한다. 어떤 기자는 순영을 찾아와 매춘 여성이 하는 응대를 요구하고, 순영이 이를 뿌리치자 악의적인 기사를 쓴다. 순영은 이제 첩이 아닌데, 첩이었던 여성이라는 낙인은 사라지지 않고 순영을 옭아맨다. 하지만 순영은 절망적인 상황을 구제하기 위해 예전의 편안한 삶으로 돌아가지 않고, 생존을 위해 고투한다.

사랑하는 나의 봉구 씨여! 순영은 전날의 모든 생활을 뉘우치고 새로운 참생활을 하여 보려고 있는 힘을 다하였나이다. P부인께와 기타 어른께 청하여 교사 자리도 구하여 보았사오나 이 더러운 순영을 용서하는 이도 없어 그것도 못하옵고 할 일 없이 세브란스와 총독부 의원에 간호부 시험도 치러 보았사오나 모두 매독·임질이 있다고 신체 검사에 떨어지어 거절을 당하옵고, 배오개 어떤 정미소에서 쌀 고르는 일을 하여 보고, 영등포 방직 공장에 여공도 되어 보고, 갖추갖추 애를 써 보았사오나 몸은 점점 쇠약하여지고 어미의 병으로 소경으로 태어난 어린것을 제 아비 되는 이는 제 자식이 아니라 하여 받지 아니하고, 선천 매독으로 밤낮 병은 나고 도저히 이 병신 한 몸으로는 세 아이를 양육해 갈 길이 없사와 두 아이는 일전에 말씀한 바와 같이 큰 오빠 댁에 데려다 두옵고 순영이 모녀만 죽음의 길을 떠났나이다. 인

제는 몸의 힘도 다하고 맘의 힘도 다하여 이 세상에 하루라도 더 살아
갈 길이 없으므로 죽음의 길을 떠났나이다.[17]

아이들을 제대로 양육하기 위해 순영은 여러 직업을 전전하며 생
활을 유지하려 애썼으나, "몸의 힘도 다하고 맘의 힘도 다하여" 결
국 죽음의 길을 택한다. 순영의 몸과 마음의 힘을 다하게 만든 것은
그가 첩이었기 때문이다. 본처가 되려는 열망으로 백윤희에게 환심
과 애정을 사기 위해 했던 여러 행위는 매독과 임질이라는 병에 걸
려 몸의 힘을 다하게 만든다. 그를 따라다니는 첩이라는 꼬리표는
사람들의 손가락질과 편견 속에서 마음의 힘을 다하게 만든다. 순영
의 비극적인 말로는 육체적 쾌락과 돈으로 대변되는 욕망에 충실했
다는 이유만으로 설명되기 어렵다. 그렇다고 보기에는 새로운 생활
을 위해 노력했던 삼 년의 시간이 너무나 자명하게 그러한 욕망에서
벗어나 있는 것으로 그려지고 있다. 또한 이 시간만이 전체 서사에
서 유일하게 온갖 외부적 요인에서 벗어나 순영이 주체적으로 자신
의 삶을 일궈나가고자 했던 시기이다. 따라서 순영의 비극적인 말로
는 공동체에 확산된 첩에 대한 집단적 혐오감이 야기한 사회적인 타
살이다.
그런데, 순영은 자살을 선택하기에 앞서 봉구의 집을 찾아간다.
봉구는 그런 순영을 냉담하게 대하는데, 그가 순영을 향한 애욕과
소유욕을 떨쳐버리지 못했기 때문이다. 남녀 간의 사랑을 극복한 정

장백산인(長白山人)이라는 필명으로 발표된 『재생』의 마지막회(『동아일보』, 1925.9.28).
삽화는 안석주(단곡, 丹谷)가 그렸으며 장장 218회에 걸쳐 연재되었다.

신적 사랑을 지향하는 봉구에게 과거의 애정과 미움이 남아 있는 순영은 포용할 수 없는 대상이다. 그 결과 순영은 죽게 되며, '재생' 또는 '부활'하지 못한다. 봉구는 순영의 무덤 앞에 "나의 사랑하는 아내 순영의 무덤"이라는 목패를 세운다. 순영은 죽고 나서야 누군가의 동정을 받게 되는 존재가 된다. 따라서 순영의 죽음은 첩의 삶을 반성하거나 사회 현실에 저항하기 위한 의식적인 행위로 보기는 어렵다. 오히려 봉구가 도달한 진정한 사랑에 포섭되지 않은 타자로서의 그의 위치가 부각된다. 순영의 자살은 일부일처제라는 법적 테두리 속에서 거부된 존재의 삶이 사회적으로도 용납될 수 없었던 현실을 보여준다.

한편, 사회적으로 배제된 첩은 제도의 바깥에서 내부에 있는 모순 지점을 정확하게 포착하기도 한다. 윤변호사의 첩인 선주는 여성의 사랑과 섹슈얼리티만을 통제하는 당대 법률의 문제를 직접적으로 꼬집는다. 선주가 첩이 된 것은 남성 일반을 향한 복수에서 비롯된다. 그는 사랑하는 이에게 속아 정조를 빼앗겼는데, 자신의 신세만 망가지고 가해자는 사회적 지위를 여전히 유지하면서 잘 살고 있는 현실에 분노한다. "남자는 민적에 이름 있는 본처라는 것 두고, 기생첩 두고, 또 유처취처로 처녀장가를 들고— 계집을 둘씩 셋씩 해도 상관이 없고, 그래 여성은 순결하게, 그야말로 순결하게 플라토닉 러브로 이성을 오빠로 사랑해서는 못 쓴다는 법이 어디 있어요?"[18] 선주는 남성은 여러 여성과 육체적 관계를 가지면서, 여성은 정신적 사랑조차 허락받지 못하냐고 반문한다. 왜 남성은 정조를 지키지 않는데, 여성만이 지켜야 하는지 묻는다. 선주가 첩이 된 것은 이러한 물음에서 출발한다. 그는 남성처럼 여러 사람을 만나는 삶을 살겠다면서 첩이 된다. 그의 삶은 남성중심사회에 대한 복수인 것이다. 이러한 맥락에서 선주의 주장은 그의 방탕함을 드러내는 것이 아니라, 정조관념에 대한 젠더불평등한 인식을 문제 삼는 통찰이다.[19]

민사령 개정 이후 표면적으로 일본 민법을 의용한다는 입장을 표명하면서도 부분적으로 다르게 적용한 부분이 있었는데, 그중 하나가 간통죄와 관련된 부분이었다. 당시 일본 민법에는 축첩이 간통으로 인정되는 방향으로 개정되었던 반면 조선에는 관습을 구실 삼아 이러한 변화는 반영되지 않았다. 이와 같은 차별적인 법 적용에 따라 식민지 조선에서 봉건적인 축첩은 사실상 사라지지 않았고, 법률상 존재하지 않은 첩들이 양산되는 현상은 심각한 사회문제가 되었

••

18 위의 책, 39면.
19 한편, 1922년 허영숙은 동아일보에서 주최한 기획에서 조선 남자는 도무지 정조 관념이 없으면서 여자에게만 이를 요구하는 것은 남자의 횡포요, 윤리의 모순이 라고 말한 바 있다. 허영숙, 「남자가 여자로 여자가 남자로 (2): 여자와 여(如)히 정조를 엄수하며 여자에게도 사람의 대우를 하겠다」, 『동아일보』, 1922.1.2.

다. 식민지 조선의 가족의 가부장적 성격이 더욱 강화된 배경에는 이렇듯 일제에 의한 근대화가 자리한다. 이와 같이 가정 개혁을 위해 필수적으로 폐지해야 했던 축첩 관행은 법의 사각지대에서 묵인되었다. 근대적 존재인 여학생과 축첩이라는 전근대적 제도의 만남은 그 연계를 허용해 준 근대법의 테두리 속에서 자행되었다.

3
가족의 새로운 조건,
부계혈통이 아닌 사랑의 가치

[김명순]은 결혼 제도 바깥의 사랑을, 당대 가족관념으로 설명할 수 없는 가족을 능동적으로 꿈꾸었다. 그 꿈은 결혼 제도, 정상가족 내부에 균열을 불러일으킨다. 그가 추구한 정신적 사랑은 낭만적이거나 맹목적 성격으로 치환할 수 없다.

혈연이 아닌 가치로 이어지는 가족

김명순은 부호 김의경과 소실인 기생 출신 어머니에게 태어나 서출이라는 이유로 차별적 시선 속에 성장했다. 1915년 일본 유학 중이던 김명순은 소위 이응준에게 데이트 도중 강간당해 성폭력 피해자가 된다. 그리고 이 두 사실이 결합해 피해자가 아닌 어머니의 방탕한 '나쁜 피'를 물려받은 부도덕한 여성으로 낙인찍힌다. 김명순의 파란만장한 삶, 끊임없는 스캔들은 가부장적 사회 속에서 단지 여성이었기 때문에 겪었던 일이다. 피해자 여성이 성폭행을 당한 사실을 증명해 스스로를 구제하고, 그 과정에서 온갖 성적 희롱을 감내해야 하는 상황은 지금도 어렵지 않게 찾아볼 수 있다. 김명순 문

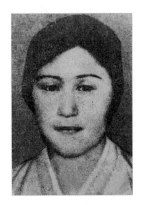

김명순(1896?~1950 추정)은 1917년 『청춘』(오른쪽 사진)의 특별 현상 소설 모집에 「의심의 소녀」로 3등을 차지하면서 등단한 후, 시와 소설 창작, 번역 등의 활동을 했다.

학은 소문과 통념에 저항하여 자기정체성을 끝없이 스스로 밝혀야 했던 고통스럽고 처절한 행위였다.[20]

　김명순의 어머니가 기생이 된 것은 가족의 생계를 위해서였다. 축첩은 여성을 남성의 희롱의 대상으로 삼는 악습이며, 서출이라 차별받는 것은 어머니의 신분으로 이어지는 부계혈통 중심의 봉건적 가족제도에서 비롯된 관념이다. 기실 김명순과 그의 어머니가 차별과 혐오의 시선에서 자유롭지 못한 것은 모두 개인의 의지와 무관한 사회적 기제 때문이다.

　이광수는 『재생』을 통해 근대적 법률의 이면을 바라보며 국가와

••

20　당대 문학장에서 김명순을 향한 낙인을 잘 보여주는 사례 중의 하나인 김기진의 「김명순씨에 대한 공개장」에 대한 분석은 다음의 글 참조. 서정자, 「김기진의 「김명순씨에 대한 공개장」 분석-김명순에 대한 미디어테러 1백년의 뿌리」, 『여성문학연구』 43, 한국여성문학학회, 2018.

사회라는 테두리 속에서 첩의 삶이 용납될 수 있는지를 질문한다. 이와 달리 김명순 문학에서 첩의 문제는 '여성'의 실존적 문제로 나타난다. 이광수의 소설에서는 찾아보기 어려운 여성으로서의 아픔, 그리고 저항의 목소리를 찾아볼 수 있다.

1924년 『조선일보』에 연재된 자전적 소설 「탄실이와 주영이」는 소실 출생인 탄실(김명순의 아명)이 첩의 딸이라는 낙인에 수반된 곤욕과 모멸 속에서 이를 내면화하며 성장했음을 보여준다. 또한, 탄실의 어머니의 딜레마, 어머니로서의 삶조차 맘껏 누릴 수 없는 첩의 상황을 그리고 있다. 당시 교회는 일부일처제를 규율로 삼았는데, 첩은 이를 위반한 자로 일부 지역에서는 입교를 엄격히 금하기까지 했다.[21] 신분에 차등 없이 예수를 믿으면 천당에 갈 수 있다는 믿음은 첩인 여성에게는 허락되지 않았다. 탄실은 어머니에게 기독교를 전도하고 싶지만, 첩인 어머니는 교회에 나갈 수 없다. 탄실의 어머니는 아버지와 오라비가 죽자 홀어머니를 봉양하기 위해 어쩔 수 없이 기생이 될 수밖에 없고, 기생은 정처(正妻)가 될 수 없기 때문에 스스로 죄악이라고 생각하면서 첩이 되었다 한다. 교회에 나가려면 첩 신세를 벗어나야 하는데, 그러면 탄실의 어머니로서 함께 살아갈 수 없다. 어린 탄실은 어머니의 마음을 이해하지 못하고, 단지 교회의 가르침에 따라 어머니와 거리를 둔다. 하지만 자라나면서 탄실은 어머니의 고통이 부당하다는 것을 알게 되고, 문학적 글쓰기를 통해 이 문제를 진지하게 탐구한다.

••

21 옥성득, 앞의 글, 18-19면.

첩이면서 어머니인 여성이 주인공으로 등장하는 다른 소설을 살펴보자. 1925년 『시대일보』에 연재된 나도향의 『어머니』는 첩인 여성이 딸을 향한 모성애와 이성을 향한 애정 사이에서 갈등하면서 전개되는 사건을 다룬다. 영숙이 춘우와의 결합을 통해 법률상의 정당한 권리와 의무를 갖는 신분이 되기 위해서는, 어머니로서의 삶을 버려야 한다. 결국 영숙은 어머니의 의무를 선택하고서 첩으로서의 삶을 이어나간다.

그런데 소설 속 첩이 된 여성, 딸을 첩으로 판 어머니, 첩을 두는 남성과 같이 비제도적 가족 관계를 형성하는 인물은 부정적으로 묘사되지 않는다. 영숙과의 관계에서 춘우와 남편 중에 윤리적인 의미를 획득하는 것은, 아이러니하게도 남편이다. 영숙은 순간적으로 도덕과 법률상 권리와 의무를 누리지 못하는 첩 신세에서 벗어나고 싶다고 느끼지만, 그와 같은 생각은 충동적이고 반동적인 욕망으로 묘사된다. 오히려 남편을 떠날 수 없는 이유가 '인정'과 '의리' 같은 가치문제로 등장한다. 공식적인 부부 관계가 아닌 남편과 그와의 사이에서 낳은 딸을 버리고 춘우와 연애를 하는 일이 신의와 절개를 저버린, 일종의 '죄'로 묘사된다. 법적으로 아무런 문제가 없는 연애이자, 오히려 당당한 법률상의 권리를 누리기 위한 선택이 부정적인 의미를 띤다.

나도향의 『어머니』는 첩의 위치에 있는 여성의 고통과 절규를 전면화하는 김명순과 이광수의 소설과 사뭇 다르다. 첩의 신세는 개인의 삶에서 큰 영향을 미치는 것으로 나타나지 않는다. 『어머니』는 첩을 바라보는 당대 지배담론과 거리가 있는 예외적 가족 현실을 그려내고 있다고 볼 수 있다.

다시 김명순의 문학세계를 살펴보자. 1920년대 김명순의 소설에서 첩의 문제는 주로 그 '딸'의 문제로 나타난다. 1920년『여자계』에 발표된 두 단편「영희의 일생」과「조모의 묘전(墓前)에」는 공통적으로 서녀(庶女)인 주인공의 혼인 문제가 주요하게 나타난다.「영희의 일생」이 미완이라 갈등이 본격화되지 않는다면「조모의 묘전에」는 아버지가 강제적으로 정한 혼인을 거부하면서 갈등하는 인물이 뚜렷하게 나타난다. 또한, 분량은 길지 않지만 본처와 첩, 서자와 적자 등 가족구성원의 지위를 차등적으로 부여하는 위계적인 가족질서에 대한 질문이 담겨 있다.

> 춘채(春茶)는 유명한 고(故) 운계(雲溪) 여사의 어여쁜 손녀였다. 운계 여사라면 반도의 유일인인 여자 묵화가이셨다. 그 생전에 어여쁜 춘채를 노래(老來)에 명예로, 희망으로, 광명으로, 위안의 적(的)으로, 다만 여왕같이 귀히귀히 양육하였다. 그 임종에는 다만 부드럽고 섬약한 저를 심기(心機) 사나운 장자 부처에게 부탁하여 자기의 재산을, 상속케 하라고 유언하고 반명(半暝)하였더라.
>
> 운계 여사는 일찍이 기출(己出) 아닌 장자와 차자를 분가하고, 장자의 서자 춘채를 슬하에 총애하며 그 붓끝으로 쾌족(快足)한 생활을 더욱이 불렀더라.[22]

∴

22 김명순, 서정자 · 남은혜 엮음,『김명순 문학전집』, 푸른사상, 2010, 254면; 김명

위의 구절은 춘채의 조모인 운계 여사를 중심으로 한 가족 구성을 보여주는 대목이다. 조선의 유일한 여성 묵화가인 운계 여사는 남편이 죽은 후 집안의 어른 역할을 맡으면서 가산을 정리할 권리를 가지고 있는 인물이다. 운계 여사는 자기가 낳은 자식이 없으며, 서출인 두 자식 중 장자의 서자인 춘채를 가장 어여삐 여긴다. 아버지가 죽은 후에는 적자가 아니더라도 장자가 호주가 되어 어머니를 모시고 사는 것이 전통가족의 관습이다. 그러나 소설 속 가족은 장자는 분가해서 살고 있고 미망인인 운계 여사가 상속을 주도하고 있다. 단 한 명의 적통도 없이 서출로만 구성된 가족이자, 여성이 호주로서 영향력을 행사하는 가족이다. 이러한 설정은 당대 현실을 상기할 때 굉장히 전위적이다. 성별과 적서에 따라 차별이 이루어지는 가족제도에 대한 비판을 끌어내기 때문이다.

운계 여사와 춘채는 할머니와 손녀 사이지만 피가 전혀 섞이지 않았다. 그러나 이들은 가족구성원 중 가장 깊은 유대감을 형성하는 사이다. 혈연이 아닌 마음과 가치로 이어지는 가족이다. 본디 축첩제도가 부계혈통의 계승을 위해 자리 잡게 된 것임을 고려할 때, 혈통의 강조는 또 하나의 적대를 만들 가능성이 있다. 따라서 혈연으로 이어지지 않은 가족 구성은 조모인 운계 여사로 이어지는 모계혈통을 계승하는 문제 또한 중요하지 않다는 의미로, 부계든 모계든 혈

••

순, 송명희 편역, 『외로운 사람들(김명순 소설집)』, 한국문화사, 2011, 10면. 인용문은 송명희의 현대어역 판본에 따른 것으로, 서정자와 남은혜가 펴낸 김명순 전집의 원본과 대조했다.

통이 가족의 조건으로 근본적인 요인이 될 수 있는지 묻고 있다. 첩이라는 신분의 표지가 어떤 힘도 발휘하지 못하는 가족 구성을 통해 김명순은 가족 간의 차별과 위계가 없는 상태를 그려낸다. 할머니가 노령으로 죽게 된 이후, 춘채는 할머니의 깊은 사랑의 품안에서 자라 가산 일부도 상속하게 된다. 서녀인 춘채가 상속을 받는다는 설정도 의미심장하나, 그가 상속한 것이 비단 재산만이 아니라 조모에게 받은 '사랑'이라는 정신적 자산이라는 사실을 떠올릴 필요가 있다.

식민지시기 소설에서 아버지의 명령에 따른 혼인에 저항하는 인물은 굉장히 많이 등장한다. 하지만 춘채의 저항은 개인의 자유, 자기의사의 주장으로 충분히 설명되지 않는다. 춘채에게 '사랑'은 자기의 감정일 뿐 아니라 조모의 유산이다. 그는 조모의 유산을 잇지 못하는 결혼을 할 수 없다. 「조모의 묘전에」는 첩이나 서자와 같은 출신에 따라 그 지위가 줄 세워지는 문제에 대해서는 조금도 다루지 않고, 오직 할머니와 손녀 사이로 이어지는 정서적 연대와 정신적 가치의 계승만을 강조한다.

그런데 김명순이 춘채를 통해 조모에게 전달받고자 하는 '사랑'이란 무엇일까. 1920년대 근대적 연애담론이 형성되는 과정에는 서구의 근대 사상이 큰 영향을 미쳤다. 특히, 자유연애를 통한 자유결혼을 이상으로 여기면서 사랑 없는 결혼은 부도덕하다고 보는 엘렌 케이의 연애론은 당대 지식인들에게 큰 영향을 미쳤다.[23] 낭만적 사랑, 연애지상주의가 사회적으로 떠들썩했다. 그렇다면 김명순이 말

---

23 유연실, 앞의 글, 150-151면.

하고 있는 '사랑'은 근대적 사랑 혹은 연애와 동일한가. 김명순은 여성을 '애(愛)'와 '정(情)'의 인물이라고 생각한다. 1922년 『동아일보』에 실린 '남자가 여자로 여자가 남자로'라는 기획에는 여러 논자들이 참여했는데, 김명순은 만약 "내가 남자가 된다면 여성에게 정치와 사회를 지배하게 하겠다"면서 구주전쟁과 같은 전쟁이나 침략이 일어난 배후에는 지배욕이 우세한 남성적 성향이 자리한다고 말한다. 또한, "지금 남자들처럼 무정하지 않은 남자, 어머니를 존경하고 어머니의 은혜를 아는 다정한 사람이 되겠다"고 말한다.[24] 이러한 생각에는 부계로 이어지는 아버지만이 권위 있는 존재로 존중받았던 현실, 정치사회적으로 남성들이 세계를 이끌어나갔던 현실에 대한 비판이 내포되어 있다.

결혼 제도 바깥의 사랑

1924년 『조선일보』에 연재된 「돌아다볼 때」의 기본 갈등은 효순, 마음이 맞지 않은 조혼한 아내 은순, 효순과 정신적으로 공명점을 발견하게 되는 소련, 이렇게 세 사람의 관계에서 빚어진다. 조혼한 남성과 신여성과의 연애는 당시 소설에서 빈번하게 볼 수 있는 모티프이다. 이 소설의 특징은 긴장의 핵심요인이 삼각관계가 아니라 '첩

∵

24 김명순, 「남자가 여자로 여자가 남자로(7): 부친보다 모친을 존숭하고 여자에게 정치 사회 문제를 맡기겠다」, 『동아일보』, 1922.1.7.

의 딸'이라는 데 있다.

소련의 고모이자 양육자인 엄에스트 여사는 소련이 첩인 어머니의 혈통이 유전되어 아내가 있는 남자와 애정관계에 이를지도 모른다는 의심과 불안 속에서 살아간다. 그런 일이 발생하지 않기 위해 소련의 의사를 존중하지 않고 최병서의 구혼을 받아들인다. 그러나 결혼하고 보니, 최병서는 이미 아내와 자식이 있는 상태다. 구혼 당시 상처했다는 말도 거짓말이었다. 소련이 첩이 되는 것을 막기 위해 한 혼인이 역설적으로 소련을 첩의 신세로 전락시킨 셈이다.

병서는 갖은 애를 써서 아내와 이혼한 후 소련을 자신의 민적에 올린다. 소련은 이제 법적으로 정당한 병서의 아내가 된다. 그러나 소련은 제도 안에 편입된 이 상황을 반기지 않는다. 병서는 많은 금전을 들이고 온갖 고생을 하면서까지 소련을 민적에 등록한 자신의 노력을 몰라준다고 야속해 한다. 그러나 소련은 정당한 아내가 되고 싶었지만, 남의 권리를 빼앗음으로써 그것을 얻으려 했던 것은 아니었다. 아무리 민적에 등재되더라도, 그 행위 자체가 도적과 별반 다르지 않으면 옳지 않다고 말한다. 자신이 기혼자일 경우를 가정해 보면서, 여성이 만약 이 같은 행동을 한다면 더욱 크게 비난 받을 것이라고 생각한다. 이는 소련이 어머니의 혈통을 이어받을까 우려했던 고모의 시선을, 소련 스스로 이미 내면화하고 있음을 보여준다. '첩의 딸'이라는 출신에 부가된 운명의 굴레는 소련의 정체성에 이미 기입되어 있는 것이다.

소련은 정처가 되길 바라다가 첩의 법적 권리를 인식했던 『재생』의 순영과 대조적인 인물이다. 소련은 첩이 되어버린 자신의 신세에서 비통함을 느끼는 것이 아니라, 남편을 빼앗아버린 죄를 저질렀다는 생각에 분개한다. 소련은 첩이 되는 문제를 윤리적 의미에서 '죄'의 문제로 이해하고 있는 것이다. 소련은 정처로서의 권리를 원하지 않는다. 민적에 오른 법적 부부라는 형식보다 아내가 있는 남편을 빼앗았다는 도덕적 가책이 우선한다. 또한, 사회적으로 그들의 혼인을 정당하게 보는가의 문제가 더욱더 중요하다. 그렇기에 소련은 일말의 고민도 없이 다시 민적을 갈라 남이 되자고 요구한다.

소련이 첩이 된 자신의 상황을 개인적 차원에서가 아니라, 과거부터 지금까지 있어온 결혼 제도와 여성 문제 일반으로 확장해 들여다보게 되는 것은 이와 같은 과정을 거쳐서이다. 첩이 되는 것이 도적질과 마찬가지라는 생각은 본처의 입장을 고려하지 않으면 가질 수 없으며, 그 도적질이 여성이 아닌 남성에 의해 자행되고 있다는 인식은 여성의 불합리한 삶을 낳은 결혼 제도의 역사를 성찰하는 데로 나아가게 한다. 소련은 여러 여성을 취하려는 욕심을 가진 남자(사내)에 의해 "과거의 몇 천만의 할머니"들이 원한을 품고 죽고, "과거의 몇 억 조의 어머니들"[25]이 희생되지 않았느냐고 묻는다.

볕을 안보고 방속에 엎드려 있다는 병서의 전처, 남편이 내버리어서 침모로 돌아다닌다는 복실 어머니, 남편이 일년 후에도 가정을 안이루겠다, 한다고 울던 은순이, 노래(老來)에 외아들을 낳아놓고 그 아들에게 효도를 못 받아서 분풀이를 하러오는 최병서의 어머니, 모두

25 김명순, 「돌아다볼 때」, 서정자 · 남은혜 엮음, 『김명순 문학전집』, 앞의 책, 324면.

다- 남자의 작품이 아니고 무엇이랴. 우리에 집어넣고, 세상일을 모르
게만 길너놓은 동물들이 아니고 무엇이랴. 이 같이 만들어놓고 욕하
고 비웃는 이들이 다, 남자들이 아니었느냐.

아, 그러나 여자들은 어찌해서, 남자들을 피하랴, 우리들의 ●약한
혈관 속에는 더러운 피가 흘렀다. 남자들을 영영히 피하고, 보수를 하
지 못할 더러운 피가 온몸의 혈관마다 흘렀다. 아무리 독부와, 아무리
추부라도, 그의 제일 사랑하는 사나이가 안아만 주면 착하고, 아름다
워진다는 말이 있지 않으냐. 볕을 안보는 여인이라도 그 남편만 돌아
오면, 볕을 본다는 것이고, 한숨을 쉬고 분풀이를 하는 여인들일지라
도 사나이가 돌아오면 그친단 말이다. …… 따라서 이 극렬한 내 울음
도, 효순씨를 못 잊은 탓이 아닐까.

여자들은 무엇으로 남자들을 피할 것인가. 여자들의 혈관 속에 남
자의 피가 흐르는 이상에 남자들을 기다리는 것이 그 생명인 이상에
어찌하면, 여자들과 남자들이 아주 모든 관계를 끊어버릴까…….

그는 온 세상을 이끌어서 온 여자들을 몰아서 남자들과 관계를 끊
게 하고 싶었다.[26]

위의 구절에서, 소련은 여성들의 혈관 속에 공통적으로 "더러운
피"가 흐른다고 말하면서, 그녀들과의 연대를 지향하겠다는 의지를
드러낸다. 남은혜는 이에 대해 "작가 자신의 전 생애를 얽어맨 '나
쁜 피' 담론을 전유하여 오히려 여성 전체를 이해하고 연대의식을

26 위의 책, 325면('●'는 '빈'으로 추정된다고 부기되어 있음).

획득하는 기반"으로 삼고 있다고 해석한다.[27] 여기서 '더러운 피'는 '남자들을 피하지 못하고 사랑에 매달리게 되는 피'로 여성을 약하게 만들어 불평등한 위치에 있게 만든다. 결혼 제도, 가족제도는 이러한 특징을 자명한 것으로 구축하는 기반이다. 소련은 여성의 약함, 남성들에게 전적으로 기대는 태도는 혈관 속에 '남자의 피'가 흐르기 때문이라고 생각한다. 이러한 사유의 노정을 거쳐, 소련은 첩에 대한 생각이 달라진다. 첩은 곧 죄인이라는 생각에서 벗어나 그 죄는 '남성의 더러운 피'에 있다고 여긴다. 어머니의 피 자체가 문제가 아니라, 아버지의 피에 '오염된' 어머니의 피가 문제라고 생각한다.

여성에게 흐르는 '더러운 피'의 정체에 대한 서술은 김명순의 허구세계 바깥의 세상을 향한 항변이기도 하다. 김기진은 1924년 「김명순씨에 대한 공개장」을 발표하는데, 이 글에서 김명순은 어머니로부터 이어진 "불순한 부정한 혈액"이 흐르는 존재이다.[28] 이때부터 김명순에게는 '나쁜 피'라는 멸칭이 꼬리표처럼 따라다녔고, 그를 향한 사회적 비난과 멸시는 더욱 심해졌다. 김명순은 소련의 목소리를 빌려 자신에게 가해진 '나쁜 피'라는 낙인의 정체를 폭로하고 있다. 소련은 자기 몸에 흐르는 피를 아버지와 어머니에서 온 것으로 나누어 이해한다. '아버지의 피'는 '모든 여자를 다 더럽히고 싶어 하는 피'이고, '어머니의 피'는 '몸을 더럽히면서도 사랑하는

⁝

27 남은혜, 「김명순 문학 연구」, 서울대학교 석사논문, 2008, 84면.
28 김기진, 「여류 문사에 대한 공개장」, 『신여성』, 1924.11.

1925년 한성도서주식회사에서 나온 김명순의 창작집 『생명의 과실』. 식민지 조선의 여성 문인의 첫 작품집으로, 「돌아다볼 때」는 주제의식이 변화로 이어질 만큼 개고(改稿)가 이루어졌다.

조선일보에 연재한 단편 「돌아다볼 때」 20회(1924.4.19). 김명순은 연재를 마치고 6월에 「탄실이와 주영이」를 연재하기도 했다.

사람을 못 잊어서 죽어버린 이의 피'라고 생각한다.[29] 결말에서 소련 이 스스로 목숨을 끊으면서까지 다 뽑아 버리고 싶어 한 '더러운 피' 는 아버지의 것이다. 따라서 그의 죽음은 패배적이거나 수동적이지 않다. 자기 몸 안에 흐르는 부계혈통의 흔적, 그 유전의 고리를 끊어

•••

29 김명순, 「돌아다볼 때」, 앞의 책, 334면.

내기 위한 강박적 행위이자 가학적인 사투이다.

한편 소련은 자신의 자살 기도를 '먹는 문제'와 반대되는 것으로 여긴다. 몸에서 피를 전부 뽑아버리면 결국 죽게 된다는 사실을 고려할 때, 더러운 피를 다 뽑아버려야 살기 위한 먹는 행위를 할 수 있다는 소련의 생각은 굉장히 역설적이다. 그런 의미에서 소련의 자살은 자신을 희생하면서 주체성을 증명하는 첩의 형상과 접점을 보이면서도, 몸 안에 흐르는 부계혈통의 유전과 전면적인 대결의식을 보인다는 점에서 차이가 있다.

1925년 김명순은 단행본 『생명의 과실』을 출간하면서, 「돌아다볼 때」의 내용을 상당부분 개작한다. 바뀐 부분 중 가장 확연한 차이를 보이는 것은 소련과 병서가 법적으로 정당한 부부이고, 소련이 죽음으로 끝나지 않는다는 점이다. 병서는 기혼자가 아니다. 그리고 소련은 남편과 시어머니가 학대해도 가정의 참주인이라는 의식을 갖고 굴하지 않고 생활한다. 효순은 일본 유학길에 소련과 병서와의 단란한 가정이 잘 유지되길 기원한다. 소련과 효순은 결혼하고서도 정신적 가치를 공유하는 관계가 된다. 각기 다른 가정에 속해 있는 상태에서 '한 법칙'을 공유하기로 맹세한다.

소련은 연재본에서 드디어 동경하던 '마알'과 같은 삶을 살게 된다.[30] 안나 마알은 하우프트만(Gerhart Hauptmann)의 『외로운 사람들

∙∙

---

30 안나는 요한네스에게, "만약 저의 의지의 힘이 약해진다면 그 때엔 저의 법칙과 같은 법칙 아래 일하고 있는 사람을 생각할 셈이에요. 그렇게 하면 틀림없이 용기가 날 거예요."(131)라고 말한다. 게르하르트 하우프트만, 윤순호 역, 『외로운 사람들』, 양문사, 1960.

(Einsame Menschen)』에 나오는 인물이다. 요한네스, 케테, 마알의 관계는 효순, 은순, 소련의 관계와 비슷하다. 마알은 기혼자인 요한네스와 사랑을 이룰 수 없다고 해서, 그의 친구이자 미혼인 브라운과 결혼하지 않는다. 연재본에서 소련은 마알과 같이 행동하지 못하고, 아내가 없다고 생각해 병서와 혼인했던 사실이 문제였다면서 반성한다. 소련은 사랑하는 사람과의 결합이 불가능하더라도, 다른 사람과 결혼하지 않고 그 사랑을 정신적으로 지속해 나가는 길이야말로 이상적이라고 생각한다. 하지만 개작에서 소련은 사랑하지도 않은 병서와 혼인한다. 소련은 마알과 달리 결혼을 하지 않는 한 첩이 될지도 모른다는 주변의 의심어린 시선을 피하기 어렵기 때문이다. 미혼인 소련은 '잠재적인 첩'으로 비춰진다.『생명의 과실』에 수록된「돌아다볼 때」는 개작을 거쳐 첩 문제가 비극의 도화선으로 표면화되고 있지 않지만, 여전히 인물의 관계를 결정짓는 핵심적인 긴장요인으로 작동하고 있다.

김명순 소설의 여성들은 모두 사랑을 가장 중요하게 생각한다. 그 사랑은 정신적 가치를 공유하는 사랑이자, 서로를 연대하게 해주는 원동력이다. 그러나 김명순은 같은 신념을 공유하고 같은 목표를 향하는 이상적 연애가 현재 조선사회에서 구현되는 일은 공상에 가깝다고 말한다.[31]「돌아다볼 때」의 개고본은 이러한 문제의식이 반영된 것이다. 결혼 제도를 '초과한' 형태의 가능성은 현실에서의 제도적

31 김명순,「이상적연애」(조선문단』, 1925.7), 서정자 · 남은혜 엮음,『김명순 문학전집』, 앞의 책, 654-655면.

결혼은 남겨두고, 정신적 차원에서의 사랑을 나누는 방식으로 그려진다.

이러한 상상력은 김명순의 삶이 "결혼 제도로부터 추방"당했기 때문에 가능한 것일지도 모른다.[32] 첩의 딸로 낙인찍히고 온갖 희롱과 멸시의 대상이 되어 추방과 유폐의 삶을 살아갔다는 점에서 이와 같은 해석은 옳다. 하지만 그는 결혼 제도 바깥의 사랑을, 당대 가족관념으로 설명할 수 없는 가족을 능동적으로 꿈꾸었다. 그 꿈은 결혼 제도, 정상가족 내부에 균열을 불러일으킨다. 그가 추구한 정신적 사랑은 낭만적이거나 맹목적 성격으로 치환할 수 없다. 그것은 가족을 이루는 유일한 조건이자 제도를 통해 묶을 수 없는 가치이다.

..

32 최혜실, 『신여성들은 무엇을 꿈꾸었는가』, 생각의나무, 2000, 362-363면.

4
제2부인, 일부일처제의 법제화를 뒤흔들다

안락한 생활이나 허영심을 충족하기 위해 부유하거나 사회적 지위가 높은 남성들의 첩이 되는 여성들과 구분하여, 제2부인은 근대적 연애라는 숭고한 가치를 실현하는 존재였다. … 이 개념의 사용에는 법적으로는 첩과 다르지 않은 지위를 갖는 여성들이 그와 다른 잣대를 정해 스스로 정체성을 증명하고자 하는 욕망이 투영되어 있다.

제2부인과 사생아, 정상가족 바깥의 존재

식민지 조선 사회에서 여학생 첩의 수는 점점 늘어났다. 그 과정에서 '제2부인'이라는 표현은 '신여성'들의 요구와 맞물려 등장했다. 문자 그대로 두 번째 부인이라는 뜻을 지닌 이 개념은 일부일처제가 제도화된 현실 속에서 전근대적인 첩과 구별 짓기 위해 사용되기 시작했다.[33] 즉, 이 개념은 첩되기를 원하지 않았음에도, 첩이 되어버린 신여성의 아이러니한 상황을 설명하기 위해 요청되었다. '여학생 첩' 그 자체를 지칭하는 것이 아니라 이를 '특정하게 바라보는 시각'

••

33 김윤선, 「또 다른 '신여성'」, 『한국의 식민지 근대와 여성공간』, 여이연, 2004, 199-201면.

이 개입된 개념이다. 물론 이러한 표현이 신문과 같은 대중매체에서 통용되지는 않았다. 예를 들어, 『동아일보』에서는 『신여성』의 열띤 논의와 대비될 정도로 오직 외국 사례에서만 이 개념을 사용하였고, 한국의 경우 '첩'이라는 명칭을 구분 없이 사용했다.[34]

제2부인과 첩은 어떻게 다른가. 그 기준은 바로 '연애'였다. 안락한 생활이나 허영심을 충족하기 위해 부유하거나 사회적 지위가 높은 남성들의 첩이 되는 여성들과 구분하여, 제2부인은 근대적 연애라는 숭고한 가치를 실현하는 존재였다. 이러한 정의를 따른다면, 첩은 일부일처제의 법제화를 위해 사라져야 할 과거의 존재라면 제2부인은 일부일처제의 법제화를 동요시키고 부정하는 불온한 존재이다. 이 개념의 사용에는 법적으로는 첩과 다르지 않은 지위를 갖는 여성들이 그와 다른 잣대를 정해 스스로 정체성을 증명하고자 하는 욕망이 투영되어 있다. 이들은 기혼자와의 관계를 '자율적 개인들 간의 이해 속에서 맺어진 정당한 계약 관계'로 여기면서, 사회적으로 공인된 일부일처제에서 일탈한다.[35]

1933년 2월 『신여성』에는 '제2부인 문제 특집'이 실린다. 이인, 전희복, 정인익, 류광렬, 주요섭, 이익상, 송금선, 김자혜, 김활란, 박화성, 모윤숙의 글이 수록되어 있다. 이들의 논의는 주로 개념의 타당성 여부, 첩과의 구분, 사회적 · 법적 지위 등에 대한 내용이다. 논자

∙∙

34 정지영, 「1920-30년대 신여성과 '첩/제이부인'」, 앞의 글, 56-57면.
35 전희진 · 박광형, 「'제이부인'이라는 근대적 긴장:식민지기 결혼 제도의 근대화와 여성 지위의 재규정」, 『사회이론』 49, 한국사회이론학회, 2016, 257면.

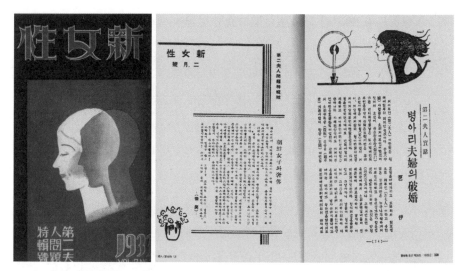

「제2부인 문제 특집」이 실린 『신여성』의 표지(왼쪽). 특집 기사 이후에는 '제2부인 실화'라는 부제가 달린 「병아리 부부의 파혼」이라는 글이 실렸다.

들의 입장에 따라 제2부인을 향한 시선도 동정과 비난으로 나누어졌다.

정인익은 '제2부인'은 일부다처를 용인하는 봉건적 유물과 같다고 말한다. 그는 법률과 도덕이 상응한다고 보면서, 시대에 따라 달라진 두 규범이 소설 속 인물의 성격 변화에도 영향을 미쳤다고 말한다. 고대소설의 남주인공이 첩을 두는 행위는 개인의 인격의 고귀함을 헤치지 않고 공존했다. 그러나 오늘날에는 아무리 훌륭한 인격자라도 일부일처제에서 이탈할 경우, 그의 도덕성과 인격은 의혹에 부쳐진다. 동시대 소설에서 첩을 두거나 일부일처제를 옹호하지 않은 인물은 사회적 공헌이 지대하더라도 온전히 긍정적으로 재현되지 않는다. 이처럼 근대 일부일처제는 법률에 명시된 내용인 동시에 도덕과도 밀접한 관련성을 띤다고 이해되었다. 그렇기에 제2부인은 더욱더 문제적일 수밖에 없다. 일부일처제라는 틀에서 이탈하면서도 도덕과 정의와 같은 가치를 견지한다고 말했기 때문이다.

논자들에 따르면, 제2부인이라는 딜레마의 해결 방안은 크게 두 가지이다. 연애 대상인 남성의 이혼과 재혼으로 법적 지위를 획득하거나 법 외적인 차원에서 사랑과 같은 정신적 가치를 찾아 스스로 자신을 정당화하는 것이다. 전자는 이혼의 자유가 법적으로 인정되는 만큼 사회적으로 인정된 방법으로 자신의 권리를 찾는 행위이다. 그러나 본처인 아내의 자발적 동의를 전제하지 않은 경우가 적지 않아 또 다른 피해자를 낳기도 했다. 후자는 첩과 동일하다는 사회적 시선을 교정해 나가는 것이다. 근대적 연애와 결혼 관념이 정착되지 못한 과도기적 현실로 인한 피해자임을 주장하면서 도덕적으로는 아무런 책임도 없다는 사실을 피력했다. 이들은 법과 도덕 중 어느 한 조건을 충족해 존재 증명을 해야 했다.

이인은 변호사인 만큼 제2부인의 법적 지위를 상세히 설명한다. 법률에는 일부일처만 허용하므로, 제2부인이란 명칭 자체가 허용되지 않는다. 제2부인은 첩과 마찬가지로 남편과 아내 관계, 자식 문제와 관련된 법률상 권리를 누릴 수 없다. 사실혼 관계에 있는 남편이 변심하거나 학대해도 위자료를 청구하기 어렵다. 사생아로 태어난 아이는 사회적으로 천대받고 법적으로 부당한 대우를 받는다. 이처럼 이인은 법률적 차원에서의 제2부인의 위치를 객관적으로 설명한다. 그런데 그는 축첩이라는 사회적 문제를 해결하는 대안의 일종으로 축첩한 이에게 과세를 추가하자고 제안한다. 생활이 어려운 하층계급보다는 향락을 즐기는 유한계급에게 과세를 좀 더 부과하는 편이 낫고, 부족한 국가재정에도 보탬이 된다는 것이다.[36] 여기에는 제2부인이 된 여성의 삶과 처지에 대한 고려는 보이지 않는다. 오히려 법률을 위반한 이들을 법적으로 허용해줌으로써 사회적으로 첩을 용인하는 계기가 될 수 있다. 법을 위반하여 사회 질서를 무너뜨리는 이들에게 사회에 기여할 방법을 찾아줌으로써 그 죄를 상쇄시키는 방안인 셈이다. 이인은 직접적으로 제2부인을 비난하지는 않지만, 법적으로 허용되지 않은 이들의 사정은 조금도 고려하지 않는 듯하다.

법률혼주의 정착과 축첩제도의 묵인 속에서 생겨난 큰 불행 중 하나는 사생아라는 존재이다. 제2부인의 불안정한 지위는 그 자식에게까지 이어졌다. 사생아(사생자)라는 법적 개념은 식민지시기에 만들어졌는데, 1915년 관통첩이 공포되면서 행정법적 용어가 되었다. 첩의 자식을 의미하는 '서자'와는 구별되는 새로운 범주로, 법률혼이 아닌 모든 남녀 관계에서 생겨나는 자녀를 총칭한다. 사실혼 관계에서 태어난 아이는 추후 혼인신고 전 배우자 중 한 명이 죽거나 그 부부가 헤어지더라도 사생아가 된다.[37] 사생아 문제는 가정 비극인 동시에 심각한 사회 문제였다. 법의 테두리에 속하지 않은 남

36　이인(李仁), 「법률상으로 본 제이부인의 사회적 지위」, 『신여성』, 1933.2.
37　홍양희, 「"애비 없는" 자식, 그 '낙인'의 정치학」, 『아시아여성연구』 52(1), 숙명여자대학교 아시아여성연구원, 2013, 44-47면.

녀의 결합에는 비판적이더라도, 사생아의 처지를 동정하는 여론이 주류를 이뤘다. 축첩하는 남성, 사생아를 낳은 여성을 벌하는 것이 마땅하더라도, 서자와 사생아는 무고하다는 논의가 적지 않았다. 비합법적 관계로 태어난 아이들까지도 권리를 축소해 불행한 일생을 살게 해선 안 된다고 말했다. 사회적 차별의 악습, 호적 등재 및 재산상속에서의 차별을 모두 철폐해야 한다는 주장도 나왔다.[38]

누구의 민적에 오를 것인가

사생아는 법적으로 인정되지 않은 남녀의 결합에 의해 태어났지만 주로 여성 문제로 이해되었다.[39] 부계혈통을 중심으로 구성된 정상가족에 진입하지 못한 사회적 책임을 여성의 몫으로 돌리는 법적 구조 때문이다.[40] 식민지시기 소설은 이러한 현실을 서사화했다. 가령, 1935년『조선중앙일보』에 연재된 이태준의『성모』에는 아이를 사생자로 민적에 올리고 자신의 성을 붙이는 어머니가 등장한다. 안순모는 호적 등재에 따른 차별, 아버지 부재에 따른 결핍 등을 우려하는 주변의 시선에도 아랑곳하지 않고, 철진을 사생아로 키우겠다는 의지를 끝까지 밀고 나간다. 순모는 철진이 아버지 정현의 부정적인

••

38 「서자, 사생아의 비애」(1),『동아일보』, 1932.10.19.
39 이태준·박순천 대담, 「현대여성의 고민을 말한다」,『여성』, 1940.8.
40 홍양희, 「"애비 없는" 자식, 그 '낙인'의 정치학」, 앞의 글 참고.

성격을 닮지 않도록 교육에 있는 힘을 다한다. 소설은 철진의 얼굴이 오직 순모만을 닮았다고 묘사하면서 순모의 행위를 간접적으로 지지한다. 당대 사회에서는 사생아를 '처녀가 난 아이'로 부르며 대개 어머니의 부정과 타락을 강조했는데, 소설은 아버지의 부정함만을 보여주고 사생아로서의 삶이 불행하지 않으리라는 기대를 갖게 한다. 소설 속 어머니는 아버지의 부재를 메꾸는 모성이 아니라, 부정한 아버지와 절연하고 모계의 혈통만을 고수함으로써 성스러워진다.

사생아에 대한 이태준의 관심은 일제말기에 쓴 『청춘무성』을 통해 더욱 확장된다. 『청춘무성』에는 여급과 그들이 낳은 사생아를 사회적으로 구제하기 위한 '재락원(再樂圜)'이라는 기구가 등장한다. 소설에서 사생아는 여러 여급들이 낳은 아이로, 부계와 모계를 계승하는 문제와 결부되지 않고 그려진다. 이곳의 원장인 득주는 사생아라는 낙인을 해소시켜주고자, 치원과 은심 부부에게 허락을 구해 아홉 명의 아이를 입적시킨다. 치원과 은심은 법률상 부모가 되지만, 아이들을 실제 기르는 것은 득주이다. "아홉 자녀의 아버지가 된 치원과, 그 어머니가 된 은심과, 사실상 기르는 어머니인 득주는 성대한 잔치를 열고 아홉 자녀를 안고 세우고 앉히고 기념사진을 찍었다."[41] 사생아의 사회적 보호를 위해 가족을 구성하는 법적 원리를 이용하지만, 이 가족은 공통된 문제의식과 공감과 유대와 같은 정서를 바탕으로 결속이 이루어진다. 게다가 호적상 어머니도, 양육의

..

41 이태준, 『청춘무성』, 『이태준 문학전집』 14, 깊은샘, 2001, 415면.

주체인 어머니도 모두 혈연으로 이어지지 않는다. 따라서 이들이 구상한 가족은 국가의 정책과 일정 부분 공모하면서도 이를 내파하며, 국가법의 바깥을 향하는 대안적 공공성을 제시한다. 사회적 약자인 여급의 연대에 근간을 둔 사업과 그로부터 구성된 대안적 가족은 국가가 정한 정상가족의 논리를 비판하는 새로운 전망을 내보인다.[42]

1938년 5월 『삼천리』에는 여류 문사들이 모여 '연애 문제'를 주제로 좌담을 나눈 내용이 실린다. 그중 '신연애를 어떻게 설계해야 하는가'라는 물음의 응답을 보자. 사회를 맡은 김동환은 새 시대 새 연애의 도덕과 규준을 세우기 위한 선행 조건으로 닦아야 할 것이 무엇인지 묻는다. 모윤숙, 최정희, 이선희, 노천명이 돌아가며 자신의 의견을 말한다.

- **모윤숙** 모든 인간의 욕망이 누구나 할 것 없이 모도 다 부자가 되어 살게 되기를 바라듯 이 성 도덕에 있어서도 여러 가지의 얽매인 부자연을 먼저 끊어 버리는 것이 선결 문제일 줄 알아요. 말하자면 여성에게 경제적으로 자립의 길을 열어주어서 재산권을 승인하여, 돈을 가지고서 자녀의 양육같은 것도 모성의 힘 한 가지로써 해결할 수 있게 하여야겠고, 또 이혼 당할 시에도 남편의 경제적 노예의 경지에서 완전하게 벗어날 수 있게 하여야겠고―.
- **최정희** 그리고 또 민적을 고쳐 자녀의 종속을 모성 편에도 붙일 수

42 이행미, 「이태준 소설에 나타난 식민지 법제도와 공공성 - 「법은 그렇지만」과 『청춘무성』을 중심으로」, 『현대소설연구』 79, 한국현대소설학회, 2020, 459-464면.

「'사랑의 인질' 범인은 유명한 불량청년, 유괴된 소년도 사생자로 판명」(『매일신보』, 198.10.12). 범죄의 피해자의 신상(사생자)을 제목에까지 넣어 밝히고 있다는 점에서 당대 사생아에 대한 인식을 짐작하게 한다.

1932년 이광수 외 4인의 문인들이 함께 찍은 사진. 왼쪽부터 이광수, 이선희, 모윤숙, 최정희, 김동환.

잇도록 하여 주어야 할 것이어요. 오히려 자녀의 자유의사대로 맡기어 부성에 가자면 부성에게, 모성에 가자면 모성에게 갈 수 있도록 하여야 할 것이에요.

- 이선희　아무튼 남녀평등 위에 신 연애의 도(道)는 서져야 할 것이어요. 그러기 위하여 실제로 성의 평등, 경제적 평등, 사회 제도상의 제종(諸種)의 평등이 다 먼저 서져야 할 줄 알아요.

- 노천명　그렇지요. 그리고 서로 이해와 관대한 감정 위에 새 사회에 적응한 연애 도덕이 수립되어야 할 줄 알아요.[43]

　논자들은 공통적으로 성의 평등과 경제적 평등이 우선적으로 이루어져야 신연애가 가능하다는 입장에 동의한다. 특히, 모윤숙과 최정희는 모성과 결부된 법적구조 개선이 필요하다고 말한다. 모윤숙은 여성의 경제적 자립을 가능하게 해주는 재산권 보장이 선결되어야 한다고 주장한다. 당대 법률에서 여성의 재산권은 오직 호주와의 관계 속에서만 보장되었다. 아이의 양육의 어려움은 여성의 무능력이 아니라 법적으로 재산권이 부재한 현실 때문이다. 이혼을 할 때 재산분할의 권리도 없다. 경제적으로 자유롭지 못할 때 이혼은 여성의 실질적인 해방을 가로막았다. 애정을 절대적 기준으로 삼아 자유이혼을 부르짖던 이전 시기보다 여성의 현실적인 삶에 밀착된 견해이다.

⁘

43　대담, 「여류 문사의 『연애 문제』 회의」, 『삼천리』, 1938.5.

최정희는 어머니의 민적에 자녀를 등재하는 일이 사회적 차별로 이어져서는 안 된다고 주장한다. 현행 민사령 규정에는 법적 아버지가 없는 아이는 사생자로 등재된다. 최정희는 이를 비판하면서 어머니의 민적에 오를 때도 적자와 동등한 법적 지위를 보장해야 한다고 주장한다. 여기에는 법이 바뀌면 부계혈통으로 이루어지는 가족만을 정상적으로 간주하는 현실도 바뀔 수 있다는 기대가 담겨 있다. 여성의 양육권 보장에 그치지 않고 여성이 호주가 될 수 있는 제도적 기반이 필요하다는 생각으로 이어진다는 점에서 당대로서는 굉장히 급진적인 사고였다.[44] 나아가 흥미롭게도 최정희는 혈통을 기준으로 정상/비정상 가족을 나누는 기준 자체를 문제시한다. 선택의 결정권을 아버지와 어머니가 아닌 자녀에게 주어야 한다고 말한다. 법률에 내포된 젠더불평등 문제를 다른 각도에서 접근하고 있다. 법이 먼저 개인의 권리 보장의 한계선을 그어서는 안 되며, 개인의 의지와 선택을 존중하여 탄력적으로 법이 적용될 여지를 마련해야 한다는 입장이다.

:·

44 방민호, 「1930년대 후반 최정희 소설에 나타난 여성의 의미」, 『현대소설연구』 30, 한국현대소설학회, 2006, 71면.

5
가부장적 가족제도에 균열을 내는 여성의 목소리

총독부의 가족정책의 최종 목적이 호주 중심 가족제도의 이식이고, 그러한 가족이 남성을 보조하는 여성의 역할을 강조한다는 점을 고려할 때, 최정희 문학의 문제성은 더욱 선명해진다. 호주에 의해서만 법적 권리를 부여받던 여성들이 그와 같은 수동적 위치에 더 이상 머물지 않은 모습은 국가적 차원에서 보았을 때 불온한 존재로 여겨질 수밖에 없기 때문이다.

등록 없는 아내이자 어머니

최정희는 근대/전근대의 결혼과 가족제도의 타자로 살았던 여성의 삶에 대한 깊은 관심을 문학적 글쓰기를 통해 표현했다. 민사령의 불합리한 면을 꿰뚫어보던 작가의 시선은 소설 창작으로도 이어졌다. 1939~1940년 사이에 쓴, 이른바 '삼맥' 연작이라 불리는 「지맥」, 「인맥」, 「천맥」은 그의 문제의식이 풍부하게 그려진 대표작으로 간주된다. 이중에서도 「지맥」은 '민적에 등록되지 않은 아내'의 문제를 서사화한다. 1930년대 부각된 제2부인 문제를 전면화한 소설로, 국가가 정한 계약 범위 '밖'에 놓인 여성의 삶의 질곡을 그린다.
　주인공 은영은 동경에 유학까지 간 신여성이다. 귀성 중 독서회에 참여했다가 기혼자 홍민규와 사랑에 빠진다. 부모의 반대와 주변의 비난어린 시선 속에서 동거를 시작한다. 하지만 세상의 반대를 무릅쓴 이들의 사랑으로 이루어진 가족은 남편이 사회주의운동을 하다 수감되고, 죽음에 이르게 되자 위기에 놓인다. 은영은 남편이 투옥된 상황에서도, 생활난으로 힘들어져도, 남편의 본처가 이혼을 해주지 않아 갈등이 심해져도 의연한 태도를 보인다. 남편이 죽기 전에는 "그의 아내로 아이들의 행복된 어머니"[45]로 당당하게 살아간다. 그러나 홍민규의 죽음으로 은영의 평화는 순식간에 깨어진다. 남편의 사랑을 정체성의 준거로 삼는 제2부인의 비극을 전형적으로 보여주는 대목이다.[46]

은영은 이러한 현실과 정면으로 마주선다. 제2부인의 정체성을 숨기지 않고 오히려 내세운다. 좀 더 편한 길을 알면서도, 힘든 길로 가기를 주저하지 않는다. 직업을 구하는 과정에서의 일화는 이러한 은영의 태도를 잘 보여준다.

"그렇게 하라구, 호적등본을 사용해 보란 말이야."
이것은 전에도 동무가 내게 한번 권해보던 말이었다. 즉, 서울에 있는 내 호적 — 아직 결혼 안 한 처녀대로 — 돌아가신 아버지 어머님의 딸로 그냥 있는 호적등본을 사용해서, 다시 말하면 처녀행세를 해서 직업을 구해보라는 말인데, 나는 두 해를 두고 생활난을 받으면서도 그렇게 하지 않았다.

••

45 최정희 · 지하련, 박진숙 엮음, 「지맥」, 『도정』, 현대문학, 2011, 34면.
46 전희복, 「제이부인 문제 검토」, 『신여성』, 1933.2.

……(중략)……

　"안 될 말이야. 그건 비극을 또 한 개 지어내는 것밖에 안 돼. 법률이 인증하지 않는다 치더라도 나는 이미 남의 아내였고, 또 현재 당당한 어머닌데 어떻게……."

　"그게 고집이라는 거야. 제발 좀 그 고집을 집어치워요. 글쎄 그렇게 한다구 어머니가 못될 거 어디 있수."

　"고집이라면 고집일지 모르지만 아무리 살기 위해서의 한 개의 수단이라 치더라두, 그것은 결국 내 자신을 속이는 것이 되고 마니까. 혹 당신 말대루 그런 방법을 써서 생활난을 면한다구 하더래두 내 마음이 밥을 굶는 이상으로 괴롭다면 안 하는 게 오히려 낫지 않겠어."[47]

　은영은 홍민규의 아내, 아이들의 어머니로 호적에 등록되어 있지 않다. 때문에 관청의 공증을 받을 수 없어 학교나 회사, 사무원 등 신분 확인이 필요한 직업을 구할 수 없다. 하지만 은영은 아버지의 딸로 호적에 등재되어 있다. 국가가 정한 은영의 신분은 미혼자로, 이를 활용하면 좀 더 편하게 직장을 구해 생활난을 이겨낼 수 있다. 그럼에도 은영은 자기가 정한 정체성, 자기 마음에 떳떳한 현재의 삶을 감추고 싶지 않다. 현실적 어려움보다 더 큰 비극은 자신이 정한 정체성을 스스로 위반하는 행위라 생각한다. 남편의 죽음으로 이제는 사회적으로도 증명할 길이 없는 자율적인 계약의 의미를 고집

••

47　최정희 · 지하련, 박진숙 엮음, 「지맥」, 앞의 책, 46면.

스럽게 놓지 않으려는 은영의 선택은 공인된 계약만을 인정하는 현실과 대결한다는 점에서 비장하게 느껴질 정도다.

은영은 당대 사생아 문제에 대해서도 비슷한 태도를 취한다. 스스로는 현재 당당한 어머니이나, 그의 아이는 사생아로 여겨진다. 은영은 사생아에 대한 사회적 편견과 적대의 책임을 사실혼 관계에 있는 남녀의 죄로 여기는 통념을 비판한다. 근본적인 문제는 국가가 정한 법적 부부만을 정상가족으로 간주하는 데에 있다고 말한다. 사생아를 향한 동정의 시선이 부모에게까지 이어지지 않던 당대 여론과는 다른 입장을 취한다.

한편, 현재 은영의 가장 큰 고민은 아이들이 학교에 가는 문제이다. 우연히 다시 만나게 된 이상훈은 첫사랑인 은영을 잊지 못하고, 은영과의 만남을 이어가고 싶어 한다. 하지만 은영이 재혼 또는 연애의 단계로 나아가길 거부하자, 은영의 고민을 해결해주고자 사랑하지도 않은 다른 여성과 결혼할 테니 은영의 아이를 자기 앞으로 입적시키지 않겠냐고 제안한다. 은영은 상훈의 마음에 고마움을 느끼다가, 아이들을 '홍가'에서 '이가'로 입적시킨다는 말에 기겁한다. 그 이유는 직접적으로 나타나지 않지만, 서사 전체를 통해 드러난다. 아무리 선량한 사람이라도 의붓자식을 사랑하기 어려운 것이 인간의 본성이라는 것이다.

언뜻 남편의 성을 바꾸는 문제에 민감한 모습은 부계혈통을 중시하는 태도처럼 보인다. 하지만 아이들을 그대로 '홍가'로 남겨두어도 그들이 사생아라는 점은 변함없다. 어머니의 민적에 사생자로 올라가거나, 그 어디에도 등록되지 못하거나, 그들은 순수한 부계혈통을 이은 존재로 이야기되지 않는다. 은영은 아이들의 성이 바뀌는 문제를 혈연의 문제가 아닌 부부와 가족을 이루는 본능과 감정의 문제로 이해한다. 의붓자식을 향한 편향된 감정을 본성으로 여기는 은영의 생각이 불편하거나 동의하기 어려울 수도 있다. 하지만 이러한 감정은 규정될 수 없는 개인의 영역이라는 점에서, 법으로는 설명할 수 없는 가족 구성의 원리를 부각한다. 이처럼 「지맥」은 개인의 선택에 따른 가족구성의 자율성을 인정해야 한다는 의미를 담고 있는 소설이다. 계약 밖의 배제된 이들을 공적 차원에서 인정해달라는 요청을 '넘어' 계약의 테두리를 규정해선 안 된다는 인식을 보여준다.

은영은 결국 아이들의 어머니로서 살아가는 길을 택한다. 하지만 그 길은 사회적 이념과 자신의 운명에 순응하는 것이 아니라, 자기가 택한 삶을 인정해주지 않는 세상에 대한 증오와 비판의 목소리를 드러내기 위해 선택된다. 은영의 모성은 자신의 욕망을 죽이는 길이 아니라, 홍민규와 이상훈에게 휘둘리지 않고서 진흙탕과 같은 길을 걸어가겠다는 의지의 소산이다. 「지맥」은 언뜻 모성과 같은 여성에게 부과된 기성의 젠더규범을 충실히 보여주는 듯하지만, 사회적으로 요구되는 이념적인 모성을 승인하지 않은 인물의 모습을 보여준다는 점에서 흥미로운 소설이다.

담론상에서 제2부인은 사랑이라는 정신적 가치를 통해 자신의 존재와 가족의 의미를 정당화하는 존재로 이야기된다. 하지만 소설 속 은영은 사랑하는 이가 죽은 후에도 여전히 '제2부인'의 위치에서 자신의 운명을 스스로 개척해 나가는 모습을 보여준다. 은영이 궁극적으로 지키고자 하는 것은 홍민규나 이상훈이라는 남성과의 사랑이나, 자기를 희생할지라도 아이들을 위하는 모성애로 보기에는 충분하지 않다. 그의 중심에 있는 것은 법률, 도덕, 인습적 제약과 대결하면서, 자신이 선택한 삶을 고수하고자 하는 '자기'라는 존재이다. 은영의 상황은 그를 현실의 희생자, 또는 순응자가 되게끔 한다. 하지만 그의 고집스런 자의식만은 현실에 희생되지도, 순응하지도 않은 상태로 남아 있다. 이러한 인물의 모습은 담론을 통해서는 충분히 재현될 수 없는 제2부인의 욕망이다.

여성의 성(姓)과 남편의 성(姓)

민적에 따른 여성의 법적 지위에 대한 관심은 일제말기 창씨개명 정책과 관련해서도 나타났다. 여성의 지위와 관련된 화두는 혼인으로 성(姓)이 남편의 것으로 변경되는 문제였다. 총독부는 여성의 성이 다른 구성원들과 동일해질 때 아내와 어머니로서의 권리가 더욱 강해질 수 있다고 선전했다.[48] 그러나 당시 여성 인사들의 좌담에서 여성의 성 변경 문제는 가정 내 여성의 성역할과 관련된 내용에 초점을 두고서 논의되지 않았다.

1940년 3월 『삼천리』에 실린 이 좌담은 중일전쟁이 발발한지 4년이 되는 해, 전쟁의 장기화에 맞춰 주지해야 할 가정생활과 주부의 역할을 논의하는 자리였다. 여류평론가 박인덕, 『동아일보』 기자 황

∴

48 전은경, 앞의 글, 371-372면.

신덕, 여류작가 최정희, 전 『동아일보사』 편집국장 설의식의 부인 최의순, 향상기예학교 교사이자 음악가인 박경희가 참여했다. 기자는 창씨개명 또는 서양자제도와 관련된 문제를 깊이 있게 질문하지는 않는다. 제도의 변화에 따라 여성이 남성의 성(姓)을 따르는 상황에 대해 의견을 묻는다. 당시 문단과 사회 제반에서 활동하고 있는 여성 인사들의 인식을 살펴볼 수 있다.

- **기자** 민사령이 개정이 되어서 아무리 우쭐거리던 여성이라도 이제는 꼼짝할 수 없게 남성 성(姓)을 따르게 되었는데, 여러분의 각오는 어떠한가요(如何).
- **황신덕** 남편 성 따르는 것이야 따르라면 따르지요, 여자야 아버지 성 따르거나, 남편 성 따르거나 별로 근본 문제가 될 것이 없으니까요.
- **기자** 그러면 어떻게 됩니까. 부군이 임씨니 임신덕이 되고, 설의순이 되고, 김경희가 되고, 이렇게 됩니까.
- **황신덕** 그렇지요, 또 넉 자 성명이 필요하다면 임황, 신덕이라 하려고 해요.
- **기자** 어느 분은 신(新) 자를 놓겠다고 해요, 신최정희, 신박경희 이렇게요.
- **최의순** 남편은 하늘이니까, 성명 위에 그 성을 관(冠)하는 것도 좋은 일이지요.
- **박경희** 어쨌든 한동안은 혼돈하여질 걸요, 더구나 사회생활 하는 여성들로는. 성이 고쳐진다면, 세상에서 그 남편 성까지 어디다 기억하여 줍니까, 그러니 새사람을 대하는 것같이 서먹서먹하여질 걸요.

- **황신덕** 낙지(落池) 이후 40년 동안 여러 천 번, 여러 만 번, 불러오던 입에 졌고, 귀에 익은 이 성명을 일조에 고쳐 놓으면 다시 그만 인식을 시키기에는 한동안 고심과 노력이 들 줄 압니다.

- **기자** 그러면 천자(千字) 뒤풀이 모양으로 주석이 필요하겠군요. '전(前) 황신덕 여사 즉 현(現) 임신덕 여사' 이렇게요. 그러나 그런 경우보다 더 딱한 경우가 있을 걸요. 가령 이혼하고 다른 남편을 얻어 사는 때에는, 어제까지는 박옥순이라 부르던 것이 오늘부터는 김옥순도 되고 내일은 최옥순이도 되고요.

- **최정희** 그러나 그런 이혼의 경우보다 우리들 신여성의 머리로 지나가는 큰 문제는, 가령 여류 작가라 하면 그 성명이 생명이요, '가치표'인데, 2, 30년 지반을 닦아놓은 이 이름을 일조일석에 버리기 어려울 줄 알아요. 그러기에 민적상 소요되는 성명은 따로 만들어두고, 그리고 예전 이름을 아호 모양으로, 별명 모양으로 그렇게 사회적으로 그냥 통용하고 싶어요. 이것은 조선에는 이번에 개정 민사령 때문에 남편 성 따르고 안 따르고의 문제가 있으나, 내지(內地)에선 의례히 따르기로 이미 되어 있는 곳에서도 여류 작가 우노 치요(宇野千代)나 하야시 후미코(林芙美子)를 보면 결코 제 남편 성을 따르지 않았고, 더구나 우노 치요 같은 여성은 두 번 세 번 시집갔는데, 갈 때마다 남편 성으로 갈아야 한다면 아마 기무라 치요(木村千代)도 되었다가 와타나베 치요(渡邊千代)도 되었다가… 할 것인데, 늘 우노 치요(宇野千代)로 있는 것을 볼 적에는 비록 호적상에는 정식 씨(氏)명이 따로 있을 것이로되, 널리 사회에 통용하는 성명으로는 그 관습을 용납하여 주는 듯해요. 조선 여성에 대하여도 이만한 관용성이 있어

주기를 바랍니다.[49]

참여 여성 인사들의 응답은 두 유형으로 구분된다. 황신덕과 최의순은 남편의 성을 따르는 변화를 근본 문제로 여기지 않는다. 최의순이 남편을 하늘로 여기는 봉건적 사고방식을 드러내는 반면, 황신덕은 남성중심 가족제도에 대해 비판한다. 황신덕은 아버지의 성을 따르다가 남편의 성을 따르는 것은 본질적으로 같은 문제라 말한다. 직접 표명하진 않았지만 여성에게는 부권(父權)에서 부권(夫權)으로 변했을 뿐이지, 남성에게 지위상 종속되는 현실은 변함없다는 뜻이다.

최의순과 황신덕이 가정 내 여성의 지위를 중심으로 의견을 내놓았다면, 박경희와 최정희는 공적 영역에서의 활동을 문제 삼는다. 두 논자 모두 갑작스러운 성의 변화로 여성의 사회적 입지가 약화될지 모른다는 우려를 표한다. 가족 내 여성의 삶이 아닌, 한 개인으로서의 여성의 삶을 보다 중요하게 고려하고 있다. 가족 내 문제에 여성의 사회적 삶이 영향을 받거나 좌우되어서는 안 된다는 입장이다. 특히, 최정희는 작가로서의 여성의 삶을 구체적으로 대입하여 이 문제를 풀어낸다. 민적에 등재되는 성과 이름이 바뀌더라도 사회적 이름은 별도로 유지할 수 있게 하자고 제안한다. 여기에는 법적으로 개인의 신분을 규정짓는 문제가 그의 존재를 증명하는 일이 되어서는 안 된다는 발상이 존재한다.

기자는 여성의 성이 남편의 것으로 바뀌게 되었다고 말하지만, 엄

··

49 좌담, 「전쟁 장기화 「가정생활」 주부 좌담회」, 『삼천리』, 1940.3.1.

밀히 말해 여기서 변하는 것은 성이 아니라 '씨'이다. 일본 가족제도의 '씨'는 법률상의 가족을 단위로 붙여진다. 이와 대조해 볼 때 조선가족의 '성'은 부계혈통의 표지이지만, 동시에 가족 전체가 아닌 개인을 단위로 붙여진 것이다. '성'은 개인을 내포로 삼고 혈족에서 씨족, 그리고 민족으로 점차 확대된다는 점에서 호적상의 가족을 떠나고서도 개인의 신분을 논할 수 있는 반면, 씨 제도에서 개인의 신분은 오직 호적상 가족 속에서만 규정된다.[50] 이를 고려할 때, 최정희의 견해는 창씨개명의 대항 논리로 순혈적 민족주의를 내세우는 경우와 구분된다. 또한, 개인을 구속하는 가족국가에 대한 비판이기도 하다.

최정희의 이러한 주장은 「지맥」의 은영의 목소리와 겹친다. 은영은 아무리 힘들고 괴로울지라도 자기가 택한 삶과 정체성을 고집스럽게 지키고자 하는 인물이다. 민적 등재라는 법적 절차, 가족의 이름으로 개인을 얽매는 관습적 사고로도, 한 개인으로서의 여성의 삶을 구속해서는 안 된다. 일제말기 최정희는 문학적 글쓰기를 통해 정상가족을 규정짓고자 하는 제도와 담론을 비판하는 목소리를 내고 있는 것이다.

1930년대 들어 제2부인, 사생아 등 국가가 정한 법의 테두리 내에서 소외당한 이들을 향한 사회적 관심이 나타났다. 하지만 이들을 향한 관심이 심도 높은 논의로 이어지는 경우는 드물었다. 최정희의 문학은 법의 바깥에서 그 안으로 귀속되기를 바라기보다는, 그 바깥

..

50 임종국, 『일제하의 사상탄압』, 평화출판사, 1985, 297면.

에서 내부의 문제를 고찰한다. 총독부의 가족정책의 최종 목적이 호주 중심 가족제도의 이식이고, 그러한 가족이 남성을 보조하는 여성의 역할을 강조한다는 점을 고려할 때, 최정희 문학의 문제성은 더욱 선명해진다. 호주에 의해서만 법적 권리를 부여받던 여성들이 그와 같은 수동적 위치에 더 이상 머물지 않은 모습은 국가적 차원에서 보았을 때 불온한 존재로 여겨질 수밖에 없기 때문이다.

5장

가족의 경계를 넘어
새로운 가족을 상상하기

1
근대적 법률을 횡단하는 가족

근대적 법제도는 개인의 정당한 권리를 보장해 주지만, 실정법의 절차적 집행은 두루 통용되던 가치의 척도가 상실되는 현상을 야기한다.

근대법의 틈새, 대안공동체의 상상

이광수의 『무정』의 세계는 근대적인 일부일처제를 지상명령처럼 여긴다. 하지만 서사 내 유일하게 긍정적으로 묘사되는 가족은 황주에 있는 병욱의 집이다. 조모, 부모, 오라비 내외가 함께 살고 있는 방계가족 형태로, 농사를 지으면서 살아간다. 영채는 이곳에서 '가정의 즐거운 맛'을 느끼며 새 사람이 되기를 결심한다. 신여성 병욱의 감화와 더불어 영채의 자각의 계기로 나타나는 것도 병욱의 집이다.

　물론 병욱의 집이 전적으로 이상적인 모습으로 나타나지는 않는다. 부자간 의견이 일치되는 일은 보기 어렵다. 병국은 조혼으로 맺어진 아내와의 관계에서 괴로워한다. 병욱의 부모는 딸이 음악 공부하는 것을 이해하지 못하고, 사랑하는 이가 서자라는 이유로 혼인을 반대한다. 여느 조선의 전통가족에서 일어나는 여러 문제들이 발생하고 있다. 하지만 이들은 권위를 내세워 다른 이의 의견을 묵살하지 않기에, 서로 반목하는 일이 없다. 아버지와 아들은 의견 차이가 있더라도, 서로 간의 애정과 진실함을 믿는다. 아버지는 아들의 의견에 찬성하는 아내를 향해 어린애처럼 눈을 흘기다가 금세 풀어진다. 서술자는 병욱의 집을 가부장의 권위가 절대적이지 않은 공간으로 묘사한다. 가족구성원은 억압적이지 않은 관계 속에서 자신의 생각을 터놓고 의견을 제시한다. 전통가족의 가장 큰 폐해라 손꼽히는 가장의 독단과 지고의 권위는 찾아보기 어렵다. 또한, 이 가족은 서로 존중하고 신의와 애정에 기반을 둔 공동체의 성격을 띤다. 영채와 병욱이 동경으로 떠나는 길에는 적막과 슬픔을 느끼며 끈끈한 정과 유대관계를 느낀다. 마을 사람들도 나와 석별의 정을 나눈다. 병욱의 집과 황주는 전통이나 근대의 전형적인 개념을 기준으로 가치평가를 내리기 어렵다. 조선의 봉건 가족의 모습이지만, 내부의 가치들은 점점 변하고 있는 모습을 보여준다.

이광수는 근대법에 대한 이해를 보여주는 글을 여러 번 발표했지만, 이와 정반대의 논조의 글도 발표했다. 그는 근대적 법률이 현실에 적용되면서 생겨나는 어두운 모습을 들여다보았다. 1915년 5월 『학지광』에 수록된 「공화국의 멸망」은 이러한 작가의 견해를 뚜렷하게 내보인다. 이광수는 소공화국이라 할 수 있는 공동체를 멸망시킨 근본적인 원인으로 '법률'을 지목한다. 여기서 공화국은 서로 사랑하고 조상을 공경하고, 타인에 의존하지 않고 스스로 일하여 삶을 유지하며, 불충불효하지 않는다는 원리로부터 파생되는 도덕이 공유되는 공간으로 묘사된다. 세목이 구체적으로 정해진 헌법이 부재하기에 오히려 포괄적으로 행위를 규제할 수 있는 불문율에 따라 질서를 이룬다. 행동을 구체적으로 지시하거나 처벌하지 않는 이러한 법에 의해 유지되는 세계는, 각각의 구성원이 법에 담겨져 있는 정신과 도리를 이해하고서 스스로 정당한 행위를 할 때 지속된다. 근대적 법률을 통해 이와 같이 아름답던 사회가 깨져버린 현실에 대해 필자는 안타까움을 숨기지 않는다. 근대적 법제도는 개인의 정당한 권리를 보장해 주지만, 실정법의 절차적 집행은 두루 통용되던 가치의 척도가 상실되는 현상을 야기한다.[1]

같은 글에서 이광수는 공동체에서 통용되는 도덕의 토대를 '가족'에서 찾고 있다. 여기서 도덕의 파괴로 '깨어진 가족제도'는 유교적 가치관이 투영된 전통 가족을 가리킨다. 자녀의 권리 주장과 형수의 개가를 부정적으로 간주하는 가족제도를 옹호하고, 그와 같은 가족이 사라진 현실을 안타까워하는 이광수의 진술은 어떤 의미로 받아들여야 할까. 조선의 전통가족을 비판하며 개혁이 필요하다고 주장하는 내용이 담긴 여러 논설들과 상반되는 모습을 어떻게 이해할 수 있을까.

그 실마리는 이광수가 이 글에서 말하고 있는 '가족'의 모습을 추적해 나가면서 발견할 수 있다. 부모와 동기와 처자뿐 아니라 이웃까지도 모두 '일문(一門)'으로 여기는 것, 같은 언어를 쓰고 같은 옷을 입는 '혈족'이라면 사랑으로 하나가 될 수 있다는 것. 이러한 가

----

1 문준영, 『법원과 검찰의 탄생』, 역사비평사, 2010, 35면.

족은 촌중(村衆)으로부터 그 외연을 확장할 수 있는 공동체와 같다. 가부장의 전제성과 가문을 절대시하는 조선 후기의 전근대적 가족과 전적으로 다르다. 이처럼 이광수는 과거의 공동체를 향한 짙은 향수를 감추지 않는다. 지역공동체를 기반으로 민족 전체로 확대될 수 있는 가족을 상상한다.

이와 같은 가족은 『무정』에 나타난 병욱의 집을 통해 전달하고자 하는 의미를 간취하게 한다. 이광수는 이후 발표한 여러 소설에서도 이러한 가족의 모습을 변주해 나가면서 지속적으로 그린다. 『재생』에는 신봉구를 중심으로 구성되는 일종의 대안가족의 모습으로 나타난다. 봉구는 순영을 소유하고 싶은 마음, 그의 배신에 따른 분노 등의 마음을 이겨내고, 이성 간의 사랑이 아닌 공적 연대로 나아갈 수 있는 자기희생적 정신이야말로 숭고한 가치를 띤다는 생각에 이른다. 순영과의 관계에서 남녀 간의 사랑의 한계를 느낀 봉구는 조선의 강산과 동포를 향해 무한히 확장된 사랑을 실천하는 삶을 살기로 결심한다. 이러한 사랑은 어떠한 보상도 바라지 않고, 어느 한 대상에 속박되어서도 안 되는 무차별적인 사랑인 박애정신에 가깝다. 경주는 그를 따라 농부가 된다. 자신의 헌신적인 애정을 받아들여주지 않는 봉구에게 마음이 상하기는커녕 그의 뜻을 실현해 나가는 여정에 함께할 수 있기를 바란다. 봉구, 봉구의 모친, 경주를 구성원으로 하는 가족의 모습은 혈족이나 법적인 의미에 구속되기보다는, 농사를 짓고 생계를 공유하며 함께 생활한다는 의미에 근접한 형태로 나타난다.[2]

1932~33년 『동아일보』에 연재된 『흙』에서도 이와 유사한 모습이

나타난다. 허숭은 법률혼이 혼인의 일면만을 나타낸다고 직접적으로 비판한다. 또한 살여울이라는 농촌에서 여러 사람들과 어울리며 살아가는 모습은 토지를 기반으로 두고서 소비보다는 생산적 기능을 담당했던 농촌의 전통가족의 모습과 닮아 있다. 1910년대 중후반부터 1920년대에 이르기까지, 식민지 조선에 이상적 가족의 모습을 어떻게 만들어 나갈지 고민해 왔던 이광수의 문제의식은 『흙』에 이르러서야 하나의 긍정적인 대안을 만난 것이라 할 수 있다.

한편, 이광수가 전통가족을 변형하는 방식으로 대안가족을 상상했다면, 심훈은 『직녀성』의 결말을 통해 공산주의에 토대한 공동가정을 상상한다. 이 가족은 혈연으로 이어지지 않고, 가족구성원 모두 각자의 역할이 있다. 직업이 있어 경제적 능력도 갖추고 있다.[3] 봉순과 인숙, 봉희와 세철에 의해 구성된 가족은 마치 한 나라와 같이 대표자도 있고, 헌법도 새로 제정한다. 이 가족은 봉건적 가족, 부르주아적 가족의 형태를 모두 지양한 모습이다. "현대의 모순된 제도와 습관"에 의해 구축된 "소유의 원리"에서 벗어난 형태이다.[4]

그런데 이 가족의 공동대표를 맡으면서 외교를 담당하는 복순은 혈연적 가족, 국가의 인적 통제에 바탕을 두는 가족 어디에도 속하

••

2   이행미, 「이광수의 『재생』에 나타난 식민지 가족법의 모순과 이상적 가정의 모색」, 앞의 글, 98-99면.

3   『직녀성』에 나타난 '대안공동체'와 무로후세의 '대가정 제도'의 영향을 살펴본 논의는 다음을 참조. 권철호, 「심훈의 장편소설 『직녀성』 재고」, 『어문연구』 43, 한국어문교육연구회, 2015.

4   심훈, 「결혼의 예술화」, 『심훈 전집』 1, 글누림, 2016, 245-245면.

지 않은 인물이다. 그는 자신의 생모와 생부가 누구인지 모른 채 태어나고 자라난 고아이다. 민적에 올라가 있지 않기에 행정적 관료시스템에 의해 확인되는 의미에서의 '조선 사람'에서 벗어난다. 국가가 정한 정상가족에서 태어나지 않아 호적에 등재되지 못한 복순은 '국민'의 신분을 획득하지 못한다. 이러한 상황은 대개 제도적 차별로 이어지는 원인이 된다. 그러나 소설에서 복순은 현실을 비판적으로 바라보고 저항해 나가는 능동적인 모습으로 나타난다. 그는 스스로 자기 상황을 일컬어 "땅에서 솟았거나 하늘에서 떨어진 사람"[5]이라며 홀가분하다고 말한다. 복순은 법적 권리를 누릴 수 없지만, 국가의 동원 메커니즘에도 포착되지 않는다. 즉, 복순은 국가가 만들어 놓은 가족제도 바깥에 있다. 심훈은 일제의 법망으로 구획되지 않는 무국적자가 대표자로 있는 가족을 매개로 일본 제국을 향한 저항의 의미를 소설 속에 심어놓았다.

인륜의 상속자

1925년 발표된 염상섭의 「난 어머니」에는 가족 내 호주라는 지위가 가진 힘을 어렴풋이 느끼게 되는 인물이 등장한다. 개인의 정체성을 구성하는 요인으로, 출생과 같은 본원적 요인보다 재산과 호주라는 지위가 갖는 힘이 우위를 획득하는 과정을 서사화한다. 동경유학생

5   심훈, 『직녀성』, 앞의 책, 203-204면.

종호는 아버지가 위독하다는 소식을 듣고 급히 귀국한다. 이때 그의 내면을 차지하는 생각은 아버지에 대한 걱정도, 상속의 문제도 아니다. 오직 그의 생모의 정체를 아버지에게 들어야겠다는 생각뿐이다. 하지만 부친의 임종 전후로 생모를 통해 자신의 존재를 확인받고자 하는 종호의 욕망은 어느새 사라져버린다. 이는 그를 대하는 가족들의 태도가 달라졌기 때문이다. 항상 모친의 역성을 들던 누이들이 오히려 자기의 입장을 변호해준다. 지금까지 침묵하고 있던 서모는 자신의 견해를 드러내는 데 가감이 없고, 모친은 예전과 다른 자신의 처지에 대해 말한다. 아버지의 임종을 지키는 일은 그 뒤를 이을 종호의 자리를 예비하는 일이다. 이제 종호는 '금고의 열쇠'의 주인이 되었고, 출생을 이유로 고독을 느끼지 않아도 된다. 작가는 어떠한 가치평가도 내리지 않고서 이 같은 변화를 객관적 어조로 담담하게 서술하고 있다.

염상섭의 대표작으로 불리는 『삼대』에서도 유산 상속을 둘러싼 갈등이 나타난다. 1931년 『조선일보』에 연재된 이 소설은 조부인 조의관, 아들 조상훈, 손자 조덕기로 이어지는 삼대(三代) 사이에서 발생하는 사건을 중심으로 전개된다. 그 갈등의 초점은 재산 상속의 문제에 있다.

『삼대』의 등장인물 대개는 자신의 이해와 관련된 법률적 지식을 갖추고 있다. 그리고 거기에 기초하여 권리 주장을 하지만, 그 법률을 자신의 이익을 위해 활용하지 않는다. 예를 들어, 홍경애와 조상훈이 딸 정례의 민적 문제로 대화를 나누는 장면을 살펴보자. 홍경애는 민적 문제를 해결하고 양육비를 달라고 요구한다. 학교를 입학

하거나 혹은 죽게 되어 매장하게 되더라도 법적 신분이 필요하기 때문이다. 여기에 상훈은 법적으로 자식은 아버지 소유라면서 정례를 데리고 가겠다고 하고, 홍경애는 정조유린죄, 위자료, 부양료를 청구하겠다면서 맞선다. 그러나 이들의 대화는 여기에서 끝이 나며 상훈과 경애는 그들이 겪은 부당함을 법을 수단으로 삼아 해결하려 하지 않는다. 다른 인물의 경우에도 마찬가지다. 김의경은 민적에 오르게 해 달라고 요구하면서도, 정처가 되기 위해서 갈등을 일으키지 않는다. 이는 조의관의 첩인 수원댁도 마찬가지다. 이들은 공통적으로 자신의 부당한 처지를 주장해 물질적 보상을 요구하지만, 자신의 법적 권리를 행사하려 하진 않는다.

유산 상속을 둘러싼 갈등도 유사한 성격을 보인다. 장자인 상훈은 상속 권리가 있다는 사실을 알면서도 덕기를 상대로 소송을 걸지 않는다. 마찬가지로 조의관은 병상에 누워서 전보를 쳐도 오지 않는 덕기를 기다리면서, 상훈의 방해로 손자가 오지 않는다면서 아들을 금치산자로 선고하겠다고 폭언한다. 그러나 조의관은 상훈을 법적 무능력자로 만들지 않는다.

수원댁은 유산상속 문제에 살인과 같은 범죄 행위를 더하게 만든 장본인이다. 그는 조의관의 독살 음모의 가담자라는 점에서, 표면적으로는 조씨 집안 몰락의 가장 큰 원인이다. 그렇기에 조의관의 세 가지 오입 중에서도 수원집을 첩으로 들인 일이 단연 손에 꼽히는 오입이 된다.[6] 그런데 이 인물이 가정 내 위치와 법적 위치는 동일하지 않다. 소설 내에서 수원댁이 조의관의 '첩'이라는 사실은 여러 인물을 통해 공공연하게 거론된다. 하지만 그는 안방을 차지하고, 집안 내 가사권을 장악하려는 욕망을 내비치는 데 망설이지 않는다. 그 과정에서 수원댁은 조의관의 신뢰를 얻게 되고, 그를 경계하지 않게 된 조의관은 결국 비소 중독으로 죽게 된다. 첩 신분인 수원댁이 조씨 집안의 재산을 빼앗을 방법은 이와 같이 정당하지 않은 방법을 통해서만 가능성을 타진해 볼 수 있다.

이처럼 『삼대』의 갈등과 사건 전개의 초점은 재산 상속 문제에 있다. 조의관은 유언을 통해 손자 덕기에게 상속을 하면서 조씨 일문(一門)의 계승을 부탁한다. 한편 아들인 조상훈은 호주의 사망이나 기타 사유로 호주권이 상실될 경우 호주 상속인이 전 호주의 법률상 지위를 이어받는 신분상속인 가독상속자의 위치로서 법률상의 상속권이 있다. 이와 같은 상황에서 조상훈이 소송이 아닌 금고를 터는 범죄 사기극을 자행한다는 점은 의미심장하다. 덕기의 상속 지위를 흔들 수 있는 조상훈을 범죄자로 만듦으로써 그 법적 지위를 박탈시키고 있기 때문이다. 그렇다면 왜 유산상속자는 조덕기여야만 하는 것일까.

조의관이 조상훈이 아닌 조덕기에게 유산을 상속하는 이유는 서사 내에서 반복적으로 나타나듯, 조상봉사와 가문의 지속과 같은 문제 때문이다. 그러나 조덕기가 상속자가 되는 것은 조부의 뜻을 계승한다는 의미로 전적으로 환원되지 않는다. 법적으로 상속 순위가 더 높은 조상훈보다 조덕기가 가족에 대한 관심과 책임감이 크며,

••

6 김승민, 「한국 근대소설에 나타난 가족로망스 연구」, 서울대학교 박사논문, 2011, 107면.

이러한 모습을 빈번하게 묘사함에 따라 덕기의 상속자로서의 정당성은 더욱 강조된다. 덕기는 도덕적으로 더 우월한 위치에 있는 인물이다.

또한, 덕기는 부자간을 비롯하여 혈연으로 이어진 가족의 의미를 중요하게 생각하는 인물이다. 그는 뜻이 맞지 않아 집을 나온 병화에게 부자간은 이론적 차이로 대립할 사이가 아니라 인륜적 관계라고 말한다. 홍경애가 낳은 배다른 동생을 '한 핏줄'로 여기면서 책임감을 느낀다. 조상훈이 자기 자식임에도, 병을 앓고 있는 참에 차라리 죽길 바랐으면 하는 마음을 갖는 것과는 굉장히 대조적이다. 덕기는 경찰서에서 취조 받을 때도 부친을 위해 거짓말을 한다. 이렇게 볼 때, 덕기가 유산을 상속하는 의미는 명확해진다. 그는 다른 인물들과 다르게 가문과 돈만을 쫓는 인물이 아니다. 앞서 살펴본 「난어머니」의 종호가 인륜보다 큰 재산과 권위의 힘을 발견한다면, 『삼대』의 덕기는 가문의 재산을 상속받았지만 문중의 질서, 물질적 부, 그리고 가족 내 권위자로서의 위치에 크게 관심이 없다. 그에게 이 가족을 지탱해야 하는 이유는 오직 인륜적 도덕에 있다.

나아가 언뜻 보면 가족중심적으로 보이는 덕기의 사고방식이 사회적으로 의미 있는 까닭은, 그가 견지한 도덕이 필순과 병화와 같은 이들을 향한 지원으로 연결되기 때문이다. 덕기는 전근대적 가족이 자본주의화되는 과정에서 그 봉건적 성격을 버리고, 도덕의 구현체라는 가치만은 견지하려고 하는 인물이다. 『삼대』의 상속자 조덕기는 유산을 향한 욕망에 추동되어 비법적인 행동을 하는 가족구성원 사이에서 가족을 유지하면서 균형을 잡는 역할을 한다. 조덕기가 가진 혈연에 근거한 도덕은 법으로 보호받지 못하는 홍경애와 그의 자식을 가족으로 품고, 혈연으로 이어지지 않은 필순의 가족과 친구인 병화를 돌보게 하는 동력이 된다. 이렇게 볼 때, 덕기는 가족 내부에 머물러 있으면서, 가족의 질서를 그 밖으로 확장하는 인물이다.

2
내선결혼, 왜 불가능한가

'나'는 굳센 연애가 국경을 넘을 수는 있어도, 일본 사람의 국경은 넘을 수 없다고 생각한다. 제국과 식민지라는 선명한 위계 속에서, 조선인의 기질 자체를 야만이라 멸시하는 상황에서, 낭만적 사랑의 감정은 샘솟기 어렵다.

낭만적 사랑이 가닿을 수 없는 자리

1936년 8월, 조선 총독으로 부임한 미나미 지로(南次郎)는 일본인과 조선인 사이의 육체적 교섭을 넘어 정신과 문화, 정서 차원의 합일을 이루어야 한다고 주장했다.[7] 그리고 내선일체(內鮮一體)를 달성하기 위한 책략으로 내선결혼과 창씨개명 정책이 적극적으로 장려되었다. 내선결혼은 당시 일본을 내지라 부름에 따라 내지인과 조선인의 결혼을 일컫는 개념이다. '내지'라는 표현에서부터 일본과 조선의 위계가 뚜렷하게 나타난다. 일제말기에는 내선결혼이야말로

∴

7 이정선, 「일제의 내선결혼 정책」, 앞의 글, 258-259면.

가정에서부터 황국신민화를 달성하게 하는 일상에서의 실천적 행동
이라면서 정책적으로 강조되었다.[8] 하지만 비단 일제말기에 국한되
지 않고, 내선결혼 정책은 정부 차원에서 지속적으로 추구되어 왔다.
인종과 문화의 혼합은 식민지 통치의 중요한 수단이기 때문이다.

조선이 일제의 식민지가 되기 이전, 조선인과 일본인 사이의 통
혼은 자연스럽게 이루어졌다. 1909년 대한제국 시기 조선인의 아내
또는 양자가 되어 가족 관계가 성립된 일본인은 민적에 등재시킬 수
있었다. 그러나 한일병합 이후 통일되지 않은 법제는 두 민족 간의
가족 구성을 성립할 수 없게끔 했다. 1920년대 초 법적 기반이 만들
어진 후에야 내선결혼은 일반적으로 법률혼으로 인정받을 수 있게
된다.

내선결혼이 가능하려면 호적상 이동이 필수였다. 결혼하면 새로
운 호적에 입적되고, 이전까지 있던 호적에서 제적되어야 했다. 이
것이 가능하게 하기 위해 1921~23년 사이에 관련 법령이 공포되었
다. 기실 내선결혼을 가능하게 하는 법적 토대를 만드는 작업에는
동화 정치를 통해 식민지를 효과적으로 지배하려는 의도가 다분하
다. 하지만 조선총독부는 이러한 야욕은 감춘 채, 개인의 사랑을 위
해 내선결혼을 '허가'해준다고 강조했다. 근대의 문명한 가족은 연
애를 통해 자유의지로 맺어진 부부 관계로부터 형성된다는 당대 주
류 담론을 활용한 선전이다. 이를 대표적으로 보여주는 것이 조선의

----

8 「사설 - 내선결혼의 장려」, 『매일신보』, 1940.12.19.

결혼 공식 발표와 함께 신문에 실린 조선의 왕세자 이은(李垠)과 일본 황족인 나시모토미야 마사코(梨本宮方子)의 사진(『매일신보』, 1916.8.3)

왕세자인 이은(李垠)과 일본의 황족인 나시모토미야 마사코(梨本宮方子)의 결혼이다. 이들의 결혼은 『매일신보』에서 낭만적인 연애 서사, 스위트홈으로 대변되는 행복한 가정으로 재현되었다.[9] 그러나 이들의 결혼에 이르는 절차를 마련하는 것은 쉽지 않았다. 결혼을 성사시키기 위해 혼인 관련 법률 개정이 이루어져야 했다.

그러나 당대 사회적 분위기는 이러한 총독부의 주장에 회의적이었다. 사람들은 호적제도가 내선결혼을 막는 가장 험준한 장벽이라고 생각하지 않았다. 조선총독부는 법을 강조했지만, 당대 담론은 되레 법까지 마련해서 정략결혼을 시킬 필요가 있냐는 등 반감을 드

9 이영아, 「이은(李垠)-나시모토미야 마사코(梨本宮方子)의 결혼 서사를 통한 '내선(內鮮)결혼'의 낭만적 재현 양상 연구」, 『대중서사연구』 17, 대중서사학회, 2011.

러냈다. 1920년대는 연애의 시대였다. 모든 것을 초월하는 가치로 여겨진 사랑을 위해서는 민족이나 국적은 부차적인 문제였다. 하지만 많은 사람들은 내선결혼은 국가 정책이므로, 순수하고 진정한 의미의 사랑을 획득하기 어렵다고 생각했다.[10] 『삼천리』에 실린 다른 민족과의 결혼에 대한 의견을 묻는 기획을 살펴보자. 김병노, 한용운, 황애시덕, 우봉운의 견해는 논지는 조금씩 다르지만, 정책적인 결혼에 대한 부정적인 입장을 피력한다는 점에서는 공통적이었다. 이를테면 김병노는 내선결혼이 만약 "인간성과 인간성의 순수한 접촉"이라면 괜찮지만 "불순한 정치적 경제적 동기 아래에서 출발한 결혼"이기 때문에 피하는 것이 마땅하다고 말했다.[11]

1927년 『동아일보』에 연재된 한설야의 「그릇된 동경」은 내선결혼에 대한 1920년대의 사회적 인식을 잘 보여준다. 김덕혜(金德惠)라는 필명으로 발표된 이 소설은 『동아일보』에서 실시한 현상공모에서 이등으로 당선되었다. 이 소설은 정치범으로 수감된 오빠에게 보내는 서간의 형식을 취한다. 조선인 여성인 '나'는 사랑의 실현을 위해 일본인 배우자를 선택했다고 생각하지만, 실상 그 이면에는 제국에 대한 동경과 허영, 모방 욕망과 자만이라는 복합적인 감정이 자리

..

10 이정선, 「1920~30년대 조선총독부의 '내선결혼' 선전과 현실」, 『역사문제연구』 33, 역사문제연구소, 2015.

11 김병로, 「특수성을 고려하라」, 「이민족과의 결혼시비」, 『삼천리』, 1931.9.1. 이 기사가 잡지에 실린 시기는 1931년이지만, 1930년대 초반 사람들의 인식이 1920년대와의 연속선상에 놓일 수 있다는 판단 하에 여기서 함께 다루고 있음을 밝혀둔다.

한다. 그러나 남편은 조선인을 야만인으로 여기면서 멸시하고 학대한다. '나'는 두 민족 사이에 놓여 있는 차별적 시선을 뼛속 깊이 절감한다. 이렇듯 「그릇된 동경」은 낭만적 연애로 포장된 통치 담론으로서의 내선결혼의 허구성을 폭로한다. 서사 내에서 조선인 여성과 일본인 남성의 결혼이 '일선융화론'의 구현으로 나타난다는 점에서도, 제도적 차원에서 사랑의 실현을 가능하게 해 준 시혜자로 위장한 식민 당국의 민낯은 더욱 선명하게 드러난다.

일본인 남성 Y는 '나'의 말과 행동에서 일본 사람과 다를 바 없다고 생각하면서 호감을 느낀다. 그 기대에 부흥하고자 '나'는 결혼 이후에도 일본 여자의 모습을 완벽히 흉내 내려고 노력한다. 그러나 결국 일본인을 향한 모방 심리가 인격과 개성, 나아가 민족적 정신을 망각하게 하는 '그릇된 동경'임을 깨닫는다. '나'는 굳센 연애가 국경을 넘을 수는 있어도, 일본 사람의 국경은 넘을 수 없다고 생각한다. 제국과 식민지라는 선명한 위계 속에서, 조선인의 기질 자체를 야만이라 멸시하는 상황에서, 낭만적 사랑의 감정은 샘솟기 어렵다.

당대 언론에는 내선결혼과 관련된 긍정적 기사가 실리기도 했다. 1926년 9월 『동아일보』에는 "민족적 감정을 초월한 만한 연애의 꽃"이 만개한 사례라면서, 동경 음악학교 성악부를 졸업한 김문보와 같은 학교를 다닌 나오코(直子)의 혼인에 대한 기사가 실린다. 기자는 나오코 부인이 조선인과 결혼한 다른 일본 여성과는 차별적인 모습을 보인다고 강조한다. 대부분의 일본 여성은 조선 문화를 모르기 때문에 결혼 이후 그 가정이 일본화되어서 문제인데, 나오코 부인은 그와 달리 조선의 가정을 지켜주리라고 기대된다는 것이다. 조선문

「남편을 따라 조선사람이 된 직자부인」(『동아일보』, 1926.9.3)

화에 우호적이라고 평가하고 있는 나오코 부인이 활짝 웃고 있는 사진에서부터 기자의 태도를 짐작 할 수 있다. 그는 시부모님께 인사하러 조선에 오자마자 조선 옷을 입고 조선 음식을 먹었으며, 조선 땅의 아름다움에 탄복하면서 결혼 이후에도 조선에서 살겠다고 말했다고 한다.[12] 조선 문화에 동화된 일본인 여성을 향한 우호적 시선에는 가족 집단을 민족의 상징으로 이해하는 인식이 담겨있다. 서로의 문화를 존중하기보다는 조선 문화에 동화될 때만이 내선결혼을 긍정할 수 있다는 생각과 같다.

「그릇된 동경」의 흥미로운 점은 '나'가 내선결혼을 단지 민족적 혈통을 이유로 반대하고 있지 않다는 사실이다. '나'는 조선인을 멸시하는 일본인의 우월감이 총과 칼로 대변되는 무력 발전을 문명의 기준으로 보는 인식에서 배태되었다고 말한다. 이러한 사고방식은

••

12 「남편을 따라 조선사람이 된 직자부인」, 『동아일보』, 1926.9.3.

'문화인'으로서 정당하지 않다고 본다. 1920년대는 제1차 대전 이후부터 권위가 하락하기 시작했던 서구 문명에 대한 비판적 인식이 좀 더 확산되던 때였다. '나'가 문명이 아닌 '문화'를 내세우는 것은 인간과 사회를 바라보는 새로운 가치가 필요하다는 의식의 소산이다. 제국과 식민지라는 위계가 사라지지 않고서는 평등한 부부관계가 형성될 수 없다. 일제말기 창작된 한설야의 「대륙」, 「피」에서도 나타나는 순혈주의적 민족 관념에 함몰되지 않는 사유는 1920년 중반의 소설에서부터 찾아볼 수 있다.

극복할 수 없는 가족제도의 차이

1927년 『동광』에 발표된 염상섭의 「남충서」는 내선결혼의 문제를 민족적 정체성뿐만 아니라 가족구성원으로서의 권리를 획득하고자 하는 욕망과 결부해 그리고 있다. 또한, 조선과 일본의 가족제도의 차이를 이해하는 과정에서 가족으로부터 이어져온 민족정체성을 이해하는 인물의 모습이 나타난다. 주인공 남충서(南忠緖)는 친일 부호인 남상철(南相哲)과 그의 소실인 일본인 미좌서(美佐緖) 사이에서 태어난 혼혈아이다. 정실부인의 소생으로 등록되어 있어 법적으로는 장남이나 사실상 서자이다. 충서는 민적이나 혼인을 구속으로 느끼며 자유를 추구했지만, 어머니의 씨를 따르게 하는 일본의 가족제도를 알게 되면서, 조선의 가족은 아버지의 민적 아래 있어야 한다는 인식을 거쳐 민족정체성을 구성하게 된다.

흥미로운 점은 미좌서를 통해 드러나는 일본 가족제도에 대한 인식과 이를 전제로 생성되는 그의 욕망이다. 그는 민족적 정체성보다는 물질적 이익을 우선시한다. 충서를 낳고서 정실의 호적에 올려달라고 청하면서, 고향을 반가운 마음으로 단념하고 남씨 집 사람으로 기를 펴 살겠다고 생각한다. 그러다가 정실 소생인 차남 충희에게 상속이 이루어질 가능성이 생기자, 미좌서는 충서의 자리를 공고히 하고자 자신을 민적에 등재해 정처로 만들어달라고 더욱 적극적으로 요구한다. 이것도 실패하자, 종국에는 딸 효자와 함께 일본으로 가서 일본인 사위를 양자로 얻어 시야(矢野) 집안을 이어나가겠다고 말한다. 이는 데릴사위가 되면서 결혼할 배우자의 집안에 양자가 되는 서양자제도이다. 일본 여성이 호주가 될 수 있는 경우 중의 하나이기도 하다.[13]

하지만 딸인 효자를 통해 미좌서 자신의 씨를 잇게 한다는 뜻을 곧바로 일본인의 민족적 정체성을 유지하고자 하는 욕망으로 해석해서는 안 된다. 법률상 가(家)를 이어가는 일본의 가족제도를 염두에 둘 때, 미좌서가 일본에서 가(家)를 창설하는 일은 사회적·법적 신분을 부여받는 것을 의미한다. 이렇게 볼 때, 미좌서의 궁극적인 목적은 일본으로 돌아가 국민으로서의 지위를 복권하는 데 있다. 조선과 달리 일본 여성은 호주가 될 수 있는 법적 지위와, 일본에서 국민 지위를 획득하는 문제가 가족과 무관하지 않다는 점을 고려할

13 옥창해(玉滄海), 「현대 법률과 여성의 지위」(속), 『신여성』, 1931.10.

때, 미좌서가 일본으로 가면 조선인 남성의 첩으로서보다는 사회적으로 안정된 위치를 확보할 수 있다는 사실을 알 수 있다.[14] 재산을 위해 일본 국적을 포기하려던 미좌서는 재산을 얻지 못하게 되자, 포기하려 했던 일본 국민으로서의 자격을 견고히 하려는 것이다.

그런데 충서는 조선에는 없는 서양자제도를 도무지 받아들이기 어렵다. "민적을 빼내어서 어머니 성(姓)을 따르게 하고 소위 양자 사위란 것을 어더서 계집의 집 손(孫)을 잇게한다는 것은 조선 풍습으론 아니될 일"[15]이라고 생각하면서, 조선의 가족은 아버지의 민적 아래 있어야 하며, 아버지의 나라가 자신의 나라라고 생각한다. 부계혈통 중심 가족제도를 전통의 이름으로 승인하면서 민족의 절대성을 인식한다.[16]

이 소설은 식민지시기 발표된 그 어떤 소설보다 일본과 조선의 가족제도의 차이 속에서 발생하는 인물의 내적 고민과 그로부터 도달한 성장의 과정을 구체적으로 그려낸다. 하지만 조선의 전통가족을 승인하는 결론은 가부장적 질서의 승인과 배타적 민족주의로 이어

••

14 최현식은 미좌서가 남상철에게 요구한 10만원을 "일본 국민으로의 안정적 재진입을 위한 보험금"으로 해석한 바 있다. 이와 달리 이 글은 일본 국민으로서의 지위 회복의 문제는 위자료의 성격을 지닌 10만원보다는 자신의 성을 잇는 가(家)를 일궈내는 행위와 좀 더 긴밀한 관계가 있다는 판단 아래 논의를 전개한다. 최현식, 「혼혈/혼종과 주체의 문제」, 『민족문학사연구』 23, 민족문학사학회, 2003, 145면.
15 염상섭, 「남충서」, 『염상섭 전집』 9, 민음사, 1987, 284면.
16 이혜령, 「인종과 젠더, 그리고 민족 동일성의 역학-1920~30년대 염상섭 소설에 나타난 혼혈아의 정체성」, 『현대소설연구』 18, 한국현대소설학회, 2003, 205-209면.

질 수 있다는 점에서 폐쇄적인 가족주의로 귀결될 위험이 잠재한다.

1923년에 쓴 채만식의 『과도기』에도 '서양자제도'에 대한 내용이 등장한다. 동경 유학생 형식은 조혼한 아내의 이혼과 일본 여성 문자와의 혼인 문제로 번민한다. 문자의 모친 천대부인은 외동딸의 데릴사위로 들여 양자로 입양하여 집안을 이어가려고 한다. 하지만 형식은 아무리 문자와의 혼인을 바라더라도, 이를 위해 양자가 될 순 없다고 생각한다. 자신의 성을 바꾸는 일을 일본사람이 되는 것으로 받아들이고 있는 것이다.

한편, 형식과 달리 천대부인은 형식이 조선 사람이라는 사실을 크게 의식하지 않는다. 형식과 문자와의 혼인에서 민족적 차이는 크게 문제되지 않지만, 양자가 되지 않는 한 혼인시킬 수 없다는 강경한 입장을 보인다. 이러한 차이는 입적에 따른 전적(轉籍)에 대한 이해가 다르다는 사실을 상기한다. 형식의 생각은 부계혈통을 중심으로 이어지는 가족제도를 민족적 전통과 연결해서 생각하는 충서의 견해와 같은 맥락에 놓인다.

3

내선결혼의 (불)가능성과 공통성에 대한 감각

이처럼 내선결혼의 문제는 제국과 식민지의 현실을 배제하고서는 이해하기 어려운 결합이었다. … 하지만 현실적인 제약과 일제말기라는 시공간을 구체화하고 있는 서사일수록 내선결혼은 불가능한 결합으로서의 의미가 두드러진다.

내선결혼은 불가능한 결합

일제말기에도 내선결혼은 '사랑과 정으로 맺어진 관계'라는 수사와 함께 장려되었다. 하지만 '사랑'이라는 표현의 함의는 조금 달라졌다. 일제말기 이전에는 근대적 가족담론의 조건이기도 한 낭만적 사랑을 뜻했다면, 지금은 개별적 사랑이 아닌 보편적으로 지향되어야 하는 감정을 의미했다. 육체를 넘어서는 정신과 감정의 교류로서 천황을 정점으로 한 가족국가로 수렴될 수 있는 사랑이어야 했다. 1940년 일본어로 창작된 이광수의 『진정 마음이 만나서야말로』는 제목에서부터 당대 정책이 표방하는 가치를 전달한다. 소설 속 인물들의 관계는 서로 호의를 갖고 친밀감을 형성하게 됨에 따라 민족의 차이 혹은 민족적 차별 문제는 크게 중요하지 않다는 듯 인도적 차

원의 만남으로 고양된다.[17]

그런데 이 시기 조선총독부는 내선일체의 의미와 중요성을 강조하며 독려했을 뿐, 이를 현실화하기 위한 실질적인 노력을 적극적으로 하지 않았다. 정신적·문화적 차원의 일원화를 강조하면서도, 내선결혼이나 내선일체를 실현할 수 있는 제도의 마련은 뒷전으로 미뤘다.[18] 한편, 현영섭은 내선일체론을 적극적으로 옹호하면서 조선인과 일본인 사이에 놓인 실질적인 차별 문제가 먼저 해소되어야 내선일체를 현실화할 수 있다고 주장한다. 그는 일본인과 조선인에 대한 대우가 경제·사회적인 조건 등에서 불평등하기 때문에 내선연애가 불행과 비극으로 끝난다고 진단한다.[19]

현영섭은 내선일체의 과정을 단계적으로 이해했다. 이때 정신적 차원의 완성은 출발점일 뿐, 실질적인 변화가 반드시 수반되어야 했다. 그는 생활 습관에 대한 예술적 완성을 위해서는 민족적 특징이 충돌하지 않도록 서양의 관습을 채용하는 편이 낫다고 생각했다. 다음 단계는 법적·사회적인 지위가 동등해지는 문제였다. 호적법의 개정을 통한 정치적 완성과, 직업과 임금의 차별을 없애 생활수준을 높이는 경제적 완성이 이루어져야 했다. 그리고 이 모든 과정이 수행되어 일본인과 같아질 때에야, 내선결혼을 바랄 수 있다고 주장했

⁘

17 이광수, 「진정 마음이 만나서야말로(心相觸れてこそ)」(『녹기』, 1940.3-7), 이경훈 편역, 『이광수 친일소설 발굴집』, 평민사, 1995.
18 이정선, 「일제의 내선결혼 정책」, 앞의 글 참조.
19 현영섭, 「내선일체 완성에의 길」, 임종국 편역, 『친일논설선집』, 실천문학사, 1987, 116-119면.

다.[20] 이처럼 현영섭은 내선일체의 완성을 바라면서도, 조선인과 일본인에 대한 차별적 대우가 개선되지 않는 한 내선일체의 현실화는 허구에 불과하다는 사실을 인지하고 있었다. 실제로 총독부는 끝까지 이 문제를 돌아보지 않았다는 점에서, 조선인과 일본인의 차별을 무화한다는 일제말기 가족정책은 담론상의 포즈임을 여실히 보여준다.

한편, 그는 법률적 차원에서 가장 큰 문제로 조선인 남자와 내지인 여자의 결혼에서 파생되는 문제를 꼽았다. 호주를 중심으로 가적(家籍)이 형성되기 때문에, 조선인 남성의 적(籍)은 자식에게 그대로 이어진다. 그렇다면, 조선인 남자와 내지인 여자의 내선결혼으로 태어난 아이는 조선인이 될 터인데, 자식이 조선인으로서 차별 받는 상황을 의식하여 일본인 여성이 조선인 남성과의 혼인을 꺼리게 된다는 것이다. 때문에 그는 내선결혼으로 태어난 아이에게 모두 내지인이 될 자격을 줘야 한다고 주장한다.[21] 현영섭뿐만 아니라 당대 내선일체를 옹호하는 이들이 호적법 개정을 "'차별로부터의 탈출'의 법적 확인"이자 "조선인이었던 흔적을 지우는", "내선일체 실현의 최종단계"로 보았던 이유가 여기에 있다.[22] 물론 이러한 주장은 대일협력의 적극적 행보를 보여주는 것이자 부계중심 가족제도를 전

••

20 文學史 玄永燮,「內鮮一體と內線相婚」(『朝鮮及滿洲』, 1938.4), 양지영 편역,「재조일본인이 본 결혼과 사회의 경계 속 여성들」, 역락, 2016, 52면.
21 위의 글, 51면.
22 이승엽,「녹기연맹의 내선일체운동 연구」, 한국정신문화연구소 석사논문, 2000, 71면. 호적법 개정에 대한 주장은 같은 필자의 다른 글에서도 발견된다. 天野道夫,「事實としての內鮮一體」, p.41(이승엽, 같은 글, 72면).

제로 삼고 있다는 점에서 명백한 한계가 존재한다. 하지만 일제말기라는 특수한 시대상을 괄호치고 볼 때, 가족을 구성한다는 것은 평등의 가치를 배반해서는 온전한 모습을 갖추기 어렵다는 명제를 다시금 되새기게 한다.

이처럼 내선결혼의 문제는 제국과 식민지의 현실을 배제하고서는 이해하기 어려운 결합이었다. 물론 내선결혼에 사랑과 운명이라는 의미를 덧붙이면서 민족적 차이가 중요하지 않게 그려지는 소설도 발표되었다. 하지만 현실적인 제약과 일제말기라는 시공간을 구체화하고 있는 서사일수록 내선결혼은 불가능한 결합으로서의 의미가 두드러진다.

일제말기 『국민문학』에 발표된 한설야의 「피(血)」와 「그림자(影)」는 표면적으로는 조선인과 일본인의 개인적인 사랑을 다루면서, 그 이면에 민족 문제를 담고 있는 소설이다. 이들 소설은 공통적으로 주인공인 조선인 남성의 회고적 시점으로 과거 연애를 낭만적으로 추억하면서, 내선결혼으로 이어지지 않는 연애의 문제를 그린다.

흥미로운 점은 주인공 '나'의 일본 여성을 향한 마음이다. 그는 일본인 여성을 애틋하게 그리워하지만, 애초에 결혼이라는 제도적 차원의 결합으로 이어지기를 바라지 않는다. 이를테면 「그림자」에서 '나'는 치에코와의 이별 후 다른 여성과 결혼하여 세 아이의 아버지가 된다. 그는 그녀가 자신에게 "생명의 환호성"[23]으로 표현되는 무

::

---

23 한설야, 「影」, 김재용 외 역, 『식민주의와 비협력의 저항』, 역락, 2010, 208면.

형의 가치를 전달해 주었다고 생각하지만, 그녀와 가정을 이루지 못한 사실을 아쉬워하지는 않는다. 이와 같은 '이상화된 연애'의 형상화에는 제도적 차원의 결합이 관계의 완성이 아니라 오히려 비극적인 파탄에 이르는 길이라는 인식이 함축되어 있다. 즉, 정신적인 결합에 그치는 것을 강조하는 인물의 태도에는 내선결혼의 현실화의 어려움이 전제되어 있다.

「피」에서는 그러한 의미가 좀 더 복합적인 양상으로 나타난다. '나'가 일본 유학 중 만난 여성 마사코는 단지 연애 대상이 아니라 예술이라는 정신적 고향을 공유하는 존재이다. 차마 결혼을 통해 성스러운 대상을 잃을 수 없다고 생각할 정도로 이상화된 존재이다. 하지만 시간이 흘러 다시 만난 마사코는 예술이라는 가치를 완전히 잃어버린 삶을 살고 있다. 화자가 마사코를 향한 감정이 사라지는 과정은 고향의 상실 혹은 예술이라는 공통성을 상실하게 되는 것과 맞물려 나타난다. 이 소설은 내선결혼의 문제를 민족적 차이뿐 아니라 인간의 이상, 예술이라는 보편적 가치의 공통성을 함께 나누지 못하는 과정과 연결하여 그리고 있다. 일제 말기 내선결혼이 마음과 마음, 정신적 결합, 보편적 감정의 차원으로 선전되었다는 점을 고려할 때, 이 소설은 추상적 차원에서도 내선결혼이 불가능하다는 사실을 간접적으로 전달한다.

공통된 처지, 공통된 고민, 공통된 감정

일제말기 이효석은 일본어 소설을 통해 내선결혼을, 조선어로는 내선결혼이 아닌 국제결혼을 여러 차례 서사화했다. 1940년 전후 집필되었으리라 추정되는 이효석의 미완성 미발표 장편은 내선결혼과 러시아 여성과의 국제 연애를 동시에 그려냄으로써 내선결혼을 지탱하고 있는 불안한 토대를 잘 보여준다.[24]

주인공 고승인(高勝仁)은 내선결혼을 하고, 아마노 가쓰토(天野勝人)라는 이름으로 창씨개명을 한 인물이다. 그가 내선일체로 나아가게 된 계기는 아내 이요시와의 사랑 때문이다. 하지만 그 사랑은 상호 이해가 어려운 상황을 만나게 됨에 따라 균열이 발생한다. 어느 날 승인의 집에 변절자를 처단하겠다며 열혈 청년이 습격한다. 승인은 자신과 사상이 달라 자신을 죽이려 했지만, 사랑해야 할 동포라는 사실에는 변함이 없다고 생각한다. 하지만 아내 이요시는 승인의 감정을 전혀 이해하지 못한다. 자객이 검거되었다는 소식에 승인은 복잡한 감정에 사로잡히지만, 이요시는 드디어 원수를 잡았다면서 복수의 쾌감을 느낀다. '동포'와 '원수'라는 좁혀지지 않는 인식의 간극을 절감하며 승인은 아내를 향한 사랑만으로 극복할 수 없는 선명한 경계선을 떠올리게 된다.

••

24 친필 원고의 첫 장이 소실된 이유로 이 소설의 제목 또는 발표 지면 및 시기 또한 확실하게 밝혀지지 않았다. 전집에 따르면, 이 소설의 집필 시기는 1940년 전후로 추정된다. 서사 내에 시기를 짐작할 수 있는 『조선일보』의 강제 폐간(1940)이

홍미로운 점은 내선결혼으로 구성된 가족과는 다른 가족의 모습을 함께 그리고 있다는 점이다. 일제의 국책담론을 표방하는 고승인의 가족과 가장 대척점에 있는 것은 부친 고승이 견지하는 조선의 전통 가족제도이다. 고승은 효와 인륜의 가치를 중시하고 죽림숙이라는 서당을 차려 청년들에게 한국의 전통 서화를 가르치는 등 유교적 가치를 고수하는 인물이다. 고승인의 아버지 고승은 창씨개명하여 부계혈통으로 이어져오던 '고'라는 성을 버리고 아버지와 독립된 집안인 '아마노'의 계보를 창설한 아들이 못마땅하다. 조선의 전통 가족제도에서 성(姓)은 호적상의 이동으로도 변하지 않는 부계혈통의 연원을 상징하는 표지인 만큼 창씨개명 강요는 당대 조선 사회에서 큰 반발을 불러일으켰다. 실제로 당대 유림 집단은 창씨(創氏)를 부계혈통으로 이어져 오는 종족사회에 기반을 둔 민족의 계통을 뒤흔든다는 점에서 인도적 가치의 타락과 등가를 이루는 것으로 여겼다.[25]

시대적 맥락을 고려할 때 전통 가족제도의 강조가 일제에 대한 저항이라는 의미를 띤다는 사실을 부정할 수는 없지만, 부계혈통만을 선택적으로 긍정하고 순혈주의적 민족에 바탕을 둔 가족을 긍정

∵

나타나기 때문이다. 조선어학회 사건(1942) 전 일본어 사용을 강요하던 시기로 추측된다. 이효석 문학재단 엮음, 『이효석 전집』 6, 서울대학교출판문화원, 2016, 292-293면.

25 서동인, 「성주 사도실마을의 창씨 실태와 김창숙의 반대 논리」, 『한국 근현대사연구』 70, 한국근현대사학회, 2014; 이대화, 「'창씨개명' 정책과 조선인의 대응」, 『숭실사학』 26, 숭실사학회, 2011.

하는 배타성을 온전히 옹호하기는 어렵다. 그런 점에서 주의 깊게 살펴보게 되는 것이 고승인의 아우 고승서와 그의 아내 이리나와의 관계이다.

> 이리나는 홀에서 승서를 알게 되면서부터 언니인 나자보다도 좀 더 꿈과 희망을 갖게 되었다. 승서로부터 꿈을 강요당했다기보다 두 사람의 꿈은 뿌리부터 일치해 있었고 이것이 두 사람을 신속하게 결합시키게 된 것이었다. 똑같이 고향에서 받아들여 질 수 없는 사람끼리의 공통된 고민의 결합이었다.[26]

승서와 이리나의 관계는 "뿌리부터 일치"된, "똑같이 고향에서 받아들여질 수 없는 사람끼리의 공통된 고민의 결합"으로 의미 부여된다. 이리나와 승서는 식민지화된 자신의 고향을 떠나 새로운 고향으로 가고자 한다. 서사 내에서 이들의 목적지는 미국으로 나타난다. 이효석은 「여수」에서 '구라파'를 향한 갈망은 이국에 대한 그리움이 아니라 자유의 발로로부터 비롯된 것이라 말한다.[27] 또한, 파리 함락 이후 지식인 일각에서 유럽의 근대적 가치의 소멸을 이야기하면서 동양을 호명하는 입장과 유럽의 계승을 자처하는 미국의 행방을 기대하는 논의가 각축을 이루는 상황에서, 이효석은 후자의 입장

∴

26 이효석, 「미완성 일문소설」, 이효석 문학재단 엮음, 『이효석 전집』 6, 서울대학교 출판문화원, 2016, 330면.
27 이효석, 「여수」, 이효석 문학재단 엮음, 『이효석 전집』 3, 서울대학교출판문화원, 2016, 84면.

에 공명하는 모습을 보였다.[28] 이를 참고한다면 서사 내 '미국'은 자유의 표상과 같다고 할 수 있다. 이처럼 이 소설은 고승인과 고승서 형제의 결혼의 대비를 통해 결혼의 조건으로서 민족적 차이는 걸림돌이 아니라고 말한다. 그 가족이 속한 사회가 개인의 자유를 보장하는가의 문제가 중요하다고, 그리고 서로 공통의 경험과 감정 속에서 솟아나는 이해가 필요하다고 말한다.

..

28 김재용, 「일제말 이효석 문학과 우회적 저항」, 『한국근대문학연구』 24, 한국근대문학회, 306-307면.

4
월경(越境)하는 여성에 대한 이중적 시선

식민지시기 문학이 민족의 정체성 문제와 무관하지 않다는 점에서 조선인 여성이 비조선인과의 혼인으로 국적이 바뀌게 된다는 사실은, 조선인 남성의 경우와 달리 민족 경계를 넘어 연애와 혼인을 하는 여성을 불온한 존재로 만드는 것이다.

내선결혼한 여성에게 가해진 낙인

조선인 여성은 일본 호적 입적이 상대적으로 수월했음에도, 조선인 여성과 일본인 남성과의 내선결혼은 그 반대의 경우보다 훨씬 적게 나타났다.[29] 현영섭도 내지인 남성과 조선인 여성의 결합은 큰 문제가 없다고 이야기하기도 했으나, 이론과 현실은 달랐다. 조선인 여성과 외국인 남성과의 결혼은 젠더, 민족, 국적의 문제가 맞물려 나타났다. 소설에서 다루고 있는 내선결혼이 그 성패 여부를 떠나 조선인 여성과 일본인 남성의 결합으로 나타나는 경우가 드문 것은 이와 같은 현실이 어느 정도 반영된 것으로 보인다. 그러나 문학적 재

⋮

29 이정선, 「일제의 내선결혼 정책」, 앞의 글, 100-105면.

현이 특정한 관점을 통해 조직된 세계라는 점을 염두에 두었을 때, 조선인 여성과 일본인 남성의 내선결혼을 다루는 소설이 희소하다는 사실은 단순히 현상적 차원의 문제가 아니다. 식민지시기 문학이 민족의 정체성 문제와 무관하지 않다는 점에서 조선인 여성이 비조선인과의 혼인으로 국적이 바뀌게 된다는 사실은, 조선인 남성의 경우와 달리 민족 경계를 넘어 연애와 혼인을 하는 여성을 불온한 존재로 만드는 것이다.

일제말기에는 그와 같은 위기감이 더욱 가중되었다. 조선총독부는 부계혈통과 전통을 강조하는 조선의 가족을 강압적으로 해체하고자 했다. 민족적 정체성이 상실될지 모른다는 위기감이 고조되면서 전통가족을 고수하려는 움직임이 나타나기도 했다. 시기적으로 볼 때 근대적인 세례가 더 확장된 1940년대 전후에 과거의 전통적인 가족을 고수하고자 하는 움직임이 등장한다는 것이 이를 예증한다. 이러한 시대적 배경을 고려할 때, 일제말기에 내선결혼 서사가 적지 않게 창작되었음에도, 그 대다수가 조선인 남성과 일본인 여성의 결합으로 나타난 이유를 짐작할 수 있다. 조선인 여성은 '피의 융합'이라는 문제를 넘어서, 혼인에 의해 남편의 성(姓)과 국적을 따르는 문제에 봉착한다. 조선인 여성은 내선결혼을 통해 두 나라의 가족을 동질화하고자 하는 흐름 속에서, 그 위기감의 발로로써 제기된 순혈주의 중심 전통가족 담론과 공존할 수 없는 존재였다.

1939년 일본에서 발표된 김사량의 「빛 속으로(光の中に)」는 일본을 배경으로 대학생인 남 선생과 혼혈아 하루오를 통해 육체와 정신에 새겨진 민족적 정체성 문제에 대해 질문하고 있는 소설이다. 이 두

인물은 민족적 정체성과 식민주의의 욕망 속에서 내적 갈등을 일으킨다. 하루오는 일본인 아버지와 조선인 어머니 사이에서 태어났다. 그런데 하루오의 어머니인 조선인 정순에게는 그와 같은 고민조차 허락되지 않는다. 정순은 하루오가 온전히 일본인으로서의 삶을 살기 바라면서, 하루오에게 어머니로서 자신의 존재를 지우고자 한다. 게다가 남편의 구타와 학대 속에서 고통스러운 삶을 살아간다. 정순의 결혼 생활은 조금도 행복해 보이지 않는다. 그렇다면 그는 왜 자신의 정체성을 스스로 모멸시키면서까지, 자신을 인정해주지 않는 이 일본의 가정 속에 머물고 있는 것일까.

"처음에는 역시 아주머니가 하루오를 데리고 조선으로 돌아가는 수밖에 없다고 생각했습니다."

그 여자는 깜짝 놀랐다.

"아주머니 자신을 위해서도, 하루오의 장래를 위해서도 그게 제일 좋다고 생각했던 것입니다. 하지만 아주머니는 지금도 역시 한베에 씨를 귀중히 여기고 있겠지요."

"아이고… 아무것도 묻지 말아 주세요." 그 여자는 낮은 목소리로 애처롭게 말했다.

"주인인 걸요…"

"아무것도 숨길 게 없습니다. 나는 이미 한베에 씨에 대해서 잘 알고 있습니다."

"아!" 하고 그 여자는 놀란 나머지 목소리를 삼켰다. 그리고는 술에 아주 녹초가 된 사람처럼 신음했다. "… 하지만 그 사람은 나를 자유

로운 몸으로 만들어 주었어요… 난 조선 여자예요." 마지막에는 흐느
낌 소리로 변했다.

그 여자는 지금도 역시 노예와 같은 감사의 정에 의지하여 살고 있
는 것일까. 나는 무도한 한베에를 상기하고 형언할 수 없는 수심에 잠
겼다. 언젠가 스사끼의 조선 요리집에 가서 주인을 협박하고 데려왔
다는 여인이 바로 이 여자일 것이다.[30]

인용문에서 눈여겨볼 점은 정순이 조선으로 돌아갈 수 없는 이유
가 소극적이지만 그녀 자신의 선택에 의한 것으로 나타나고 있다는
점이다. 남선생은 한베에가 조선 요릿집에서 주인을 협박하고서 데
리고 나온 여성이 정순임을 알고 있다. 그런데 남선생이 생각했던
것과 달리 정순이 조선으로 돌아갈 수 없는 것은 자신을 자유의 몸
으로 만들어준 남편을 귀중하게 여기고 있기 때문이 아니다. 정순은
한베에가 자신을 자유롭게 만들어주었다는 사실 뿐만 아니라, '조
선여자'라는 점 때문에 남편을 떠날 수 없다고 생각한다. 정순은 남
편을 자신의 '주인'과 같다고 여기는, 가부장적 사고에 익숙한 인물
이다. 또한, 사회적으로 하층계급이고, 성적으로 타락했다 지탄받는
직업을 지녔으며, 일본인 남편을 뒀다. 여러 남성과 관계를 맺고, 심
지어 조선인이 아닌 남성과 결혼한 '조선 여자' 정순은 지금의 삶이

••
30 김사량, 「빛 속으로(光の中に)」(『문예수도』, 1939.10), 임헌영 엮음, 『김사량 작품
    집』, 지식을만드는지식, 2013, 62-63면. 인용문 중 "주인인 걸요…"의 원문은
    "私の主人テすもの…"으로, 다른 번역본에는 "제 남편인 걸요…"로 번역되고 있
    다(김재용 편, 『김사량 선집』, 역락, 2016, 32면).

아닌 다른 삶을 택하기 어렵다. 따라서 정순이 조선으로 돌아가지 못하는 것은 남선생이 생각한 것처럼 "노예와 같은 감사의 정"을 버리지 못해서가 아니다. 조선으로 돌아가도 같은 민족이라는 사실만으로 환대받을 수 없기 때문이다.

이처럼 정순은 부계혈통을 중시하는 순혈적 민족주의가 굳건히 자리하고 있는 조선의 전통가족의 타자와 같다. 일본인과 조선인 집단 어디에서도, 그리고 가족과 민족 공동체 어디에서도 승인받지 못한다. 서영인이 적절하게 지적한 대로, 그는 중층적 억압 속에서 민족의 이름으로 구원될 수 없는 존재이다.[31] 그렇기에 정순은 남선생이나 하루오와 달리 자신의 정체성을 찾아나가려는 시도조차 할 수 없다.

이처럼 조선인 여성이 민족의 경계를 넘어 가족을 구성하는 것은 조선인이라는 테두리 밖으로 나가는 행위이다. 또한, 법률적으로 보장된 여성의 자유에는 그 자유를 향유하면 안 된다는 인식이 암암리에 새겨져 있다. 현실에 적용 가능한 법률의 유연함이 되레 이를 향유할 수 있는 대상을 향한 적대적 감정을 형성하는 데 공모한다. 이렇게 볼 때, 조선인 여성은 비단 일본인 남성과의 결합만이 문제가 아니라 조선인이 아닌 남성과의 교섭 자체가 문제가 된다. 식민지시기 전반에 걸쳐 조선인 여성이 민족 경계를 넘는 연애와 결혼을 서사화한 소설은 이러한 맥락에서 주의 깊게 살펴볼 필요가 있다.

••

31 서영인, 「서발턴의 서사와 식민주의의 구조-일제말 김사량의 문학」, 『현대문학이론연구』 57, 현대문학이론학회, 2014, 163-165면.

민족 경계를 넘는 연애와 결혼의 재현

1928~29년『매일신보』에 연재된 염상섭의『이심』은 신여성의 허영과 성적 타락이라는 표층 서사 이면에 당대 사회에 대한 작가의 비판적 문제의식이 함축되어 있는 소설이다. 서술자의 언술과 춘경의 내면 서술이 교차됨에 따라, 춘경은 비판받는 동시에 비극에 빠지게 된 가련한 여성인물로서 동정을 느끼게 한다. 권위적인 서술자는 주인공 춘경의 성적 타락의 원인으로 그녀의 기질을 제시하지만, 춘경의 내적 갈등과 번민 또한 상당히 빈번하면서도 구체적으로 묘사된다. 이와 같은 서술의 교차는 춘경이 비극의 주인공으로 전락하게 된 계기를 눈여겨보게 한다.

서사 내에서 춘경의 성적 타락을 보여주는 지표는 일본인 좌야와 서양인 커닝햄과의 관계이다. 그중 춘경이 사회와 가족 모두에게서 외면 받고 완전히 고립된 상황에 놓이게 된 결정적 계기는 후자에 있다.[32] 커닝햄의 춘경을 향한 애정은 그의 동양 취향이 반영된 것이고,[33] 사기결혼 과정에서 돈이 오갔던 점을 고려하면 이 둘의 관계는 거래의 성격이 다분하다. 그러나 이것만으로는 이들의 관계를 충분히 이해하기 어렵다. 커닝햄은 춘경을 향한 순정한 애정을 일관되게 표현하고, 서양인과의 교제에 거부감을 갖던 춘경 또한 그의 진심에

32 장두영,『염상섭 소설의 내적 형식과 탈식민성』, 태학사, 2013, 236-239면.
33 김주리,「동화, 정복, 번역: 한국 근대 소설 속 혼혈 결혼의 의미」,『다문화콘텐츠연구』8, 문화콘텐츠기술연구원, 2010, 49면; 김학균,「〈이심〉에 나타난 탈식민주의 고찰」,『한국현대문학연구』30, 한국현대문학회, 2010.

감격을 느낀다. 두 인물의 감정은 이 소설에서 유일하게 순수한 마음의 교환으로 묘사되고 있다.

> 춘경이는 남자가 이렇게까지 낙심이 되어서 표랑의 길을 떠나겠다는 것을 듣고 가엾게 생각지 않을 수 없었다. 자기 때문에 한 남자의 생애가 쑥밭이 되는 것을 가만히 보고 앉았다는 것은 무서운 일 같기도 하였다. 그 뜨거운 정화(情火)! 사랑이냐! 죽음이냐! 고 헤매는 그 젊은 열탕 같은 심정! 서양 사람이거나 '니그로'거나, 자기에게 이만큼이나 순진한 향의를 가지고 있는 것을 보고는 마음이 변하지 않을 수 없었다.[34]

위의 인용에서 흥미로운 점은 춘경이 커닝햄의 사랑에 인종을 뛰어넘는 감격을 느끼고 있다는 사실이다. 커닝햄이 춘경에게 미국이나 일본으로 가자고 하자, 춘경은 그와 함께 고베(神戸)로 떠나 살림을 차린다. 커닝햄은 사회적 비난을 받고 좌야와 춘규 사이에서 농락당하는 조선의 삶 속에서 춘경을 탈출하게 해 주는 존재이다.[35] 하지만 고베에서의 생활도 조선과 크게 다르지 않다. 춘경은 거기서도 '서양인 첩인 조선 사람'이라고 손가락질 당하면서 고립감을 느낀

••

34 염상섭, 「이심」, 『염상섭 전집』 3, 민음사, 1987, 277면.
35 홍덕구는 서사 내 커닝햄의 장소를 분석하여, 그가 경성에 "잠시 머무르는 자"이며, 그와의 결합은 춘경에게 "재조일본인 사회를 포함한 조선사회로부터 탈주하는 방편"이 될 수 있다고 분석한 바 있다. 홍덕구, 「염상섭 『이심』 다시 읽기」, 『상허학보』 42, 상허학회, 2014, 284면.

다. 커닝햄은 춘경이 '조선 사람'이란 이유로 사교계에서 대접받지 못한다는 사실에 불쾌해 한다. 일본 국적을 지닌 조선인 춘경의 서양인과의 결합은 일본에서도 받아들여지기 어려운 것이다. 결국 춘경과 커닝햄은 그들의 관계를 인정해주지 않는 고베에서의 삶을 정리하고, 다시 서울로 돌아온다.

한편 춘경의 죽음 앞에서 가장 서럽게 울며 슬퍼하던 인물이 커닝햄이라는 사실은 사기결혼이라는 거짓된 형식을 넘어선 의미를 전달한다. 그의 모습은 서술자에 의해, 이성을 잃을 정도의 감정 상태인 "여광여취(如狂如醉)"[36]로 묘사될 정도로 강렬하다. 춘경이 사회적으로 완전히 축출된 결정적 계기가 된 커닝햄이야말로 그녀를 온전히 추억하며 기리고 있다.

이처럼 춘경과 커닝햄이라는 개인 대 개인의 만남은, 주변의 시선을 통해 국경을 넘은 진정한 사랑으로 인정받지 못한다. 그러기는커녕 춘경은 타민족 남성과 성적 관계를 맺은 오염된 조선인으로 낙인찍힌다. 이렇게 볼 때, 춘경의 과오는 아이러니하게도 커닝햄과의 관계를 민족 간의 결합으로 이해하지 못한 데서 비롯된 것으로, 비조선인과의 결합을 선택한 춘경은 사회적으로 타자화된다.

더욱 문제적인 것은 춘경을 죽음에 이르게 만든 인물이 그녀의 남편 창호라는 사실이다. 창호는 춘경에게 벌을 준다는 명분으로 그녀를 유곽으로 유인해 팔아넘긴다. 춘경은 유곽 안에서 감금되다시

••

36 염상섭,『이심』, 앞의 책, 297면.

피 갇히고, 절곡(단식)을 하다 수면제를 먹고서 죽음에 이르게 된다. 그런데 창호와 춘경은 민적에 등재되지 않은 부부로, 사실상 동거인에 불과하다. 창호는 자신의 행위가 법률상 문제의 소지가 있음을 알면서도, 남편된 자의 사회적 도의로 춘경을 공창(公娼)에 팔아넘긴다면서 자신의 행위를 정당화한다. 커닝햄을 향해서는 간통죄 운운하며 춘경의 남편으로서의 권리를 주장한다. 이렇게 볼 때, 춘경은 비조선인과의 결합을 통해 민족의 동일성을 위협하는 존재인 동시에 법률과 관습적 도덕 모두에게서 보호받을 수 없는 사회적 약자이

단행본 『이심』은 신문연재가 끝난 후 10년이 지나 박문서관에서 출간되었다.

염상섭의 『이심』 171회(『매일신보』, 1929.4.23). 삽화는 이승만이 그렸고, 172화로 완결되었다. 삽화에 반송장과 같은 춘경을 보고 걱정하는 커닝햄의 모습이 그려져 있다.

다. 합법적이지 않은 남편 개인에 의한, 과도할 정도로 처참한 처벌 행위는 심판자로서의 그의 위치를 불신하게 한다. 춘경은 민족의 경계를 넘은 오염된 여성으로, 조선사회에서 타자화된 인물로 그려진다. 이를 바라보는 작가의 시선은 그와 같은 단죄에 완전히 동참하지 않고 조금은 거리를 두고자 한다.

『이심』에 나타난 순혈적 민족공동체를 상대화하려는 시도는, 염상섭의 『모란꽃 필 때』와의 대조를 통해 더욱 분명히 드러난다. 1934년 『매일신보』에 실린 이 소설에는 춘경과 여러모로 인물 설정에서 유사성을 보이는 문자라는 인물이 등장한다. 그녀는 여러 남성과 교제하며 성적 타락을 보인다. 춘경이 커닝햄과 교제했듯 문자는 서양인 하아듸와 만남을 이어간다.[37] 그러나 춘경과 문자는 작가에 의해 전혀 다른 성격을 부여받는다. 춘경의 내면 묘사가 풍부하게 그려짐에 따라 그의 번민을 독자가 통절하게 받아들이게 되는 반면, 문자는 자신의 행동에 아무런 고민도 망설임도 없는 인물로 그려진다. 이러한 의미에서 그녀는 내면성이 부재한 인물에 가깝다. 춘경과 커닝햄의 관계는 서로의 순수한 마음을 확인하는 면이 있지만, 문자와 하아듸는 상호간의 감정의 교류가 어떻게 이루어지고 있는지에 대한 서술이 전혀 나타나지 않는다.

문자가 남편인 영식과 이혼하게 되는 결정적 계기는 서양인과의 교제로 나타난다. 영식은 동경생활을 계속하다가는 물질적 · 정신

37 이경훈, 「문자의 전성시대-염상섭의 『모란꽃 필 때』에 대한 일 고찰-」, 『사이間 SAI』 14, 국제한국문학문화학회, 2013, 462-463면.

적으로 파산당할 것이라고 생각하면서 사직청원서를 제출한다. 그러나 영식은 창호와 달리 문자를 단죄하지 않으며, 함께 조선으로 돌아가 사람을 만들든지, 동경에 머물겠다고 하면 이혼하겠다고 생각한다.

이와 같은 차이는 어디서 기인한 것일까. 춘경과 달리 문자는 일본인 어머니를 둔 혼혈로 그려진다. 사실상 그의 정체성은 조선인이 아닌 일본인에 가깝다. 춘경은 조선인이기 때문에 타민족과의 관계로 인해 축출되어야 했다면, 문자는 조선인이 아니기 때문에 이혼과 같은 사적인 조율을 거쳐 그 관계가 해소될 수 있다. 그러한 맥락에서 그를 문자보다 '후미코'라는 이름이 더 적절한, 일본인 정체성을 지닌 인물로 본 이경훈의 지적은 타당하다.[38]

> "가나이노 옥상(金井の奥さん)이란 누구야?"
> 하고 슬쩍 떠보았다.
> "왜 모르세요? 요기 사시는 조선서 오신 양반 — 이 댁 서방님하고 한 회사에 다니시는 양반의 부인이시지요."
> "응 —."
> 하고 신성이는 더 말을 꺼내지 않았으나 이 집에서는 그 남편의 성을 부르지 않고 모친의 성을 부르는 것이었다.[39]

∴

38 위의 글, 464면.
39 염상섭, 「목단꽃 필 때」, 『염상섭전집』 6, 민음사, 1987, 209면.

신성은 문자와 결혼한 영식이 그의 성이 아니라 문자의 모친의 성을 따라 불리는 모습을 보고 놀란다. 영식의 집의 문패에 '가나이(金井)'라고 써 있다는 점에서,[40] "가나이노 옥상"이란 호칭은 단지 사회적으로 불리는 데 그치는 것이 아니다.

소설 내에서 영식이 문자의 집안의 서양자(壻養子)가 되었다는 언급은 나타나지 않지만 영식이 아내의 성을 따르고 있다는 점은 그와 비등한 의미를 환기한다. 남성 인물이 성(姓)을 바꾼다는 것은 집안 대대로 이어져 오는 부계혈통의 계승에서 이탈한다는 의미를 지닌다. 하지만 영식은 문자와 결혼하면서 유사 일본인과 같은 생활을 하다가, 동경의 향락과 문자의 집에서 벗어남으로써 조선인으로 다시 귀환할 수 있다. 그러한 맥락에서 볼 때, 문자와 영식의 부부관계의 파탄은 춘경과 달리 비극적으로 다가오지 않는다. 이는 문자가 민족의 테두리에서 배제된 인물이 아니라, 애초에 민족의 테두리 안에 있지 않았던 존재이기 때문이다. 소설 속 문자는 부정적인 여성으로 타자화되지만, 이야기 세계 밖으로 나와 바라보면 그는 민족적 관념에서 자유로운 존재라고 할 수 있다.

일제말기에 쓰인 이태준의 『청춘무성』은 미국 국적을 지닌 조선인과의 결혼 문제를 그리고 있다. 처음부터 민족 문제를 염두에 두고 결합 가능성을 타진해 보는 여성인물이 등장한다. 고은심은 연인 관계인 원치원과 헤어진 후, 미국 유학을 떠난 사촌오빠의 주선으로

..

40 위의 책, 244면.

조오지 · 함과 약혼하게 된다. 그는 조선인이지만 미국에서 태어나고 자라 미국인이 된 인물이다. 은심은 조오지와의 결혼 여부를 고민하는 과정에서, 조오지를 남편이 될 한 명의 사람이 아니라 미국인으로 떠올린다.

"한번 구경은 하고 싶어도 서양 그 자첸 그리 존경하지 않지요."

"왜요? 선생님 신봉하시는 예수교도 서양 사람들이 가져오지 않았어요?"

하고 은심은 날카롭게 치원을 쳐다본다. 자기가 조오지 · 함과 결혼을 하면 국적상으로 미국인이 되기 때문에 '서양'에 대한 인식을 소중히 가지고 싶은 때문이다.

…(중략)…

"인제 하와이나 로스앤젤레스 같은 데 가보심 대뜸 느낄 겁니다. 난 전에 상해(上海) 가서 거기서 조선 사람들의 반 서양식 생활을 보고, 그 모두가 임시생활같고, 모의생활같고, 찬바람이 돌고, 군물이 도는 부조화의 고민을 이내 느낄 수 있었습니다."

"……."

은심은 조오지 · 함 생각을 얼른 한다.

'제가 아무리 미국서 나 미국말을 잘하고 미국 음식과 미국 옷에 얼려버렸다 치자, 조오지 · 함의 영혼 속에 동양에의 향수가 영영 없을 수 있는 것일까? 없을 수 없는 것이길래 국적은 미국이면서도 조선처녀에게 청혼한다는 게 아닌가? 난 그럼 조오지 · 함의 동양에의 향수를 위로하러 가는 한낱 동양의 '미아게(みやげ)' 노릇이 아닌가? 내 자

신 미국생활에 부조화될 건, 조오지·함 이상일 게 아닌가?'[41]

은심은 미국으로 가기 위해 일본에 들렀다가 원치원과 재회한다. 그리고 여전히 서로에 대한 사랑을 간직하고 있음을 깨닫는다. 인용된 대목은, 조오지와의 결혼을 위해 미국으로 떠난다는 사실을 알리고서 은심과 치원이 나눈 대화의 일부이다. 은심은 조오지와 결혼하면 국적이 미국인이 되기 때문에, 서양에 대한 좋은 인식을 갖고 싶다고 생각한다. 이는 국제결혼의 문제가 단순히 호적상 국적이 바뀌는 것이 아니며, 한 개인이 속한 공동체가 바뀜에 따라 그 곳에 대한 애정과 정체성을 다시 키워나가야 한다는 사실을 보여준다.

그러나 은심의 이러한 마음은 치원의 말을 듣고 전적으로 바뀐다. 치원은 아무리 조선인이 서양식의 생활을 하더라도 조화롭지 못하다고 비판한다. 이때 은심은 조오지가 자신과 같은 조선 처녀와 혼인을 바라는 것이 동양의 향수를 충족하고 싶은 심리가 투영된 것이 아닌지 반문한다. 또한 미국에서의 생활에 적응하지 못할지 모른다는 걱정도 생긴다. 그 결과, 은심은 조선인으로서의 정체성을 유지하기 어려운 미국 생활에 회의하게 되고, 조오지와 결혼하지 않기로 결정한다. 물론 이는 치원과의 사랑을 지키기 위한 결단이기도 하다. 어쨌든 미국 국적을 따는 일에 대한 거리를 확보한 인물은 그 경계를 넘으려 하지 않기 때문에 민족공동체 내부에서 흔들리지 않

∴

41 이태준,『청춘무성』, 앞의 책, 2001, 215-28면.

을 수 있게 된다. 나아가 이 대목이 지니는 문제성은 미국의 문화가 서양을 상징하게 되고 그 대척지점으로 동양의 정신문화가 강조된다는 점이다. 이 소설이 창작된 시기를 고려할 때, 가족으로 받아들일 수 없는 동인으로 제시된 서양문화는 그 반대항인 동양의 정신문화를 강조하는 가족 문화를 상기시킨다. 이는 결국 일본 제국이 상정하고 있는 동양 정신과 상통하면서 그에 걸맞은 가족의 모습을 상상하게 한다.

이처럼 식민지시기 소설에서 조선인과 비조선인, 다시 말해 민족 간의 결합은 단순히 개인의 문제로 이해될 수 없다. 문제는 여성의 경우에는 내선결혼뿐만 아니라 조선인이 아닐 경우로 그 문제성의 범주가 확장된다는 점이다. 이는 앞에서 살펴본 이효석 소설의 국제 연애가 아무런 걸림돌도 없었던 것과는 매우 대조적이다. 작가마다 추구하는 주제의식이 상이함을 전제하더라도, 남성은 혼인 이후에도 여전히 완전한 조선인일 수 있지만, 여성은 혼인에 따라 다른 국적을 부여받게 되는 문제를 간과하기는 어려웠으리라고 본다. 특히 민족정체성의 문제가 중요하게 여겨졌던 식민지시기에는 쉽게 조선을 떠날 수 있는 여성의 존재는 불온한 존재였기 때문이다. 이러한 현실을 비판적으로 형상화하는 텍스트는 거의 없다고 할 정도로 드물다. 그러나 경계를 넘으려는 여성을 불편하게 그리는 서사적 재현은 우리에게 그 반대의 상황과 조건들에 대해 상상하게 한다.

나가며

2005년 개정되어 지금까지 유지되고 있는 민법 제779조는 가족의 범위를 이성애, 혼인, 혈연에 따라 구성된 집단으로 제한하여 규정한다. 이 조항은 2005년 3월 호주제도가 폐지됨에 따라 만들어진 규정이다. 호주제도가 한국의 전통과 만나 탄생되고 정착되었던 기나긴 역사는 강화된 가부장제, 부계혈통 중시와 남아선호사상, 여성의 권리 부재와 불평등이라는 문제를 우리 사회 깊숙이 새겨놓았다. 그렇기에 호적을 중심으로 한 가족 관념의 타파는 오랜 세월 동안 호주제 폐지를 위해 분투한 여성운동의 쾌거를 보여주는 중대한 사건이다. 하지만 그 대안으로 마련된 가족은 이러한 열망을 온전히 받아들이지 못했는지, 또 다른 정상가족 이념을 우리 사회에 안착시켰다.[1]

..

1 양현아, 앞의 책, 472-476면.

민법 제779조와 같은 법 규정이 사회적으로 효력을 발휘하는 사회에서 국가가 정한 협소한 가족의 테두리에 속하지 않은 여러 가족들은 여전히 차별과 배제 속에서 살아가고 있다. 이들은 가족을 기준으로 행해지는 복지제도 등의 지원 및 보호의 대상이 되지 못하는 상황에서 분노와 불안이 뒤섞인 감정을 느끼며 살아간다. 한 개인으로서 행복한 삶을 살고자 한 것뿐인데, 사회는 이들이 선택한 삶이 건강하지 않다고 손가락질하고, 비정상적이고 사회 질서를 위협하는 위험한 것이라고 말한다. 의도치 않게 불온한 존재가 된 이들은 사회안전망의 사각지대에서 위험을 느끼며 살아가게 된다.

　법적 가족의 테두리 바깥에 서 있는 이들의 이 같은 상황은 아무리 사회적 인식이 개선될지라도, 법의 변화가 동반되어야 한다는 사실을 떠올리게 한다. 물론 법의 변화가 현실의 모든 문제를 해결해 주리라는 법 만능의 사고는 옳지 않다. 호주제 폐지와 함께 부상한 새로운 가족 개념이 또 다른 억압을 낳았듯, 명문화된 조항은 변화한 현실을 충분히 담아내기 어렵다. 빠르게 변화하고 있는 현실에서 발견되는 새로운 사유와 놀라운 인식을 반영하지 못할 가능성이 적지 않다. 법 조항에 명시된 가족 범위를 늘려 좀 더 다양한 가족을 포괄하는 방향의 개정은 명백한 한계를 노정한다. 그렇기에 가족을 규정하는 법조항의 개정이 아닌 폐지와 해체가 필요하다는 최근의 논의는 매우 의미심장하게 들린다. 아무리 가족의 외연을 넓히더라도 명문화된 특정 가족만이 인정된다면 누군가는 배제될 수밖에 없기 때문이다. 가족구성권연구소가 주장하는 '내가 지정한 1인'을 가족으로 인정하는 제도는 사회의 기본단위를 더 이상 가족으로 이해

해서는 안 된다는 요청과 시민 개개인의 권리를 오롯이 인정해야 한다는 의미가 담겨 있다.[2]

그런데 이러한 주장은 가족에서 벗어나 진정한 개인으로 살아가기 위해 법률에 기대고자 했던 식민지시기 지식인들의 욕망과 일정 부분 접점을 이룬다. 이 시기 작가들은 가족 개혁을 위한 법의 필요성을 긍정하면서도, 국가가 개인에게 막대한 영향력을 행사하는 데 경계의 태도를 보였다. 법률에 대한 관심과 기대는 어디까지나 가족의 속박으로 벗어나게 하는 해방의 기제라는 제한적 범위에서 나타났던 것이다. 가족이 아닌 '나'를 중심으로 삶을 살아가고 싶다는 생각은 가족의 존속이라는 가치와 충돌해 다양한 갈등을 낳았다. 온전한 자기 자신으로 살아가는 데 걸림돌이 되는 봉건적인 가족질서와 근대적인 가족법의 면면들은 식민지시기 문학 텍스트 속에 풍부하게 재현된다.

오늘날 가족 관련 논의는 법과 제도에 명시된 가족 관념이 현실의 다양한 가족 관련 실천과 상상을 담아내지 못하고 있다는 비판 속에서 열띠게 이루어지고 있다. 또한, 최근 우리는 법으로 규정된 가족 개념으로 수렴되지 않은 다양한 삶의 현장들을 예전보다 쉽게 만날 수 있다. 법과 제도는 여전히 정상가족의 틀을 고수하고 공적으로 출현할 수 없는 이들을 생산해낸다. 하지만 여러 매체를 통해 그들의 삶과 목소리는 사회적으로 가시화된다.

이 책에서 살펴보고 있는 문학 텍스트는 식민지시기 가족법의 탄

2 김순남, 『가족을 구성할 권리』, 오월의봄, 2022, 86-91면.

생 속에서 나타난 일상의 변화와 사람들의 반응과 욕망, 법제도에 의해 공적으로 배제된 이들의 목소리를 담아낸다. 오늘날 여러 매체를 통해 소수자들의 삶을 알게 되는 것과 같이, 근대문학은 당대 법 현실의 문제를 지각하게끔 하는 매개가 된다. 법은 동시대의 사회적 인식을 앞서가기도 하고, 거기에 한참 못 미치는 상태로 머물러 있기도 한다. 문학 텍스트는 가족법에 따른 사회적 변화를 긍정적으로 바라보기도 하고, 이를 비판하기도 하며, 나아가 새로운 법을 상상할 수 있는 단서들을 서사 속에 흩뿌려놓는다.

이 책의 핵심은 근대에 접어들어 가족법의 도입에 따라 변화된 법 현실이 한국 근대문학에서 어떻게 형상화되고 있는지를 살펴보는 데 있다. 해방 이후부터 오늘에 이르기까지 가족법의 개정의 역사와 그 속에서 빚어지는 다층적인 욕망을 문학을 중심으로 읽어내는 작업은 향후 과제가 되어야 할 것이다. 이 책에서는 오늘날의 가족법과 과거의 것을 비교하는 작업을 직접적으로 수행하지는 않지만, 근대문학에서 다루는 주제를 통해 현재에도 해결되지 않은 가족법과 관련된 여러 문제와 쟁점에 대해 생각해 볼 수 있기를 바랐다. 글을 마치며, 소략하게나마 오늘날 우리가 이해하는 가족 개념과 가족을 중심으로 구성된 사회적 현실을 식민지시기 법 현실과의 연속과 단절 속에서 정리해보고자 한다.

'나'의 신분을 증명할 필요가 있는 상황에서 대부분은 가족관계증명서를 제출하라고 요구한다. 하얀 종이 위에 기재된 개인 정보는 등록기준지, 가족사항, 출생년원일, 주민등록번호, 본관으로 이루어진다. '등록기준지'는 표현만 다를 뿐 호적에 명시된 본적과 같은 의미를 띤다. 출생부터 사망에 이르기까지 개인의 생애가 가족을 매개로 국가에 등록되어 관리되는 현실은 식민 지배와 함께 만들어진 호적제도로부터 출발한다. 우리는 식민지시기 마련된 호적제도라는 시스템과 유사한 속성을 지닌 제도 속에서 여전히 살아가고 있다.

　근대 가족법의 등장은 가족과 가문의 이해 속에서 숨죽여야 했던 개인의 권리와 감정을 존중하려는 시대적 변화에 상응하는 현상이었다. 특히, 일부일처제의 법제화는 개인의 자유의사에 따른 결합으로 탄생한 부부중심 가족과 관련된 문명한 변화로 여겨졌다. 이혼할 권리가 중요하게 부상한 것은 조혼과 정략혼과 같은 인습에 따른 결혼이 대다수였기 때문이기도 하다. 한편, 법률혼에 따른 부부만을 인정하는 변화는 수많은 사실혼 관계가 양산되는 현실을 묵인하는 제도적 한계와 결부되어 사회적으로 소외되고 배제된 이들을 출현시켰다. 첩과 제2부인, 사생아 등의 삶을 조명하여 서사화하고 있는 문학 텍스트는 당대 법 현실을 비판적으로 성찰하고, 법률혼이 아닌 사실혼 관계를 제도적으로 인정하는 문제에 대해 생각하게 한다. 또한, 소설 속에 그려진 법률혼이 결혼의 의미 혹은 가치를 담지 못한 채 형식적 절차로 전락해 오용되거나 악용되는 장면들은 개인의 삶을 뒤흔드는 법의 강제력에 대한 비판적 인식을 유도한다.

　흥미롭게도 이러한 인식은 가족과 관련된 작금의 현상과도 접점을 이룬다. 문화체육관광부 주관에 따라 실시된 2022년 〈한국인의 의식 및 가치관조사 보고서〉에 따르면, '결혼을 반드시 해야 한다'는 응답은 1996년 46.7%에서 2022년 17.6%로 하락하는 큰 변화가 나타났다. 물론, '결혼을 하는 편이 좋다'는 견해가 47.4%로 가장 높긴 하다. 그러나 '개인의 선택에 따라 원하지 않으면 하지 않아도 된다'는 생각이 35%로, 결혼이 필수가 아닌 선택으로 이해되고 있다. '동거를 결혼의 한 형태로 인정해야 한다'는 인식은 67.3%이고, '이혼을 해서는 안 된다'는 생각은 2016년 58.6%에서 43.7%로 줄어들어 이혼에 대한 부정적 인식이 약화되었음을 알 수 있다.

근대에 접어들어 생겨난 가족법의 핵심적 특징 중 하나는 사실혼을 부정하고 법률혼만을 인정하는 것이었다. 동거와 같은 사실혼을 폭넓게 인정해야 한다는 응답은 법률혼이 아닌 형태의 결합으로 인해 사회적 차별과 곤경에 빠지는 인물을 그리고 있는 식민지시기 문학 텍스트의 주제의식과 만난다. 한편, 식민지시기에 이르러 여성의 인권이 첨예한 문제로 논의되기 시작했고, 특히 결혼과 가족제도에 내포된 젠더불평등 요소를 개선하는 문제가 중점적으로 논의되었다. 이러한 상황에서 이성애에 토대를 둔 결혼과 가족제도의 본질 자체를 전면적으로 문제시하는 주장은 매우 드물었다. 이태준의 『딸 삼형제』의 정국이라는 인물은 이러한 맥락에서 매우 이채롭다. 정국은 함께 가구를 이루는 동반자가 이성이 아닌 동성, 인간이 아닌 동물이 될 수도 있지 않느냐는 생각을 가진 인물이다.[3] 그러나 대부분의 소설은 이성애중심주의라는 틀을 벗어나 가족을 사고하지 않는다. 이는 여성의 인권에 대해 이제야 말할 수 있게 되었기 때문

••

3 이태준, 『딸 삼형제(이태준 문학전집 12)』, 서음출판사, 1998, 260–261면. 정국의 급진적 면모에 대한 분석은 다음의 글 참조. 이행미, 「가부장적 사회를 향한 불온한 목소리 – 이태준의 『딸 삼형제』에 나타난 가족과 여성」, 『문화와융합』, 한국문화융합학회, 2022.

일지도 모른다.

부부중심 가족의 삶의 내부에 존재하는 젠더불평등을 중점적으로 서사화하고 있는 문학 텍스트 대부분은 여성이 사회경제적으로 자립할 수 있는 능력을 키우지 못하게 하는 권리 부재 문제를 다룬다. 부부재산의 공동 소유 및 가사노동의 경제적 가치 인정 문제, 간통죄의 젠더불평등한 요인, 이혼할 권리뿐 아니라 이혼 과정에서 나타나는 여성에게 불합리한 조건 등에 대한 내용은 가족법 개정운동의 쟁점일 뿐 아니라 최근까지도 중요하게 다루어지고 있는 문제들이다.

식민지시기 소설은 당대 법 현실로부터 발생한 사회 문제를 다각도로 포착하고 비판적으로 형상화하는 데 그치지 않는다. 더 나은 세계를 꿈꾸는 대안적 상상력을 펼쳐나간다. 계약 개념을 새롭게 재해석하는 나혜석, 혈연이나 제도가 아닌 사랑이라는 가치로 구성된 가족을 꿈꾼 김명순, 부계혈통을 중시하는 아버지의 호적에 등재되는 문제를 비판적으로 바라보는 이태준과 최정희, 그 밖의 여러 소설에 등장하는 혈통이나 제도가 아닌 '개인'의 신념과 가치에 따른 선택을 중시하는 인물들의 목소리는 우리에게 새로운 가족이 나아가야 할 방향과 가치에 대해 생각하게 한다. 소유권에 바탕을 둔 근대적 법률이 이상적 가족을 만들지 못한다는 비판, 혈연이 아닌 다른 기준으로 구성되는 가족의 형상화, 법적 등록 바깥에 있는 대안적 공동체를 그리거나 국가가 배제한 이들을 민적에 올려 다른 방식의 가족을 구상하려는 시도 등이 나타난다. 이는 당대 법 현실을 비판적으로 성찰하는 과정에서 만들어진, 현실보다 더 나은 새로운 가족, 새로운 세계를 희망하는 작가들의 열망의 표현이다.

다양한 인종과 민족이 함께 어우러져 살아가는 오늘날은 순혈적 민족주의와 이를 상징하는 가족에 대한 인식을 비판적으로 사고하게 한다. 식민지시기 소설에서 민족 경계를 넘는 가족 구성의 문제는 가족법에 내재된 자유와 평등의 한계를 첨예하게 살펴보는 방식으로 나타난다. 내선결혼 불가능성의 서사화는 배타적 민족주의를 통해 그려지기도 하지만, 식민지와 제국이라는 위계로부터 생겨나는 차별이 가장 큰 문제로 제시되는 경우가 많다. 지역적으로 이동이 자유로운 여성인물이 오히려 민족의 경계를 뒤흔드는 불온한 존재로 재현되고 있는 양상이 나타난다. 이 시기 문학은 민족 경계를 넘어선 가족이 현실화될 수 있는 기준과 조건에 대해 질문하고, 순혈주의적 가족을 반성적으로 고찰하게 한다.

이처럼 이 책은 한국 근대문학에 나타난 식민지시기 가족을 법의 문제와 나란히 놓고 살펴보았다. 그간 식민지시기 문학에서 가족 연구는 주로 근대 가족제도의 수용을 확인하는 데 집중된 경향이 있다. 근대와 전통을 대립구도로 전제하여 그 이행 과정을 살피는 데 역점을 둠에 따라, 근대와 전근대 가족의 경합 속에서 나타난 복합적인 갈등 국면은 다소 소홀히 다뤄진 경향이 있다. 이와 달리, 이 책은 가족법의 변화에 따라 일상에서 유동하는 가족 개념과 그로부터 생겨나는 사건들이 비판적으로 형상화되는 장면들, 그 속에 감추어진 작가들의 문제의식 혹은 작가의 사유를 뛰어넘는 인권의 의미와 대안적 가족의 구상이 나타나고 있는 장면들을 살펴보고자 했다. 당대 문학과 담론에서 근대가족은 하나의 틀로 고정되거나 설명되지 않았다. 국가법에 따른 규정이 공포되었지만, 사람들은 이를 전적으로 수용하기만 했던 것은 아니다. 당대 가족법은 사람들에게 해방의 기제가 되기도 했고, 저항의 언어를 출현시키는 기폭제가 되기도 했다. 그 속에서 가족은 얼마든지 변할 수 있는 상태로 유동하고 있었다. 이 책은 가족법과 관련된 인접 학문의 논의들에 빚지는 동시에 문학을 통해 말해질 수 있는 다양한 일상의 현실과 정돈되지 않은 사람들의 욕망과 감정들을 읽어내고자 했다.

한편, 식민지시기 가족법이 해방 이후 민법으로 계승되었다는 점을 고려할 때, 한국 문학에 재현되는 가족법적 현실의 근원은 이때부터라고 해도 과언이 아니다. 그러한 점에서 이 책은 해방 이후 가족법의 변화와 문학의 관련성을 살펴보는 과제를 제시하기도 한다. 주지하다시피 긴 억압의 굴레에서 벗어난 해방의 기쁨은 식민지시기의 가족법의 청산과 같은 과제로 이어지지 않았다. 여러 논자들이 지적했듯이 가족법의 식민성은 은폐된 채 전통이라는 이름으로 재탄생되었다.

1950년대부터 전개된 가족법 개정운동의 핵심 화두도 여성의 권리 문제였다. 대한민국 정부가 수립되면서 제정된 헌법에는 남녀평등의 실현이 명시되었는데, 가족법 조항은 여전히 여성에게 불평등한 차별적인 내용으로 이루어졌다. 당시 가족법 제정을 둘러싼 논의는 관습과 전통을 존중하자는 입장과 헌법에 토대한 남녀평등정신에 위배되지 않아야 한다는 입장이 상호 대립하면서 열띤 토론을 이끌었다. 근대초기 여성의 이혼 청구 권리를 인정하느냐 마느냐에 대해 분분하던 때와 크게 다르지 않은 풍경이다. 달라진 것은 현실을 변화시키기 위해 단체가 구성되고 조직적인 운동이 이루어졌다는 것이다. 여성단체들은 가족법 개정 방향에 적극적으로 개입했다. 이들은 남녀불평등 규정이 상당히 포함된 법률안에 반대하면서, 국회에 청원하는 등 직접적인 정치적 요구를 하는 동시에 대중들을 대상으로 한 계몽 운동을 활발히 전개해 나갔다. 하지만 가부장적 가족 형태의 특징이 두드러진 법이 제정되는 결과를 막을 수 없었다. 이들의 열망은 호주제 폐지라는 거대한 산을 넘어 지금까지도 이어지고 있다.[4]

사회 전반에 걸쳐 가족과 여성 문제에 대해 숙고하는 분위기는 문학에도 영향을 미쳤으리라. 여기서는 박화성의 「광풍 속에서」라는 하나의 예만을 살펴보겠다. 1948년 7월 『서울신문』에 발표된 이 소설은 새로운 세상을 만들겠다고 정치 일선에 나선 남성들이 축첩 문제에는 아무런 관심이 없는 현상을 여성인물의 목소리를 통해 비판한다. 축첩 폐지 문제를 거론하지 않고 등한시하는 것은 축첩제도의 존속에 공모하는 것과 다를 바 없다고 말한다. 제도적 한계로 인해 축첩이 만연한데, 이 문제를 해결할 생각 없이 첩을 국민의 범주에서 배제해 버리는 현실을 날카롭게 지적한다. 축첩제도는 1965년에 이르러서야 헌법에 위배되는 것으로 판결된다. 1920년대 초 일부일처제가 법률혼으로 규정되면서 법적으로 중혼이 금지되었음에도 사실상 묵인되었던 축첩제도가 40년도 지난 이때 그 위법성을 공적으로 적시하게 된 것이다. 따라서 박화성의 「광풍 속에서」는 해

••

4 양현아, 앞의 책, 229-360면 참조.

방 후 지속적으로 가족법 개정을 촉구하며 여성의 권리 신장을 주장했던 목소리들과 함께 주요하게 살펴봐야 할 텍스트가 된다.

축첩, 간통, 사생아, 혼혈아 등의 문제, 젠더불평등과 관련된 여러 법조항은 한국 사회의 가족에 큰 영향력을 미쳤고, 문학은 그 영향력을 여러 서사와 인물형상화를 통해 다각도로 재현한다. 시대적 변화에 조응하는 문학 텍스트를 발굴하고 읽어나가는 과제가 앞으로 요구된다고 하겠다. 더하여 이 책의 문제의식은 식민지시기를 넘어 오늘날에 이르는 동시에, 근대 이전 가족 문제를 살펴보게 한다. 한국문학을 통해 가족을 이해하고 탐구하는 것은 고전부터 근대, 동시대에 이르는 한국문학 전반에 걸친 유기적인 작업을 필요로 한다. 이 책을 마치면서, 이를 출발점으로 삼아 수행해 나갈 연구들이 적지 않다는 사실을 절감하게 된다.

근대 초기에도, 식민지에서 벗어난 해방 이후에도, 그리고 2020년대를 살아가는 오늘날까지도 가족은 언제나 요동치고 있다. 이러한 현상은 종종 가족의 위기로 언급된다. 하지만 끊임없이 흔들리고 변화해 나갈 때, 가족은 새로운 미래를 상상할 수 있다. 그리고 문학은 가족의 과거, 현재, 미래를 이야기하는 의미 있는 자료이자 흥미로운 이야기 세계이다. 문학을 통해 드러나는 가족의 갈등, 그로 인해 파생되는 가족의 의미는 우리에게 더 많은, 가시화되지 않은 개인의 목소리를 듣게 한다. 이는 그들의 인권을 국가적 법 차원에서 새기게끔 하는 동력이 되어준다. 한국문학에서 그려지는 가족은 행복한 삶을 살고 싶은 개인이 가족과 함께 어떻게 살아갈 수 있는지를 질문하게 한다.

참고문헌

1. 기본자료

(1) 신문, 잡지, 보고서 (영인본 및 데이터베이스 자료 포함)

『개벽』, 『대동학회월보』, 『대한자강회월보』, 『대한협회회보』, 『동광』, 『동아일보』, 『매일신보』, 『문장』, 『별건곤』, 『삼천리』, 『서광』, 『서우』, 『신가정』, 『신생활』, 『신여성』, 『여성』, 『영대』, 『조광』, 『조선문단』, 『조선일보』, 『청춘』, 『학지광』, 『현대』

정긍식 편역, 『(국역)관습조사보고서』, 한국법제연구원, 1992.

(2) 작품집 및 총서류

『광분』(염상섭, 프레스21, 1996)

『김동인 전집』(조선일보사, 1988)

『김명순 문학전집』(서정자 · 남은혜 엮음, 푸른사상, 2010)

『김사량 작품집』(임헌영 엮음, 지식을만드는지식, 2013)

『김사량 선집』(김재용 편, 역락, 2016)

『김일엽 선집』(김우영 엮음, 현대문학, 2012)

『나도향 전집』(주종연 외 엮음, 집문당, 1988)

『나혜석을 말한다』(나혜석학회 엮음, 황금알, 2016)

『도정: 최정희 · 지하련 단편선』(박진숙 편, 현대문학, 2011)

『딸 삼형제』(이태준, 서음출판사, 1998)

『만세전』(염상섭, 고려공사, 1924)

『만세전』(김경수 편, 문학과지성사, 2005)

『삼대』(정호웅 편, 문학과지성사, 2004)

『성모』(이태준, 깊은샘, 1988)

『심훈 전집』(김종욱 · 박정희 엮음, 글누림, 2016)

『재조일본인이 본 결혼과 사회의 경계 속 여성들』(양지영 편역, 역락, 2016)

『염상섭 전집』(권영민 외 편, 민음사, 1987)

『염상섭 문장 전집』(한기형 · 이혜령 편, 소명출판, 2013)

『외로운 사람들(김명순 소설집)』(송명희 편역, 한국문화사, 2011)

『이광수 초기 문장집』(최주한 · 하타노 세츠코 엮음, 소나무, 2015)

『이광수 전집』(이광수, 삼중당, 1971)

『이광수 친일소설 발굴집』(이경훈 편역, 평민사, 1995)

『이선희 소설 선집』(오태호 엮음, 현대문학, 2009)

『이효석 전집』(이효석 문학재단 엮음, 서울대학교출판문화원, 2016)

『인형의 집을 나온 연유』(채만식, 방민호 편, 예옥, 2009)

『채만식 전집』(창작사, 1987)

『청춘무성』(이태준, 깊은샘, 2001)

『해방기 여성 단편소설』 I (구명숙 외 편, 역락, 2011)

2. 단행본

(1) 국내논저

강명관,『신태영의 이혼 소송 1704~1713』, 휴머니스트, 2016.

권보드래,『연애의 시대: 1920년대 초반의 문화와 유행』, 현실문화연구, 2003.

권용혁,『한국 가족, 철학으로 바라보다』, 이학사, 2012.

김경일,『근대의 가족, 근대의 결혼』, 푸른역사, 2012.

_____,『신여성, 개념과 역사』, 푸른역사, 2016.

김수진,『신여성, 근대의 과잉』, 소명출판, 2009.

김순남,『가족을 구성할 권리』, 오월의봄, 2022.

김윤선,『한국의 식민지 근대와 여성공간』, 여이연, 2004.

김윤식,『이광수와 그의 시대』1-2, 솔, 1999.

김재문,『한국전통 채권법 · 가족법 · 소송법』, 동국대학교출판부, 2007.

김재용 외,『식민주의와 비협력의 저항』, 역락, 2010.

김혜경,『식민지하 근대가족의 형성과 젠더』, 창비, 2006.

나영균,『일제시대, 우리 가족은』, 황소자리, 2004.

노지승,『유혹자와 희생양: 한국 근대소설의 여성 표상』, 예옥, 2009.

문준영, 『법원과 검찰의 탄생』, 역사비평사, 2010.

박병호 외, 『가족법학총론』, 박영사, 1991.

백지혜, 『스위트 홈의 기원』, 살림, 2005.

송명희, 『페미니스트 나혜석을 해부하다』, 지식과 교양, 2015.

양현아, 『한국 가족법 읽기』, 창비, 2011.

연구공간 수유+너머 근대매체연구팀 편, 『신여성: 매체로 본 근대 여성 풍속사』, 한겨레신문사, 2005.

이상돈, 『인권법』, 세창출판사, 2005.

이순구, 『조선의 가족, 천 개의 표정』, 너머북스, 2011.

이승일, 『조선총독부 법제 정책: 일제의 식민통치와 조선민사령』, 역사비평사, 2008.

이이효재, 『조선조 사회와 가족』, 한울아카데미, 2003.

이행미 외, 『재난시대의 가족』, 한국학술정보, 2022.

이화여자대학교 · 한국여성사편찬위원회, 『한국여성사』 II, 이화여자대학교출판부, 1972.

임종국, 『일제하의 사상탄압』, 평화출판사, 1985.

_____ 편역, 『친일논설선집』, 실천문학사, 1987.

임헌영, 『임헌영 평론 선집』, 지식을만드는지식, 2015.

장두영, 『염상섭 소설의 내적 형식과 탈식민성』, 태학사, 2013.

전경옥 외, 『한국여성정치사회사』 1, 숙명여자대학교출판부, 2004.

정광현, 『한국 가족법 연구』, 서울대학교출판부, 1967.

정태섭 외, 『성 역사와 문화』, 동국대학교출판부, 2002.

최동호 외, 『나혜석, 한국 문화사를 거닐다』, 푸른사상, 2015.

최봉영, 『조선시대 유교문화』, 사계절, 1997.

최재석, 『한국의 가족과 사회』, 경인문화사, 2009.

최혜실,『신여성들은 무엇을 꿈꾸었는가』, 생각의나무, 2000.

최홍기,『한국 가족 및 친족제도의 이해』, 서울대학교출판부, 2006.

하용출 편,『한국 가족상의 변화』, 서울대학교출판부, 2001.

한국고전여성문학회 편,『한국 고전문학 속의 가족과 여성』, 월인, 2007.

(2) 국외논저 및 번역서

너스바움, 마사, 박용준 역,『시적 정의』, 궁리, 2013.

_____, 조계원 역,『혐오와 수치심』, 민음사, 2015.

데리다, 자크, 진태원 역,『법의 힘』, 문학과지성사, 2004.

도이힐러, 마르티나, 이훈상 역,『한국의 유교화 과정』, 너머북스, 2013.

모튼, 스티븐, 이운경 역,『스피박 넘기』, 앨피, 2005.

미즈노 나오키, 정선태 역,『창씨개명』, 2008.

루소, 장 자크, 김중현 역,『에밀』, 한길사, 2003.

바렛, 미셸 · 메리 맥킨토시, 김혜경 · 배은경 역,『반사회적 가족』, 나름북스, 2019.

버틀러, 주디스, 조현준 역,『젠더트러블』, 문학동네, 2008.

베벨, 아우구스트, 이순예 역,『여성론』, 까치, 1995.

부르너, 제롬, 강현석 · 김경수 역,『이야기 만들기』, 교육과학사, 2010.

스피박, 가야트리, 태혜숙 역,『서발턴은 말할 수 있는가?: 서발턴 개념의 역사
　　에 관한 성찰들』, 로절린드 C. 모리스 엮음, 그린비, 2013.

알튀세르, 루이, 이진수 역,『레닌과 철학』, 백의, 1991.

예링, 루돌프 폰, 심재우 · 윤재왕 역,『권리를 위한 투쟁; 법감정의 형성에 관
　　하여』, 새물결, 2016.

와트, 이언, 강유나 · 고경하 역,『소설의 발생』, 강, 2009.

우에노 치즈코, 이미지문화연구소 역, 『근대가족의 성립과 종언』, 당대, 2009.

웅거, 로베르토, 김정오 역, 『근대사회에서의 법: 사회이론의 비판을 위하여』, 삼영사, 1994.

페이트만, 캐럴, 이충훈·유영근 역, 『남과 여, 은폐된 성적 계약』, 이후, 2001.

푸코, 미셸, 오트르망(심세광·전혜리·조성은) 역, 『안전, 영토, 인구』, 난장, 2012.

하우프트만, 게르하르트, 윤순호 역, 『외로운 사람들』, 양문사, 1960.

헌트, 린, 전진성 역, 『인권의 발명』, 돌베개, 2009.

谷口知平, 『民法要設』(全), 有斐閣, 1951.

3. 논문

공종구, 「채만식 소설의 기원-『인형의 집을 나온 연유』를 중심으로」, 『현대문학이론연구』 54, 현대문학이론학회, 2010.

구인모, 「한일 근대문학과 엘렌 케이」, 『여성문학연구』 2, 한국여성문학학회, 2004.

권철호, 「沈熏의 長篇小說 『織女星』 再考」, 『어문연구』 43, 한국어문교육연구회, 2015.

김경수, 「김동인 소설의 문학법리학적 연구」, 『구보학보』 16, 구보학회, 2017.

김미지, 「〈인형의 집〉 '노라'의 수용 방식과 소설적 변주 양상-1920-30년대 소설과 평문에 원용된 '노라'의 의미를 중심으로」, 『한국현대문학연구』 14, 한국현대문학회, 2002.

김민정, 「일제시대 여성문학에 나타난 구여성의 정체성에 관한 연구」, 『여성문학연구』 14, 한국여성문학학회, 2005.

김상훈, 「祭祀用財産의 承繼에 관한 硏究」, 고려대학교 박사논문, 2009.

김승민, 「한국 근대소설에 나타난 가족로망스 연구」, 서울대학교 박사논문, 2011.

김애령, 「다른 목소리 듣기: 말하는 주체와 들리지 않는 이방성」, 『한국여성철학』 17, 한국여성철학회, 2012.

김영선, 「결혼·가족담론을 통해 본 한국 식민지근대성의 구성 요소와 특징」, 『여성과 역사』 13, 한국여성사학회, 2010.

김윤정, 「식민지 시대 관습의 법제화와 문학의 젠더 정치성: 이선희 소설을 중심으로」, 『여성문학연구』 33, 한국여성문학학회, 2014.

김재석, 「〈규한〉의 자연주의적 특성과 그 의미」, 『한국극예술연구』 26, 한국극예술학회, 2007.

김재용, 「일제말 이효석 문학과 우회적 저항」, 『한국근대문학연구』 24, 한국근대문학회, 2011.

김주리, 「동화, 정복, 번역: 한국 근대 소설 속 혼혈 결혼의 의미」, 『다문화콘텐츠연구』 8, 문화콘텐츠기술연구원, 2010.

김학균, 「〈이심〉에 나타난 탈식민주의 고찰」, 『한국현대문학연구』 30, 한국현대문학회, 2010.

남은혜, 「김명순 문학 연구」, 서울대학교 석사논문, 2008.

노지승, 「장소애 없는 향수병: 이선희 소설에 나타난 이동과 공간의 상상력」, 『구보학보』 24, 구보학회, 2020.

박성우, 「윤리와 정치의 통합으로서의 법의 지배」, 『21세기 정치학회보』 19, 21세기정치학회, 2009.

박용규, 「일제 말기(1937~1945)의 언론통제정책과 언론구조변동」, 『한국 언론학보』 46(1), 한국언론학회, 2001.

박정희, 「'家出한 노라'의 행방과 식민지 남성작가의 정치적 욕망」, 『인문과학
　　연구논총』 39, 명지대학교 인문과학연구소, 2014.

방민호, 「1930년대 후반 최정희 소설에 나타난 여성의 의미」, 『현대소설연구』
　　30, 한국현대소설학회, 2006.

＿＿＿, 「채만식 문학에 나타난 식민지적 현실 대응 양상」, 서울대학교 박사논
　　문, 2000.

서동인, 「성주 사도실마을의 창씨 실태와 김창숙의 반대 논리」, 『한국 근현대
　　사 연구』 70, 한국근현대사학회, 2014.

서영인, 「서발턴의 서사와 식민주의의 구조- 일제말 김사량의 문학」, 『현대문
　　학이론연구』 57, 현대문학이론학회, 2014.

서정자, 「김기진의 「김명순씨에 대한 공개장」 분석-김명순에 대한 미디어테러
　　1백년의 뿌리」, 『여성문학연구』 43, 한국여성문학학회, 2018.

서지영, 「계약과 실험, 충돌과 모순: 1920-30년대 연애의 장(場)」, 『여성문학연
　　구』 19, 한국여성문학학회, 2008.

소산산, 『「인형의 집을 나온 연유』와 『부인론』의 관련양상 연구」, 『현대문학이
　　론연구』 56, 현대문학이론학회, 2014.

소현숙, 「식민지시기 근대적 이혼제도와 여성의 대응」, 한양대학교 박사논문,
　　2013.

신수정, 「한국 근대소설의 형성과 여성의 재현 양상 연구」, 서울대학교 박사논
　　문, 2003.

안미영, 「한국 근대소설에서 헨릭 입센의 「인형의 집」 수용」, 『비교문학』 30, 한
　　국비교문학회, 2003.

안숙원, 「신여성과 에로스의 역전극: 나혜석의 「현숙」 과 김동인의 「김연실전」
　　을 대상으로」, 『여성문학연구』 3, 한국여성문학학회, 2000.

옥성득, 「초기 한국교회의 일부다처제 논쟁」, 『한국기독교와 역사』 16, 한국기

독교역사학회, 2002.

유연실, 「근대 한·중 연애 담론의 형성-엘렌 케이(Ellen Key) 연애관의 수용을 중심으로」, 『중국사연구』 79, 중국사학회, 2012.

이경훈, 「문자의 전성시대-염상섭의 『모란꽃 필 때』에 대한 일 고찰-」, 『사이 間SAI』 14, 국제한국문학학회, 2013.

이대화, 「'창씨개명' 정책과 조선인의 대응」, 『숭실사학』 26, 숭실사학회, 2011.

이상경, 「근대소설과 구여성-심훈의 『직녀성』을 중심으로」, 『민족문학사연구』 19, 민족문학사학회, 19, 2011.

이상돈, 「법문학이란 무엇인가-법문학을 통한 법적 정의의 실현가능성에 대한 시론」, 『고려법학』 48, 고려대학교 법학연구원, 2007.

이상돈·이소영, 「법문학비평의 개념, 방법, 이론, 실천」, 『안암 법학』 25, 안암법학회, 2007.

이소영, 「법문학비평과 소수자의 내러티브-박민규, 윤성희, 김애란의 단편소설에 대한법문학비평-」, 『법철학연구』 14, 한국법철학회, 2010.

이승엽, 「녹기연맹의 내선일체운동 연구」, 한국정신문화연구소 석사논문, 2000.

이영아, 「이은(李垠)-나시모토미야 마사코(梨本宮方子)의 결혼 서사를 통한 '내선(內鮮)결혼'의 낭만적 재현 양상 연구」, 『대중서사연구』 17, 대중서사학회, 2011.

이정선, 「1920-30년대 조선총독부의 '내선결혼' 선전과 현실」, 『역사문제연구』 33, 역사문제연구소, 2015.

_____, 「일제의 內鮮結婚 정책」, 서울대학교 박사논문, 2015.

이태훈, 「유교적 가족관과 시민적 가족관」, 『사회사상과 문화』 2, 동양사회사상학회, 1999.

이행미, 「두 개의 과학, 두 개의 문명」, 『한국현대문학연구』 44, 한국현대문학회, 2014.

_____, 「이광수의 『재생』에 나타난 식민지 가족법의 모순과 이상적 가정의 모색」, 『한국현대문학연구』 50, 한국현대문학회, 2016.

_____, 「이태준 소설에 나타난 식민지 법제도와 공공성 - 「법은 그렇지만」과 『청춘무성』을 중심으로」, 『현대소설연구』 79, 한국현대소설학회, 2020.

_____, 「가부장적 사회를 향한 불온한 목소리 - 이태준의 『딸 삼형제』에 나타난 가족과 여성」, 『문화와융합』, 한국문화융합학회, 2022.

이혜령, 「인종과 젠더, 그리고 민족 동일성의 역학-1920~30년대 염상섭 소설에 나타난 혼혈아의 정체성」, 『현대소설연구』 18, 한국현대소설학회, 2003.

전은경, 「'창씨개명'과 『총동원』의 모성담론의 전략」, 『한국현대문학연구』 26, 한국현대문학회, 2008.

_____, 「1910년대 지식인 잡지와 '여성': 『학지광』과 『청춘』을 중심으로」, 『어문학』 93, 한국어문학회, 2006.

전희진·박광형, 「'제이부인'이라는 근대적 긴장: 식민지기 결혼 제도의 근대화와 여성 지위의 재규정」, 『사회이론』 49, 한국사회이론학회, 2016.

정미숙, 「나혜석 소설의 "여성"과 젠더수사학-「경희」, 「원한」, 「현숙」을 중심으로」, 『현대문학이론연구』 46, 현대문학이론학회, 2010.

정선태, 「『인형의 집을 나와서』: 입센주의의 수용과 그 변용」, 『한국근대문학연구』 3(2), 한국근대문학회, 2003.

정지영, 「근대 일부일처제의 법제화와 '첩'의 문제: 1920-1930년대 『동아일보』 사건기사 분석을 중심으로」, 『여성과역사』 9, 한국여성사학회, 2008.

정해은, 「조선후기 이혼의 실상과 『대명률』의 적용」, 『역사와 현실』 75, 한국역사연구회, 2010.

조리, 「장덕조 소설 연구」, 전북대학교 박사논문, 2007.

조미숙, 「여성의 상태와 나혜석의 글쓰기-"경계"와 "아브젝트" 체험의 표현」, 『한국문예비평연구』 42, 한국현대문예비평학회, 2013.

조유경, 「신문매체로 유포된 1940년대 경성 여성의 이미지」, 『미술사논단』 43, 한국미술연구소, 2016.

조은·조성윤, 「한말 서울 지역 첩의 존재양식-한성부 호적을 중심으로」, 『사회와 역사』 65, 한국사회사학회, 2004.

진선영, 「부부 역할론과 신가정 윤리의 탄생: 장덕조 초기 단편소설을 중심으로」, 『여성문학연구』 28, 한국여성문학학회 2012.

최진석, 「데리다와 (불)가능한 정치의 시간」, 『문화과학』 75, 문화과학사, 2013.

최현식, 「혼혈/혼종과 주체의 문제」, 『민족문학사연구』 23, 민족문학사학회, 2003.

한만수, 「『만세전』과 공동묘지령, 선산과 북망산: 염상섭의 「만세전」에 대한 신역사주의적 해석」, 『한국문학연구』 39, 한국문학연구소, 2010.

홍덕구, 「염상섭 『이심』 다시 읽기」, 『상허학보』 42, 상허학회, 2014.

홍양희, 「朝鮮總督府의 家族政策 硏究 : '家'制度와 家庭 이데올로기를 中心으로」, 한양대학교 박사논문, 2005.

_____, 「"애비 없는" 자식, 그 '낙인'의 정치학」, 『아시아여성연구』 52(1), 숙명여자대학교 아시아여성연구원, 2013.

홍인숙, 「'첩'의 인정투쟁-근대계몽기 매체를 통해 본 '첩' 재현과 그 운동성」, 『한국고전여성문학연구』 18, 한국고전여성문학회, 2009.

본문 인용 작품 목록

아래 목록은 최초 연재본을 기준으로 작성했다.

	작가	작품명	연재지면	연재시기
1	김동인	「유서」	영대	1924. 8 ~ 1925. 1
2	김명순	「의심의 소녀」	청춘	1917. 11
		「조묘의 묘전에」	여자계	1920. 3
		「영희의 일생」	여자계	1920. 6
		「돌아다 볼 때」	조선일보	1924. 3. 31 ~ 4. 19
			『생명의 과실』에 수록	1925. 4
		「탄실이와 주영이」	조선일보	1924. 6. 14 ~ 7. 15
3	김사량	「빛 속으로(光のなかに)」	문예수도(文藝首都)	1939. 10
4	김일엽	「어느 소녀의 사(死)」	신여자	1920. 4
		「청상의 생활」	신여자	1920. 6
		「자각」	동아일보	1926. 6. 19 ~ 26
		「헤로인」	조선일보	1929.3.9~10
		「X씨에게」	불교	1929. 6
5	나도향	「J의사의 고백」	조선문단	1925. 3 ~ 4
		「어머니」	시대일보	1925. 1. 5 ~ 4. 30
6	나혜석	「경희」	여자계	1918. 3
		「이혼고백장」	삼천리	1934. 8 ~ 9
		「현숙」	삼천리	1936. 12
7	박화성	「광풍 속에서」	서울신문	1948. 7. 17 ~ 23
8	심훈	『직녀성』	조선중앙일보	1934. 3. 24 ~ 1935. 2. 26
9	염상섭	「만세전」	신생활, 시대일보	1924. 4. 6 ~ 6. 7
			고려공사(단행본)	1924
		「난 어머니」	『해방의 아들』에 수록	1949(1925년작)
		「남충서」	동광	1927. 1 ~ 2
		『이심』	매일신보	1928. 10. 22 ~ 1929. 4. 24
		『광분』	조선일보	1929. 10. 3 ~ 1930. 8. 2
		『삼대』	조선일보	1931. 1. 1 ~ 9. 17
		「모란꽃 필 때」	매일신보	1934. 2. 1 ~ 7. 8

	작가	작품명	연재지면	연재시기
10	유진오	「이혼」	문장	1939. 2
11	이광수	「무정」	대한흥학보	1910. 3
		「규한」	학지광	1917. 1
		「어린 벗에게」	청춘	1917. 7 ~ 11
		「무정」	매일신보	1917. 1. 1 ~ 6. 14
		「개척자」	매일신보	1917. 11. 10 ~ 1918. 3. 15
		「재생」	동아일보	1924. 11. 9 ~ 1925. 9. 28
		「흙」	동아일보	1932. 4. 12 ~ 1933. 7. 10
		「그의 자서전」	조선일보	1936. 12. 22 ~ 1937. 5. 1
		「진정 마음이 만나서야말로(心相觸れてこそ)」	녹기	1940. 3 ~ 7
12	이선희	「도장」	여성	1937. 1
		「계산서」	조광	1937. 3
13	이태준	「성모」	조선중앙일보	1935. 5. 26 ~ 1936. 1. 20
		「청춘무성」	조선일보	1940. 3. 12 ~ 8. 10
			박문서관(단행본)	1940
		「딸 삼형제」	동아일보	1939. 2. 5 ~ 7. 17
14	이효석	「여수」	동아일보	1939. 11. 29 ~ 12.28
		「미완성 일문소설」		1940년 전후로 추정
15	장덕조	「남편」	신가정	1933. 10
		「아내」	신가정	1934. 2
16	전영택	「혜선의 사」	창조	1919. 2
17 17	채만식	「과도기」		1923(미발표)
		「인형의 집을 나와서」	조선일보	1933. 5. 27 ~ 11. 14
18	최승만	「황혼」	창조	1919. 2
19	최정희	「지맥」	문장	1939. 9
20	한설야	「그릇된 동경」	동아일보	1927. 2. 1 ~ 2. 10
		「피(血)」	국민문학	1942. 1
		「그림자(影)」	국민문학	1942. 12

주요 개념어